Bernhard Hennen

Das Nachtvolk

Zu diesem Buch

Volker von Alzey, Barde am Hof von Worms, gilt als ein wahrer Meister seiner Kunst. Gern schenken die Ritter ihm Gehör – und die reizendsten Edelfräulein ihre Gunst. Als man ihn aber mit der Gattin eines sächsischen Anführers ertappt, wird ihm die Leidenschaft für das schöne Geschlecht zum Verhängnis. Hagen von Tronje schickt ihn kurzerhand nach Aquitanien, damit er Gunbrid rette, die verschleppte Nichte König Gunthers. Doch als Volker die fremde Burg erreicht, findet er sie verlassen und zerstört. Gunbrid ist in die Gewalt des Nachtvolks geraten, eines unheimlichen Stammes, der sich in den Sümpfen des Landes verbirgt. Hoffnungslos verirrt sich der Barde in dem unwegsamen Gebiet und begegnet schließlich der sagenumwobenen Feenkönigin Morrigan, die ihn unentrinnbar in ihren Bann zieht …

Bernhard Hennen, 1966 geboren, ist einer der erfolgreichsten deutschen Fantasy-Autoren. Nach dem Studium der Germanistik, Geschichte und Vorderasiatischen Altertumskunde war er Rollenspielautor und Radiomoderator und bereiste als Journalist den Orient und Mittelamerika. Seine phantastischen und historischen Romane wurden mehrfach mit Preisen ausgezeichnet. Zuletzt erschienen sein Roman »Nebenan« und der erste Band eines zwölfbändigen Fantasy-Epos: »Der Wahrträumer«.

Bernhard Hennen

Das Nachtvolk

ROMAN

Piper München Zürich

Von Bernhard Hennen liegt in der Serie Piper vor:
Nebenan (3678)

Ungekürzte Taschenbuchausgabe
April 2003

Erstausgabe: Econ Taschenbuch Verlag, Düsseldorf 1997
Umschlagkonzept: Büro Hamburg
Umschlaggestaltung: Nele Schütz Design, München
Umschlagabbildung: Ian Miller / Fantasy & Science
Fiction Artworks
Autorenfoto: Peter Hundert
Satz: Josefine Urban – KompetenzCenter, Düsseldorf
Druck und Bindung: Clausen & Bosse, Leck
Printed in Germany ISBN 3-492-26511-1

www.piper.de

Prolog

Was für eine Nacht! Es schien, als wolle der Winter gar kein Ende mehr nehmen. Der Schnee war zwar schon vor zwei Wochen geschmolzen, doch dann kehrte die Kälte noch einmal zurück. Der junge Knecht blickte zu dem erleuchteten Turmfenster. Die Welt war ungerecht! Warum lag sein Herr jetzt dort oben in einem warmen Bett, und er mußte hier unten zwischen den Büschen des Kräutergartens kauern, um das Tor zur Festhalle zu beobachten? Das Jahr hatte ohnehin schlecht angefangen. Am Neujahrstag waren diese Sachsen angekommen. Wie ein Rotte Wildsäue hatten sie ausgesehen mit ihren dicken Pelzen, und dann dieser protzige Schmuck. Sogar die Krieger trugen goldene Ketten und Armreife. Barbaren! Golo schüttelte den Kopf. Er hatte nicht verstehen können, warum König Gunther ihnen Einlaß gewährte. Dieses Pack! Allesamt gebärdeten sie sich, als seien sie Fürsten und Könige. Sogar die Pferdeknechte der Sachsen hielten sich für was Besseres!

Golo rieb sich die klammgefrorenen Finger. Sein Herr ging da ganz anders mit diesen Barbaren um. Er wußte, wie man sie treffen konnte! Einen Bastard würde er diesem hochnäsigen Fürsten Horsa unterschieben!

Von der Festhalle erklang lautes Lärmen. Die große Tür öffnete sich, und ein breiter Streifen goldenen Lichts fiel auf den Hof. Sie kamen früher zurück, als er erwartet hätte. Verfluchte Sachsen! Golo formte seine Hände zu einer hohlen Kugel und blies durch den schmalen Spalt, der zwischen den beiden Daumen blieb. Ein leises und ziemlich unechtes *Schuhu* erklang. Golo fluchte leise. Sie hatten vereinbart, daß er seinen Herren mit dem Ruf eines Käuzchens warnte, wenn die Gesandten zurückkamen. Und jetzt das! Er versuchte es noch einmal, doch der zweite Käuzchenruf klang noch kläglicher.

Golo blickte zu dem erleuchteten Turmfenster. Nichts! Sein Mund war jetzt so trocken, als hätte man ihm eine Handvoll Mehl zu essen gegeben. Er mußte irgend etwas unternehmen! Sie durften seinen Herren nicht dort oben erwischen! Nicht auszudenken, wenn Horsa, der Leiter der sächsischen Gesandtschaft …

Golo formte seine Hände zu einem Trichter und stieß ein schauriges Geheul aus. Er hatte schon lange keinen Wolf mehr gehört, doch war er mit sich zufrieden. Im Geiste malte er sich eine graue Bestie mit fingerlangen Fängen und blutunterlaufenen Augen aus. Das war nicht irgendein Wolf, den er da nachahmte. So heulte ein Leitwolf oder vielleicht gar Fenris, der Götterwolf, von dem die Heiden manchmal sprachen. Noch einmal stieß der Knecht ein langes, klagendes Heulen aus. Wahrscheinlich würde den Sachsen gerade das Blut in den Adern gefrieren, und sie riefen ihre ewig betrunkenen Götter um Schutz an.

»Euer Haar leuchtet wie das Licht der Sommersonne und kündet von der reichen Ernte der Liebe, die Eure wohlgeformten Schenkel versprechen.«

Amalasfrida lächelte und strich ihm mit einer ihrer goldenen Locken durchs Gesicht. »Ein freches Mundwerk habt Ihr, Herr Volker. Und doch ist es erbaulich, Euch zu lauschen. Ihr versteht es, schönere Worte für mich zu finden als jeder andere Mann, den ich kenne. Die Barden, die unsere Höfe besuchen, singen nur vom Krieg und von den Alten Göttern ...«

»Dabei verdient es eine so schöne Frau, wie Ihr es seid, unablässig besungen zu werden.« Er beugte sich herab und küßte ihre Brüste. »Weiß wie Milch ist Eure Haut, und seht nur die kleinen Knospen, wie sie sich mir begierig entgegenrecken, so wie sich die Knospen des Rosenbusches zur Frühlingssonne strecken ...«

Amalasfrida zog ihn zu sich hinab und küßte ihn. Ihre Hände tasteten über seinen Rücken, glitten tiefer ... Was für ein Weib! Die Sachsen mochten ungewaschene Barbaren sein, doch die Frau des Herzogs vermochte jeden Mann die Kälte der letzten Winterabende vergessen zu lassen. Manchmal war sie leidenschaftlich und dabei so wild wie ein gereizter Eber, doch schon im nächsten Augenblick konnte sie wieder zahm und zärtlich sein. Nach seiner ersten Nacht mit ihr hatte sich Volker gefühlt, als habe er eine Schlacht geschlagen, und er wußte nicht zu sagen, ob er gewonnen oder verloren hatte. Sein Rücken war mit langen, blutigen Striemen überzogen, und überall auf seinem Leib hatten ihre leidenschaftlichen Küsse Spuren hinterlassen. Aber was bedeutete das schon im Vergleich zu einer Liebesnacht in ihren Armen!

»Habt Ihr das gehört?«

Volker blinzelte verschlafen. »Wovon sprecht Ihr, Liebste?«

»Da war ein Heulen, so als streiche ein halb verhungerter, alter Wolf um die Mauern der Burg.«

»Ein Wolf? So nah bei der Stadt hat sich im ganzen Winter noch kein Wolf blicken lassen. Vielleicht war es einer der Jagdhunde und ...« Jetzt hörte auch der Spielmann das klägliche Geheul.

Amalasfrida richtete sich auf ihrem Lager auf. »Klingt irgendwie merkwürdig. Es scheint recht nahe zu sein. Fast, als wäre der Wolf schon innerhalb der Burgmauern.«

Volker schluckte. Sollte das etwa ... Er warf die schwere Wolldecke zur Seite und griff nach seinen Beinkleidern.

»Was habt Ihr, Herr Volker?«

»Ich muß hinunter, nach dem Rechten sehen. Manchmal streift Königin Ute noch zu später Stunde durch den Kräutergarten. Wenn wirklich ein Wolf innerhalb der Mauern herumläuft, ist sie vielleicht in Gefahr ...«

»Ein Weib, das sich von einem Wolf reißen läßt, hat nicht den Titel Königin verdient!« Sie lächelte. »Ich habe selbst einmal einen erlegt ... mit einer Saufeder.«

Volker streifte seine Tunika über, griff nach dem Gürtel und nach seinem roten Wollumhang. »Nun, unsere Königin spaziert nur selten durch ihren Kräutergarten ...« Mit einem Schritt war er beim Fenster und spähte in die Finsternis. Zwischen den Büschen war niemand zu sehen. Ein Geräusch ertönte an der Tür. Volker drückte das Licht der Kerze aus.

Eine riesige Gestalt beugte sich unter dem niedrigen Türsturz. »Ich sehne mich nach deinen Krallen, meine kleine Wildkatze, und ... Bei Wotan! Wer steht da am Fenster?«

Volker machte einen Satz in die Tiefe. Er haßte es, wenn ein kultivierter Abend ein solches Ende nahm. Barbarenpack! Federnd landete er auf dem hartgefrorenen Boden und fluchte. Er hatte seine Stiefel oben vergessen! Geduckt rannte der Spielmann zwischen den Büschen hindurch in Richtung der Stallungen.

Golo hatte sich auf dem Heuboden über den Pferdeställen verkrochen. Hier fühlte er sich dem Sommer näher. Es duftete nach Erntedankfest und Pferdemist. In eine alte Decke gewickelt, hatte er sich ein Nest gebaut wie die Vögel in den Bäumen. Es war sicher schön, ein Vogel zu sein. Frei durch die Lüfte zu ziehen und keinen Herren zu haben, der einen dauernd mit allem möglichen Unsinn drangsalierte. Golo wußte nicht, wohin die Vögel im Herbst flogen, aber er war sich sicher, daß sie einen besseren Platz gefunden hatten als das verschneite Worms.

»Wir sollten einmal über Käuzchenrufe reden, mein Freund!«

Golo lugte über den Rand seines Heunestes hinweg. Wie hatte Volker ihn hier oben finden können? »Ich, ähm ... Ich habe noch zugesehen, wie Ihr ihnen glücklich entkommen seid, Herr. Hattet Ihr einen schönen Abend bei der Dame?«

»Wenn ich es nicht besser wüßte, würde ich denken, du willst mich foppen, Kerl! Mach Platz! Ich kriech' bei dir unter. Die Sachsen rennen immer noch wie aufgescheuchte

Hühner durch den Burghof und suchen nach einem Flüchtling ohne Schuhe.«

»Ohne Schuhe?« Golos Blick fiel auf Volkers nackte Füße. »Das muß ja gräßlich kalt sein.«

Statt zu antworten, bedachte der Spielmann ihn mit einem bösen Blick. »Warum hast du nicht das vereinbarte Signal gegeben? Wolltest du mitansehen, wie sich dein Herr auf einem Sachsenschwert macht? Hab' ich dich vielleicht nicht immer gut behandelt? Welcher Diener bekommt von seinem Herren schon einmal ein ganzes Huhn geschenkt und ...«

»Ich möchte nicht widersprechen, aber das mit dem Huhn war auf dem letzten Osterfest. Es ist schon fast ein Jahr her und ...«

»Unterbrich mich nicht!« Volker packte ihn beim Wams. Für einen Spielmann war er recht stark, und wenn er nicht gerade mit Damen zu tun hatte, konnte er obendrein noch recht rüpelhafte Manieren an den Tag legen. Er sah zwar gut aus mit seinem langen, blonden Haar und den blauen Augen, doch wenn er schlechte Laune hatte, dann konnte man ihn eher für einen Halsabschneider als für einen Dichter halten, dem die Damen zu Füßen liegen. Golo hatte ohnehin nie begriffen, was man an den verdrehten Wortspielen finden konnte, mit denen sein Herr die Herzen aller Weiber eroberte.

»Warum hast du mich da oben ins Messer laufen lassen?« grollte Volker finster. »Was sollte dieses klägliche Wolfsgeheul?«

»Ich ... Mir war plötzlich der Mund so trocken, als ich diese Sachsen gesehen hab', und ich ... ich konnte einfach keinen Käuzchenschrei nachmachen. Ich wußte nicht ...« Volker stieß ihn ins Heu und hob drohend die Fäuste.

»Ich will die Wahrheit! Das gibt es doch gar nicht, daß du keine Vogelstimmen nachahmen kannst. Willst du mir etwa erzählen, du wärst nicht als kleiner Junge mit deinen Freunden in den Wald gelaufen, um dort allerlei Schabernack zu treiben? So etwas lernt man doch nebenbei, genauso wie reiten und ...«

»Erinnert Ihr Euch noch an den Tag, an dem ich zum ersten Mal auf Eurem Pferd gesessen habe, Herr?«

Volker grinste breit und setzte sich neben ihm ins Heu. »Natürlich! War ein toller Spaß zuzusehen, wie Lanzenbrecher dich in den Schlamm geworfen hat.«

»Hmm ... stimmt. Mein Hintern erinnert sich noch heute an diesen tollen Spaß. Ich bin damals im Schlamm gelandet, weil ich noch nie auf einem Pferd gesessen hatte. Vielleicht erinnert Ihr Euch noch, Herr, ich bin der Sohn eines armen Bauern! Im ganzen Dorf hat es kein Pferd gegeben. Ich habe nie reiten gelernt, bis Ihr es mir beigebracht habt. Und ich bin auch nicht mit Freunden durch den Wald getollt. Ich habe Gänse gehütet, Pilze und Reisig gesucht, meinem Vater bei der Ernte oder beim Pflügen geholfen und ...«

»Mir kommen die Tränen, Golo.« Volker kratzte sich am Kinn. Eine Zeitlang saßen sie einander schweigend gegenüber. Golo überlegte, ob er vielleicht etwas Falsches gesagt hatte. Dieses Schweigen beunruhigte ihn. Es wäre besser, wenn Volker fluchte und tobte. Schlechtgelaunte Adlige und Kirchenmänner, das war etwas, was er von Kindesbeinen an kannte. Aber ein Ritter, der einfach nur dasaß und einen anstarrte ... Das war unheimlich. Ob der Spielmann wohl darüber nachdachte, ihn anzuklagen? Golo schluckte. Das war Unsinn! Volker konnte es nicht riskieren, über diese Angelegenheit öffentlich zu reden. Wenn ruchbar wurde, wer das Lager mit der Sachsenfürstin geteilt hatte, dann ...

»Vielleicht habe ich dir Unrecht getan. Ich werde bei

Gelegenheit darüber nachdenken. Auf jeden Fall werde ich dich den Ruf des Käuzchens lehren. Du bist als Knecht für mich völlig unbrauchbar, wenn du nicht einmal solche einfachen Kleinigkeiten erledigen kannst. Ich meine, es wird noch öfter geschehen, daß ich einer Dame meine Aufwartung mache, und möglicherweise wird es auch wieder vorkommen, daß du darauf achten mußt, wann der betreffende Ehemann zurückkehrt. Und noch etwas! Falls du es wieder mal vermasseln solltest ... Versuche bitte nicht, einen Wolf nachzuahmen! Das war das jämmerlichste Wolfsgeheul, das ich jemals gehört habe. Ich hab' schon drei Tage alte Hundewelpen gesehen, die bedrohlicher knurren konnten, als du das Geheul eines Wolfes nachmachst.«

»Aber ich ...«

»Man widerspricht seinem Herren nicht, Knecht! Und man fällt ihm auch nicht ins Wort. Im übrigen denke ich, daß ich davon absehen werde, dir das Fell zu gerben. Ich hätte eben mit deiner Dummheit rechnen müssen. Das war mein Fehler.«

Golo blickte zu Boden. So kannte er sie, die Adligen! Es war besser, darauf nicht zu antworten. Bis heute abend hatte er sich gefreut, in Volker einen Herren zu haben, für den er nicht allzuviel tun mußte ... Manchmal hatte der Dienst bei ihm sogar Spaß gemacht. Es war im letzten Winter gewesen, als Volker in Golos Heimatdorf geritten kam, das zum Lehen der Herren von Alzey gehörte. Er hatte sich die jungen Männer angesehen und schließlich ihn ausgewählt, mit auf die Königsburg nach Worms zu kommen. Er sollte sein Diener und Waffenknecht werden. Er bekam eine Stute und täglich eine Stunde Unterricht im Schwertkampf. Davon abgesehen mußte er sich um die Pferde kümmern und dafür Sorge tragen, daß die Kleider seines Herren immer in einem guten Zustand waren. Verglichen mit der harten Feldarbeit im

Dorf war das eine Kleinigkeit. Das einzige, was Golo beunruhigte, war die Tatsache, daß es Volker offensichtlich unmöglich war zu akzeptieren, daß schöne Frauen gelegentlich bereits verheiratet waren. Wenn es um Weiber ging, kannte der Spielmann keine Scham. Ein paar Tage war es erst her, daß Volker ihm voller Stolz erzählt hatte, daß es ihm sogar schon einmal gelungen sei, eine Äbtissin zu verführen. Mochte der liebe Herrgott seiner Seele gnädig sein!

»Was brütest du vor dich hin? Freust du dich nicht, daß ich dich nicht bestrafen werde?«

»Selbstverständlich, Herr!« Golo nickte pflichtbewußt. »Sagt, wie habt Ihr mich eigentlich so schnell gefunden? Ihr könnt doch nicht gesehen haben, wie ich auf den Heuboden gestiegen bin.«

Der Spielmann lachte leise. »Ein guter Herr weiß stets, wo sich seine Knechte und Dienstmägde herumtreiben. Ein Stallbursche hat mir verraten, daß du dich gelegentlich hier oben verkriechst. Übrigens habe ich gerade beschlossen, daß es doch nicht weise ist, dich völlig ungestraft davonkommen zu lassen. Immerhin hat mich deine Dummheit heute abend ein Paar fast neue Reitstiefel gekostet.«

Golo zuckte innerlich zusammen. »Aber Ihr sagtet doch ...«

»Ich hab's mir anders überlegt. Gib mir deine Schuhe!«

»Meine Schuhe?«

»Glotz mich nicht an wie eine Kuh und tu endlich, was ich dir befehle. Ich habe nicht vor, die Nacht hier in einem Heuhaufen zu verbringen. Im Sommer und mit einem hübschen Mädchen im Arm mag das seinen Reiz haben, aber im Moment ist es entschieden zu ungemütlich in einem Stall. Im Burghof laufen wahrscheinlich immer noch ein paar aufgebrachte Sachsen herum und suchen nach einem Mann, der in dieser Eiseskälte barfuß unterwegs ist. Wahrscheinlich helfen ihnen mittlerweile sogar schon die Wachen König Gunthers. Deine Schuhe sind zwar meinem Stand nicht ganz angemessen, aber in der Dunkelheit wird das schon keinem auffallen.«

Golo löste die Lederriemen seiner Bundschuhe. Diese Sache hatte doch einen Haken! »Wie soll ich denn zu meinem Schlafplatz in der Küche gelangen, wenn Ihr jetzt ...«

Der Spielmann grinste. »Es ist sicher keine gute Idee, in den nächsten Stunden barfuß über den Burghof zu spazieren. Du weißt ja, diese Barbaren ... Aber hier ist es ja auch ganz gemütlich. Du hast eine Decke und das warme Heu. Ich finde, für einen Knecht ist das eine ganz gute Unterkunft.« Volker war in die Bundschuhe geschlüpft und verneigte sich mit großer Geste. »Du entschuldigst mich jetzt. Ich brauche meinen Schlaf. So wie die Dinge stehen, wird morgen bei Hof einiger Aufruhr herrschen ...«

Volker war überrascht vom Geschick, mit dem die Barbaren die Ereignisse der vorangegangenen Nacht verschleierten. Überall bei Hof war die Rede von einem tollkühnen Dieb, der an der Mauer des Turms hinaufgeklettert sein mußte, um den Schmuck der Prinzessin Amalasfrida zu stehlen. Damit wurde die Angelegenheit nun wiederum im höchsten Grade peinlich für König Gunther, der, so wie es schien, nicht einmal innerhalb der Mauern seiner Burg das Zepter in der Hand hielt. Beinahe wäre es schon am frühen Morgen zu einem Duell zwischen Gernot und einem der Sachsen gekommen, weil die Gesandten keine Gelegenheit ausließen, von der Schwäche des Königs zu tönen, und in ihrer

Impertinenz forderten, daß der Schuldige bis zum Mittag des kommenden Tages gefunden und zur Rechenschaft gezogen werden sollte.

Mit schlechtem Gewissen hörte Volker dem Gerede zu und begann darüber nachzudenken, ob er sich nicht stellen sollte, um den Ruf seines Königs zu retten. Amalasfrida und Horsa waren zum Mittagsmahl gemeinsam an der königlichen Tafel erschienen, und nichts deutete darauf hin, daß sich die beiden im Streit befanden. Zum ersten Mal fragte sich der Spielmann, ob es wirklich nur seine schönen Worte waren, denen die Prinzessin verfallen war. Sie hatte recht schnell seinem Werben nachgegeben ... War er es am Ende, der zum Opfer einer Intrige geworden war? Suchten die Sachsen einen Anlaß, um den Krieg mit Burgund fortzuführen? Und hatte er ihnen diesen Anlaß nun geliefert?

Er mußte die Ehre seines Königs reinwaschen! Er konnte nicht einfach tatenlos bei diesem Intrigenspiel der Barbaren zusehen. Gerade wollte er sich erheben und in die Mitte des Saales treten, als Hagen hinter seinen Stuhl trat.

»Folgt mir auf den Hof, Herr Volker!« Die Worte waren nur geflüstert, doch in einem Tonfall, der Volker kalte Schauer über den Rücken laufen ließ. Der große, hagere Mann hatte immer etwas Unheimliches, und die meisten bei Hof mieden ihn. Doch sie beide hatten bislang stets ein gutes Verhältnis zueinander gehabt. Hagen hatte ihn im Schwertkampf unterrichtet und ihm oft mit weisem Rat zur Seite gestanden. Das Wort des dunklen Kriegers galt ihm mehr als selbst das seines leiblichen Vaters. In gewisser Weise sah er in dem Tronjer seinen Mentor. Auch wenn das düstere, melancholische Wesen des Recken seinem eigenen Charakter völlig zuwiderlief.

Einen Augenblick lang blickte der Spielmann Hagen

unschlüssig nach. Wie stets trug er seinen langen schwarzen Umhang, einen schwarzen Waffenrock und darunter sein geschwärztes Kettenhemd. Auch hatte er sein Schwert umgegürtet, und er sah aus wie ein Mann, der in den Krieg ziehen wollte.

Ungeduldig drehte sich Hagen nach ihm um. Offensichtlich war es klüger, den Tronjer nicht warten zu lassen. Er stand jetzt in einer Nische des großen Festsaals, wo er vor den Blicken der meisten Gäste verborgen blieb. Vor allem die Sachsen am Kopf der Tafel konnten ihn dort nicht sehen. Volker erhob sich und entschuldigte sich mit ein paar höflichen Floskeln bei den Damen, die an seiner Seite saßen. Dann verließ er gemessenen Schrittes den Saal, so als würde er einem tiefen, inneren Drang folgen, um sich von den Zinnen der Burgmauer herab zu erleichtern.

Vor dem Festsaal erwartete ihn Hagen bereits. »Wenn es nach mir ginge, würde ich diese sächsischen Bastarde von unseren Wachen noch in dieser Stunde hinrichten lassen und ihre Köpfe auf Lanzen gespießt vor dem Burgtor aufstellen. Es ist mir unerträglich zuzusehen, wie sie unseren König demütigen. Wie steht Ihr dazu, Herr Volker?«

»Wenn Ihr mein Schwert fordert, stehe ich Euch jederzeit zur Verfügung.«

Hagen lächelte schief. Er hatte die Doppeldeutigkeit der Worte verstanden. »Wir haben zuwenig Männer unter Waffen, um uns auf einen Krieg mit den Sachsen einlassen zu können. Horsa weiß das genau, und deshalb demütigt er unseren König. Was Euch angeht, Herr Volker, denke ich, daß wohl niemandem geholfen ist, wenn Ihr bereit seid, Euer Leben in einem Duell mit mir zu verschenken. Ich schätze Eure Kunst und den leichten Ton, mit dem Ihr diesen Hof selbst in den dunkelsten Stunden zu bezaubern wißt. Euren Lebenswandel jedoch werde ich niemals begreifen.

Warum bei den Göttern mußtet Ihr mit der Sächsin buhlen? Seid Ihr nicht mehr bei Sinnen?«

Der Spielmann schluckte. »Ich ... Ich glaube, ich war verliebt.«

Hagen schüttelte den Kopf. »Wenn ich Euch das glauben könnte, mein Freund, dann stünden wir jetzt nicht hier. Wißt Ihr, Ihr seid entschieden zu oft verliebt ...«

»Woher wißt Ihr eigentlich, daß ich in der letzten Nacht in der Turmkammer war? Nicht, daß ich es leugnen wollte, doch ...«

Hagen öffnete die kleine, lederne Geldkatze an seinem Gürtel und zog einige scharlachrote Wollfäden heraus. Er hielt sie an den Umhang des Spielmanns. »Die Farbe stimmt, nicht wahr? Es gibt keinen außer Euch, der einen Mantel in dieser prächtigen Farbe besitzt. Die Wollfäden habe ich im Gebüsch unter dem Turmfenster gefunden. Damit steht für mich außer Zweifel, was sich in der letzten Nacht in der Kemenate dieser Sächsin ereignet hat!«

Volker versteifte sich. »Ich bin selbstverständlich bereit, die Verantwortung für meine Taten zu tragen. Ich werde vor den Hof treten und erklären, wie sich die Dinge in Wahrheit zugetragen haben. Und ich ...«

»Und dann? Damit wird die Situation doch nicht besser! Gunther wird Euch für den Frevel am Weib eines Gesandten hinrichten lassen oder zumindest auf immer vom Hof verbannen müssen. Ich habe einen anderen Plan. Morgen werde ich verkünden lassen, daß der Dieb gefaßt ist. Auf dem Marktplatz der Stadt werde ich einen Mann hängen lassen. Er wird zwar bis zuletzt behaupten, daß er unschuldig ist, aber das tun sie ja alle ...«

»Das ist Unrecht, Herr Hagen! Der Mann ist unschuldig! Ich habe Euch doch gerade erklärt, daß es niemals einen Diebstahl gegeben hat und daß ich bereit bin, für die Konsequenzen dessen, was tatsächlich geschehen ist, einzustehen.«

Der Tronjer lächelte kühl. »Ich möchte Euch nicht verlieren, Freund Volker. Der Kerl, den ich hängen lasse, ist ein Raubmörder. Um ihn ist es nicht schade. Im Gegenteil, durch seinen Tod hat er vermutlich das einzige Mal in seinem Leben Gelegenheit, seinem König einen Dienst zu erweisen. Gunther wird die Sachsen für den Verlust des Schmuckes reichlich entschädigen, und das einzige, was bleibt, ist eine böse Geschichte darüber, daß Gäste des Burgundenreichs nicht einmal in der Königsburg vor Räubern sicher sind. Was Euch aber angeht, Herr Volker, so möchte ich sicher sein, daß es für die restliche Zeit, die die Gesandtschaft bei Hofe weilt, nicht mehr zu weiteren Verwicklungen wie in der letzten Nacht kommt. Ich habe bereits mit dem König gesprochen, und auch wenn er nicht weiß, was sich in der Kemenate Amalasfridas wirklich zugetragen hat, hält er es für eine gute Idee, Euch an den Hof seiner Nichte in Aquitanien zu schicken. Seit ihrer Hochzeit mit dem Baron Rollo von Marans hat man nichts mehr von ihr gehört, und sie wird sicherlich sehr einsam sein. Reist also nach Marans und leistet ihr den Sommer über Gesellschaft. Ich bin sicher, daß sich alle bei Hof freuen werden, wenn wir Euch zum Christfest wiedersehen, Herr Volker.«

»Aber ... Das ist fast ein Jahr. Ihr könnt mich doch nicht ein ganzes Jahr lang in die Fremde schicken!«

Hagen runzelte die Stirn. »Ich kann morgen einen Unschuldigen für Eure Taten hängen lassen. Reden wir lieber nicht darüber, was ich sonst noch alles kann. Packt Eure Sachen und macht Euch zur Abreise bereit. Wenn sich morgen abend die Raben auf den Schultern des Gehängten niederlassen, solltet Ihr schon ein gutes Stück des Wegs gekommen sein. Versteht mich nicht falsch! Ich möchte Euch nicht verlieren, doch wenn ich befürchten muß, daß Ihr dem König durch Euer Ungestüm in Herzensangelegenheiten noch weitere Schwierigkeiten bereiten werdet, könnte ich vielleicht gezwungen sein, zu Mitteln zu greifen, die eine Reise nach Aquitanien noch vergleichsweise angenehm erscheinen lassen. Auch wenn wir gute Freunde sind, Herr Volker, gilt meine Treue doch zuallererst dem König!«

1. KAPITEL

Golo hatte die beiden Pferde trockengerieben und ging vom Stall zur Schenke. Was für ein Sauwetter! Seit drei Tagen regnete es. Wohin man sah, war Wasser. Die dürftigen Straßen bildeten eine einzige Pfütze, daneben Kanäle und bis zum Horizont Sumpf. Seine Kleider waren von oben bis unten mit Schlamm bespritzt, und er hatte keinen trockenen Faden mehr am Leib. Das war keine Jahreszeit, um zu reisen! Sie hätten jetzt auf der schönen, warmen Burg bei Worms sitzen können. Aber sein Herr mußte ja unbedingt dieser verfluchten Sächsin nachstellen. Volker sprach zwar nicht gerne darüber, doch ahnte Golo, daß sie der Grund für ihre überstürzte Reise gewesen war. So war das Leben als Knecht! Die Herren begingen eine Torheit, und wer mußte dafür zahlen? Ihre Knechte! Und jetzt auch noch das Spielchen mit dem Duell. Drei Tage lang hatte er Ruhe gehabt, doch es gab Gerüchte über Räuberbanden und Unholde aus den Mooren, die diese Gegend unsicher machten. Deshalb hatte Volker beschlossen, daß es heute wieder soweit sei. Golo blickte flüchtig auf den Platz in der Mitte des kleinen Dorfes. Hier mitten im Morast würde der Kampf stattfinden. Wütend spuckte der Diener aus und trat dann durch die niedrige Tür in die Schenke.

»Gott zum Gruß, Fremder. Habt Ihr die Tiere versorgt? Ein verfluchtes Wetter heute, nicht wahr?« Auf einem Stuhl neben dem Feuer hockte der hagere Schankwirt und blickte grinsend von dem Fisch auf, den er ausnahm.

Golo schaute ihn verdrießlich an. »Ich hab' schon Flüsse gesehen, die weniger Wasser führten als Eure Straßen.«

Der Wirt lachte. »Ihr müßt auch die guten Seiten sehen. Hier gibt es jede Menge Fische. Ich bring' Euch 'nen Teller Suppe, und nach 'nem Schluck Branntwein, wenn Ihr erst einmal wieder warm geworden seid, sieht alles schon ganz anders aus. Den Rest des Tages werdet Ihr Euch den Regen von hier im Trocknen anschauen können. In drei Stunden beginnt es zu dämmern. Ihr werdet doch gewiß nicht mehr weiterreiten wollen.«

Golo schnallte den Schwertgurt ab und legte die Waffe vor sich auf den Tisch. Dann zückte er den Löffel, den er seitlich im Stiefel stecken hatte, und blickte erwartungsvoll zu dem großen, dampfenden Topf, der über dem Feuer hing. Außer dem Wirt waren nur noch drei Bauern in der Schenke. Es war besser, jetzt schon mit dem Spiel anzufangen. Bei dem Regen würde es sicher nicht mehr lange dauern, bis Volker auftauchte.

»Ist sicher besser, noch ein paar Meilen zu reiten, bis es dunkel wird. Sollte schauen, daß ich weiterkomme. Bis zu den Mauren wird er mir vielleicht nicht folgen.«

Der Wirt stellte eine Schüssel voll dampfender Fischsuppe vor ihm auf den Tisch. Golo rümpfte die Nase. Er haßte Fischsuppe! »Wer soll Euch nicht bis zu den Mauren folgen, Herr?«

Schlürfend begann der Knecht, die Suppe auszulöffeln. »Habt Ihr noch ein Stück Brot?«

»Erzählt mir Eure Geschichte und was draußen in der Welt so vor sich geht, und ich schenk' Euch ein Brot. Wißt Ihr, nach hier verirrt sich nur selten jemand. Wir haben schon lange keine Neuigkeiten mehr gehört.«

Golo blickte von der Suppe auf. »Ihr seid doch ein gottesfürchtiger und ehrbarer Mann, nicht wahr?«

Der Wirt nickte eifrig. »Natürlich. Frag nur den Pfaffen nach mir. Es gibt kaum eine frömmere Seele als mich hier im Dorf.«

Das Gespräch der Bauern am anderen Tisch verstummte. Golo saß mit dem Rücken zu ihnen, doch er konnte förmlich spüren, wie sie jetzt die Hälse reckten und ihre Ohren spitzten.

»Wißt Ihr, Freund, ich bin auf der Flucht. Ohne mein eigenes Verschulden hat der Himmel mich mit einem großen Unheil gestraft. Kurz nach dem Christfest war ich in Worms am Königshof der Burgunden. Ich hatte dort ein Geschäft zu tätigen. Hab' ein bißchen Vieh verkauft ... König Gunther bewirtete ein paar sächsische Gesandte, und ich sag' Euch, die Kerle haben ihm förmlich die Haare vom Kopf gefressen. Jeden Tag gab es einen Ochsen am Spieß und noch viel mehr. Nun, wie ich so auf dem Hof der Burg stehe, kommt ein hübsches Fräulein vorbei und verliert ein Tüchlein, das sie im Ärmel ihres Gewandes getragen hatte. Sie hat's offensichtlich nicht bemerkt, und so beuge ich mich hinab, hebe das Tüchlein auf und reiche es ihr. Sie bedankte sich recht artig und ging ihrer Wege. Als ich dann zum

Schlachtmeister gehen wollte, um mit ihm zu besprechen, ob er noch mehr fette Ochsen gebrauchen kann, kommt plötzlich so ein junger Ritter auf mich zu. Ich sag' Euch, seine Augen funkelten wie geschliffene Dolche. Er packt mich am Wams und zerrt mich in einen Stall, wo wir allein sind, und dort fängt er an zu schreien wie ein Eber auf dem Sauspieß. Behauptet, ich hätte ihn und seine Dame beleidigt, und ich hätte meine ungewaschenen Finger von dem Tüchlein lassen sollen. Daß sie es habe fallen lassen, sei ein Zeichen nur für ihn gewesen, und dadurch, daß ich es aufgehoben hätte, sei nun alles verdorben. Am Ende forderte der Kerl mich zum Duell heraus. Er meinte, die Ehre seiner Dame könne nur mit meinem Blut wieder reingewaschen werden. Zum nächsten Morgengrauen sollte ich bei einer Kapelle im Wald auf ihn warten.« Golo brach ein Stück von dem Brotlaib, den die Frau des Wirtes inzwischen gebracht hatte, und wischte damit die Suppenschüssel aus.

»Und dann? Habt Ihr etwa den Ritter im Zweikampf besiegt? Wie geht die Geschichte weiter?«

Der Knecht maß den Wirt mit einem abfälligen Blick. »Sehe ich vielleicht aus, als sei ich verrückt? Ich bin doch kein Krieger! Ich habe die Zeit, die mir noch blieb, genutzt, meine Sachen gepackt und bin auf und davon. Wißt Ihr, ich habe mich erkundigt, wer dieser Ritter war. Volker von Alzey heißt er, und man sagte mir, er sei der beste Schwertkämpfer im Burgundenreich. Selbst den mächtigen Hagen könne er besiegen. Was soll ich mich mit so jemandem schlagen? Der schlitzt mir den Bauch auf, noch bevor ich blank gezogen habe. Nein, nein! Ich bin zwar nur ein einfacher Mann, aber dumm bin ich nicht!«

Golo rülpste und blickte nachdenklich auf den kleinen Zinnbecher, den er während des Mahls geleert hatte. Der Wirt füllte ihm nach.

»Nun, ich war noch keine drei Tage unterwegs, als ein Händler, den ich des Weges traf, mich warnte. Er war am Vorabend einem furchterregenden Ritter mit langem, blondem Haar begegnet, der nach mir suchte. Dieser verfluchte Herr von Alzey hatte sich auf meine Spur gesetzt. Erst vorgestern habe ich wieder Reisende getroffen, die ihn gesehen haben. Er muß wie von Sinnen sein. Sie berichteten mir, daß er bei Martinopolis eine Bande von fünf Räubern erschlagen hat, die sie bedrohte. Er soll wie ein Wilder und ohne Gnade gefochten haben. Deshalb, Freunde, bin ich in großer Sorge. Was mag diesen Mann nur dazu treiben, mich wegen des Tüchleins einer Dame so unbarmherzig zu verfolgen? Einmal soll er sogar ein Haus angezündet haben, in dem ich nächtigte. Sagt selbst, Herr Wirt, muß man da nicht verrückt sein?«

»Nun ja, wer versteht sie schon, die adligen Herren und ...« Draußen auf dem Marktplatz ertönte lautes Geschrei.

»Golo von Worms! Wo steckst du Bastard! Ich werde dir das Herz herausreißen!«

Der Knecht zuckte zusammen und griff nach seinem Schwert. Jetzt kam es darauf an, den Schlußakt überzeugend zu spielen. »Bitte, Herr Wirt, versteckt mich! Dieser Wahnsinnige wird mich ermorden!«

Die Bauern waren aufgestanden und spähten durch die Tür, die sie einen Spaltbreit geöffnet hatten. »Ich ...« Der Wirt erhob abwehrend die Hände. »Ich habe kein Kloster. Sucht woanders Unterschlupf. Ich will nicht, daß er auch mir den roten Hahn aufs Dach setzt. Mach, daß du hier wegkommst, Kerl.«

»Nun, Ihr habt also meinen Tod beschlossen. So sei es! Meine Flucht wird heute ein Ende haben!« Golo stand auf und trat zur Tür. Die Bauern wichen zur Seite. Der Knecht konnte seinen Herren jetzt sehen. Volkers Auftritt war eindrucksvoll wie immer. Auf seinem weißen Hengst mit dem weiten scharlachroten Umhang und dem weißen Waffenrock sah er aus wie ein Recke aus den Liedern der Spielleute. Das blanke Schwert in der Hand, ließ er sein Pferd steigen und trieb es dann in Richtung der Schenke. Überall vor den armseligen Häusern des Dorfes hatten sich Schaulustige versammelt.

Golo stieß die Tür des Wirtshauses auf. »Wohlan denn, Herr von Alzey. Laßt uns unseren Zwist zu Ende bringen!« Wenigstens hatte es inzwischen aufgehört zu regnen.

»Endlich ist die Stunde der Rache gekommen, du Wicht! Fünfhundert Meilen bin ich dir gefolgt!« Der Spielmann schwang sich aus dem Sattel und trat mit gesenktem Schwert auf ihn zu. »Nimm das!« Mit kraftvollem Stoß versuchte er, dem Knecht die Waffe in den Leib zu rammen. Wohl hundertmal hatten sie dieses Spiel auf ihrer Reise geprobt, doch Golo hatte stets Angst davor. Er machte einen Schritt zur Seite und ließ die Klinge des Ritters an seiner Waffe abgleiten. Volker setzte nach und stieß ihm den Ellenbogen in die Rippen. Wie üblich war der Treffer auch diesmal heftiger als vereinbart, und Golo ging stöhnend in die Knie.

»Komm hoch, du elender Wurm, und wehr dich.«

Der Knappe blieb in der Tür am Boden hocken und rieb sich über die Rippen. Er haßte diese Auftritte!

»Es ist eine Schande, wenn ich meine Klinge mit deinem Blut besudle, Bastard. Du führst dein Schwert wie einen Besenstiel.«

Golo konnte aus den Augenwinkeln sehen, wie einige der Bauern grinsten. Für sie war das Schauspiel eine unterhaltsame Abwechslung im täglichen Einerlei.

»Du weißt, daß man mich den besten Schwertkämpfer

von Burgund nennt, obwohl meine Bescheidenheit es mir verbietet, diesen Titel anzuerkennen. Wenn ich also unter diesen Umständen gegen dich kämpfen würde, so könnte man mich zu Recht einen Mörder nennen. Damit auch dir die Hoffnung bleibt zu obsiegen, werde ich nun meine Augen verbinden und blind gegen dich weiterkämpfen. Das Duell endet, wenn einer von uns beiden in seinem Blute am Boden liegt.«

Golo kämpfte sich mit einem Seufzer auf die Beine. »Ihr seid von Sinnen, Herr. Wer vermag es schon, sich mit verbundenen Augen zu wehren.« Der Knecht konnte hören, wie die Bauern hinter ihm wetteten, wer den Zweikampf gewinnen würde. Ärgerlicherweise setzte kaum jemand auf ihn.

»Schweig, du Rattengesicht!« tönte Volker, dem seine Rolle stets großes Vergnügen bereitete. »Was weißt du schon von Ritterlichkeit und Schwertkunst? Glaube nicht, daß dein Sieg schon gewiß ist.«

»Wohlan, bringen wir unseren Streit zu Ende! Möge der Herr Eurer Seele gnädig sein.«

»Du!« Der Spielmann zeigte auf das hübscheste unter den jungen Bauernmädchen, die dem Spektakel zusahen. »Komm zu mir und verbinde mir mit dem Tuch, das du um den Hals trägst, die Augen. Und schenk mir ein Gebet, auf daß du nicht zur Nacht mein Blut aus dem Stoff waschen mußt.« Es wurde schlagartig still auf dem Platz. Unruhig blickte sich Golo um. Für gewöhnlich konnte man an dieser Stelle den einen oder anderen der Zuschauer hämisch grinsen sehen. Das Mädchen mit dem Tuch war leichenblaß geworden. Sie schlug ein Kreuz und bewegte die Lippen, als spreche sie tatsächlich ein leises Gebet.

»Deine Sorge um mich ehrt dich, Kleine. Doch sei gewiß, daß mir kein Unglück widerfahren wird. Ich habe noch niemals ein Duell verloren. Herr Golo, macht Euren Frieden mit Gott.«

Volker kniete nieder, damit das Mädchen ihm die Augen verbinden konnte. Natürlich dachte er nicht daran, seinen Waffenrock zur Seite zu schlagen oder einfach nur sein Haupt zu beugen. Er mußte den Dreck ja nicht auswaschen! Mindestens hundertmal hatte Golo schon versucht, ihm auszureden, während der Reise das weiße Gewand zu tragen. Jeden Schlammspritzer sah man darauf! Der Knecht packte sein Schwert fester und ging auf den Dorfplatz hinaus.

Das Mädchen hatte dem Spielmann inzwischen die Augen verbunden. Die Klinge leicht angehoben, wartete er auf Goglo. »Gut, Herr, Ihr habt es so gewollt!« Golo berührte mit seiner Waffe die Spitze von Volkers Schwert. »Bringen wir es hinter uns!« Mit drei schnellen Schlägen eröffnete der Knecht das Gefecht. Volker parierte die Angriffe mühelos.

Golo machte einen Satz zurück und rutschte dabei fast im Schlamm aus. Torkelnd gewann er sein Gleichgewicht. Irgendwo hinter ihm lachte jemand. Wütend biß der Knecht die Zähne zusammen. Er war bei diesem Schauspiel stets der Dumme.

»Nun, versuchst du etwa, mir davonzulaufen?« Das war das Stichwort für den nächsten Angriff. Golo wußte, daß der Spielmann jetzt stumm bis sechs zählen würde, um dann herumzuschnellen. Mit ein paar schnellen Schritten umrundete er den blinden Ritter und gelangte so in dessen Rücken. Auch er zählte leise mit. Bei sechs sprang er vor und holte zu einem mörderischen Schlag aus, der auf den Kopf des Spielmanns zielte.

»Hinter Euch, Herr Ritter«, schrie das Mädchen, das Volker sein Tuch gegeben hatte. Der Spielmann fuhr herum und riß sein Schwert hoch. Mit lautem Klirren schlugen die beiden Klingen aufeinander. Nun ging der Ritter zum Angriff über. Mit ein paar wütenden Schlägen trieb er Golo zurück und prellte dem Knecht zum Schluß mit einer gewandten Drehung die Waffe aus der Hand. Dann zielte er mit der Schwertspitze auf die Brust des Dieners und löste mit der Linken die Augenbinde.

»Nicht einmal so seid Ihr ein würdiger Gegner! Wollt Ihr mich um Gnade bitten?«

»Ja, Herr!« Mit flehend erhobenen Armen kniete Golo nieder und achtete darauf, sich nicht allzu schmutzig zu machen. »O mächtigster aller Schwertkämpfer, jeder weiß, daß Ihr der edelste Ritter unter Gottes Sonne seid und Eure Gnade nur von Eurer ...«

»Übertreib nicht so!« zischte der Spielmann leise. »Du verdirbst noch den ganzen Auftritt.« Dann fuhr er lauter fort: »Ich werde dir dein Leben schenken, Golo, doch um die Kränkung meiner Ehre zu sühnen, sollst du mir ein Jahr und einen Tag lang als Diener folgen.«

»Ich werde alles tun, was Ihr wollt, Schwertmeister!«

Volker war in allerbester Stimmung, als er mit seinem Waffenrock über dem Arm in den Stall trat. Golo war gerade damit beschäftigt, Lanzenbrecher zu striegeln. Er zog ein Gesicht, als hätte man ihn gezwungen, faule Eier zu frühstücken.

»Nun, mein Freund! Was ist los mit dir? Man hat uns doch freundlich aufgenommen. Der Wirt hat eine gute Küche, und sein Gastzimmer müssen wir offenbar nicht mit Flöhen teilen ... Was will man mehr?«

»Ich finde, daß es nicht nötig war, schon wieder dieses

Spektakel aufzuführen, Herr Volker. Ihr seid ein Ritter, ein Mann von Stand! So ein Schauspiel ist unter Eurer Würde!«

»Es ist jetzt drei oder vier Tage her, daß wir unser kleines Spektakel zum letzten Mal gezeigt haben. Unser Ruf hat sich bestimmt noch nicht bis hierher herumgesprochen. Es war an der Zeit, etwas zu tun. Der Winter ist vorbei, und die Vorräte sind überall fast aufgebraucht. Es ist eine Zeit, in der Bauern auf dumme Gedanken kommen können. Mit dem Gold, das man für unsere Waffen und Pferde bekommen kann, könnte man ein Dorf wie dieses hier ein ganzes Jahr lang durchfüttern. Die Versuchung wäre groß, uns einen Hinterhalt zu legen. Wir sind zwei Fremde, die niemand vermissen wird. Nach dem Auftritt vorhin wird sich die Geschichte um meine Schwertkunst wie ein Lauffeuer verbreiten, und mit jedem Bauern, der sie weitererzählt, wird sie noch ein wenig eindrucksvoller werden. Das heißt, wir können in den nächsten Tagen wieder sicher reisen. Jeder Strauchdieb wird einen weiten Bogen um uns machen.«

»Aber Ihr seid doch ein Ritter, Herr! Was könnten Euch ein paar schlechtbewaffnete Bauern schon antun?«

Volker lachte bitter. »Auch mich vermag ein Pfeil im Hals oder ein Speer, der mich hinterrücks trifft, zu töten. Außerdem macht es mir keine Freude, ein paar Hungerleider abzuschlachten, die dumm genug sind, um mich mit Knüppeln und Dolchen zu überfallen. Ich habe meine Waffenkunst nicht erlernt, um mich mit solchem Pack zu messen.« Der Spielmann legte den Waffenrock über ein leeres Faß. »Sieh zu, daß du den Rock säuberst. Irgendwie habe ich mich während des Kampfes mit Schlamm besudelt.« Er zuckte mit den Schultern. »Ich habe mich diesmal wirklich in acht genommen.«

»Gewiß«, knurrte Golo leise.

Volker seufzte. Es war wirklich nicht leicht, die ständige schlechte Laune seines Reisegefährten zu ertragen. Golo sollte froh und dankbar sein! Er war der Sohn eines Leibeigenen. Hätte er ihn nicht als seinen Knecht auserwählt, wäre er ein Leben lang hinter einem Pflug hergelaufen. Er hätte niemals fremde Länder zu sehen bekommen und Abenteuer an der Seite eines Ritters erlebt. Es gab genug junge Burschen, die ihre rechte Hand opfern würden, um derart vom Schicksal begünstigt zu werden.

»Der Wirt sagt, daß der Waschplatz eine halbe Meile nördlich vom Dorf liegt. Dort verläuft ein kleiner Fluß, in den ein flacher Felsen hineinragt. Angeblich gibt es dort Feenwesen, die gar nicht gut auf Menschen zu sprechen sind. Baron Rollo hat vorgestern eigenhändig eine Eiche in einem heiligen Hain gefällt, um gegen den Aberglauben der Bauern und Fischer vorzugehen. Jetzt flüstern sie, daß eine Fee namens Morrigan kommen wird, um ihn zu holen. Nach Dunkelheit wird sich keiner mehr vor die Tür wagen. Sieh also zu, daß du beizeiten zurück bist. Ich werde heute abend in der Schenke zur Laute singen. Dafür sind das Zimmer und das Essen frei. Schlag dir den Bauch voll! Man hat ein Zicklein für uns geschlachtet.«

»Jawohl, Herr Ritter!« Golo verbeugte sich übertrieben unterwürfig.

»Übrigens, unser Quartier wirst du in der Nacht wohl für dich alleine haben. Es sieht so aus, als habe die Kleine, die mir die Augen verbunden hat, ein Herz für arme Spielleute, die sich mit griesgrämigen Dienern herumschlagen müssen. Solltest du also jemanden finden, der mit dir das Lager teilen will ... Nur zu! Und jetzt zieh los. Um Lanzenbrecher kümmere ich mich.«

Golo verließ den Stall, ohne auch nur ein Wort zu verlieren. Volker blickte ihm eine Weile nach. Dummer Bauerntrampel! Wenn der Junge erst einmal einen Feind mit herausquellenden Därmen vor seinen Füßen verrecken gesehen hätte, würde er vielleicht anders über ihr kleines Duell denken. Wem schadete dieser Betrug? Die Bauern hatten ein Schauspiel, und sie beide konnten sicher sein, ihre Reise ein Stück weit unbehelligt fortzusetzen. Offenbar hatte Golo die schönen Lieder über Helden zu ernst genommen. Das Leben sah anders aus! Volker lachte leise. Er jedenfalls würde einen Abend mit einem Bauernmädchen im Arm jederzeit einer Schlacht vorziehen.

2. KAPITEL

Nach der Nacht im Dorf hatte es aufgehört zu regnen. Endlich schien der endlose Winter vorüber zu sein. Zum ersten Mal fielen Golo Blumen am Wegesrand auf. Er mußte oft an die Geschichten über die Fee Morrigan denken, die er im Dorf gehört hatte. Angeblich war sie die Herrscherin der Sümpfe und regierte in einem verwunschenen Königreich, das jenseits der Nebel lag, die morgens über das brackige Wasser zogen. Seitdem er diese Geschichte kannte, sah er die Landschaft mit anderen Augen. Aufmerksam beobachtete er den Sumpf. Er wußte genau, daß er mit keinem anderem Menschen als Volker durch diese Landschaft reiten würde.

Die Methoden des Spielmanns mochte er immer noch nicht gutheißen, doch mußte er sich eingestehen, daß sie auf ihrer ganzen Reise noch keine Begegnung mit Räubern hatten. Vielleicht würde er die Sache mit den fingierten Duellen auch eher akzeptieren können, wenn Volker nicht jedes Mal noch die Gelegenheit dazu nutzen würde, die Dorfschöne zu verführen. Wenn er an ihren Abschied vor anderthalb Tagen dachte, wurde ihm ganz schlecht. Rosanne hieß das Mädchen. Die Kleine hatte drei Meilen hinter dem Dorf an einem Wegkreuz auf sie gewartet. Neben ihr hatte ein kleines Bündel gelegen. Sie schien tatsächlich geglaubt zu haben, Volker sei genauso unsterblich verliebt wie sie und würde sie auf seiner Reise mitnehmen, so wie es die Ritter in den Liedern der Sänger manchmal taten. Der Spielmann konnte ihr sehr wortgewandt erklären, warum das unmöglich war. Sie hatte ihn mit großen Augen angesehen und zu jedem seiner herzlosen Argumente artig genickt. Ihr rannen dabei Tränen über die Wangen, doch das Schluchzen hatte sie mit zusammengekniffenen Lippen unterdrücken können. Golo hätte seinen Herren in dem Moment am liebsten geohrfeigt. Wie brachte Volker es nur fertig, so ergreifend von der Liebe zu singen und doch selbst so ohne Gefühl zu sein?

Der Knecht ballte seine Hände zu Fäusten. Er würde seinen Kopf darauf verwetten, daß die Kleine noch Jungfrau gewesen war. Ob sein Herr sich überhaupt im klaren war, was das für das Mädchen bedeutete? Sie würde keinen Mann mehr finden in ihrem Dorf. Wahrscheinlich hatte sie ihr Bündel genommen und war die Straße entlanggezogen. Sie würde eine Dirne, eine Schankmaid oder Baderin werden ...

»Siehst du den Rauch dort vorne?« Volker hatte sein Pferd gezügelt und wies nach Westen. »Das ist doch die Richtung, in der das Gut des Barons liegt!«

»Das mag wohl sein«, brummte Golo einsilbig.

»Ich reite voraus. Vielleicht braucht man unsere Hilfe.

Komm mit dem Packpferd so schnell wie möglich nach.« Volker gab seinem Hengst die Sporen und galoppierte davon.

Der Knecht blickte zu der Rauchsäule. Es mußte sich um ein großes Feuer handeln! Als er noch ein Kind war, hatte er einmal von weitem eine brennende Scheune gesehen. Damals war es ihm so vorgekommen, als wollten die Flammen bis in den Himmel schlagen, doch dieses Feuer schien noch größer zu sein. Es war windstill, und die Rauchwolke erhob sich wie ein riesiger, grauschwarzer Turm über die Sumpflandschaft. Daß es ausgerechnet an dem Tag ihrer Ankunft in der Nähe des Rittergutes brannte, würde man sicher als ein böses Omen betrachten. Und dort mußten sie den Sommer verbringen ...

Schon von weitem konnte Volker erkennen, daß das große Rittergut nicht mehr zu retten war. Die Gebäude standen in lichten Flammen, und noch bevor er den Landsitz erreichte, brach der hohe Bergfried mit Getöse in sich zusammen. In weitem Abstand um die brennenden Gebäude standen Bauern und Knechte. Keiner von ihnen unternahm etwas, um die Flammen zu bekämpfen. Volker fluchte. Wie konnten diese Trottel nur tatenlos zusehen, wie die kleine Burg abbrannte? Er gab dem Hengst die Sporen und jagte in halsbrecherischem Galopp den schmalen Knüppeldamm entlang, der durch den Sumpf führte.

Der Herrensitz lag auf einem kleinen Hügel, der sich aus der Sumpflandschaft erhob. Bis dicht unter die Mauern der Burg reichten Felder, und die Gegend rings um den Hügel war mit zahlreichen Entwässerungsgräben durchzogen. Die

Grenze zum Sumpf markierte ein Dickicht aus mächtigen, alten Weiden, deren dürre Äste bis ins faulige Wasser hinabhingen.

Am Fuß des Hügels zügelte Volker den Hengst, sprang aus dem Sattel und lief auf die Bauern zu. »Was im Namen des Herren ist hier geschehen? Warum steht ihr tatenlos herum, statt das Feuer zu löschen?«

»Das Feuer ist zu groß«, erklärte ein kleiner, untersetzter Mann. »Außerdem wollen wir nicht so enden wie der Baron. Wir wissen, daß man das Nachtvolk nicht reizen darf. Der Normanne hat durch seine Taten Macha herbeigerufen. Siehst du die Pfähle dort hinten bei den Weiden? Das geschieht allen, die die Königin im Federkleid beleidigen.« Der Mann wies auf einen Kreis aus Pfählen im Schatten einiger mächtiger Weiden. Dort waren die Köpfe von Erschlagenen aufgespießt worden.

»Willst du sagen, daß keiner von euch geholfen hat, den Baron zu verteidigen?«

Der kleine Mann lachte. »Du bist hier genauso fremd wie der Baron. Jeder, der bei den Sümpfen wohnt, weiß, daß es sinnlos ist, gegen das Nachtvolk zu kämpfen. Genausogut könntest du versuchen, in der Dämmerung mit dem Schwert in der Hand den Nebel in die Sümpfe zurückzutreiben. Man kann sie nicht mit Waffen besiegen. Sieh dich um! Rollos normannische Waffenknechte haben gekämpft letzte Nacht. Siehst du auch nur einen toten Feenritter? Wir sind in unseren Hütten geblieben und haben Türen und Fenster verriegelt. Letzte Nacht, kurz nach der Dämmerung, hat es angefangen. Im Nebel erklang der Lärm ihrer Hörner. Es war ein Getöse, als wolle ein Schwarm wütender Drachen über uns herfallen. Dann kam das Feenvolk aus dem Sumpf. Erst waren Schreie und Waffenlärm zu hören, doch bald schon erklangen nur noch Schreie.«

»Wer von euch ist hier der Anführer?«

Der Mann fuhr sich über sein stoppeliges Kinn. »Es gibt jetzt keinen Baron und keinen Vogt mehr. Wenn wir Rat suchen, fragen wir den alten Jean. Er steht dort drüben, bei den Pfählen. Der Mann mit dem kurzgeschorenen weißen Haar.«

Volker stieg den flachen Hügel hinab. Die Bauern senkten den Blick, als er an ihnen vorüberging. Er konnte nicht begreifen, was sie so sehr in Schrecken versetzte. Feenritter, so ein Unsinn!

Der Alte kniete neben den Pfählen, und es schien, als bete er. Erst als er bis auf zwei Schritt an den Bauern heran war, konnte Volker die Worte des Bauern verstehen. »... Herrin auf den schwarzen Schwingen. Vergib uns unsere Schuld und sei gnädig zu denen, die deine Kinder mit sich genommen haben. Es war nicht unsere Schuld. Der Baron war ein Fremder, der taub war für die Gesetze unseres Landes ... Wir hatten ihn gewarnt, nachtschwarze Herrin des Todes.«

Volker betrachtete die Köpfe der Toten auf den blutverkrusteten Pfählen. Es waren nur Männer. Manche der Gesichter waren zu gräßlichen Grimassen verzogen, so als hätten sie tatsächlich im Augenblick ihres Todes etwas gesehen, das ihre Herzen zu Eis erstarren ließ.

Der Alte hatte inzwischen sein Gebet beendet. Auf seinen krummen Stab gestützt richtete er sich auf und blickte Volker mit trüben grauen Augen an. Er reichte dem Spielmann nur bis zur Brust. Der Bauer trug einen einfachen Kittel aus grobem, hellbraunen Stoff. Sein Gesicht war verwittert wie ein alter Fels, und die Jahre hatten tiefe Furchen in sein Antlitz geschnitten. »Hat König Eurich Euch geschickt, Herr? Ist die Kunde von der letzten Nacht schon bis zu ihm gedrungen?«

»Ich kam, um Gunbrid, der Nichte des Burgundenkönigs, meine Aufwartung zu machen. Was ist hier geschehen, Jean? Warum mußte Rollo sterben?«

Der Greis schüttelte den Kopf. »Der junge Herr wollte nicht auf mich hören. Ich hatte ihn gewarnt. Er hat uns gezwungen, Dämme zu bauen und Kanäle auszuheben. Er wollte sein Land vergrößern und hat dabei an den Besitz der Feenkönigin gerührt. Der Sumpf ist ihr Land. Und vor drei Tagen dann ist er zum heiligen Hain geritten. Das ist ein kleiner Wald, in dem die Menschen, die am Rande des Sumpfes leben, schon seit uralten Zeiten den älteren Göttern opfern. Wir tun dies, um Frieden mit den Feen zu wahren. Rollo hat es uns verboten, und um sein Verbot noch zu unterstreichen, hat er eine der Eichen im Hain gefällt. Ich selbst habe neben ihm gestanden und ihn angefleht, den Baum zu schonen, doch er war wie von Sinnen. Er hatte eine Reise nach Martinopolis gemacht. Dort haben ihm die Mönche viele Geschichten über ihre Heiligen und deren Wunder erzählt. Seitdem war der junge Herr besessen von der Idee, den alten Glauben auszurotten. Ihr müßt nicht glauben, daß wir hier keine guten Christenmenschen wären, Fremder, doch wir wissen auch, daß uns die Feen und die alten Götter hier am Rand der Sümpfe näher sind als der Gottessohn, der im fernen Jerusalem gestorben ist.«

»Und was ist mit dem Gesinde und den Dienern aus der Burg geschehen?«

Der Alte schluckte. »Sie haben sie mit sich in die Sümpfe genommen … Macha hat nur die Normannen töten lassen. Seht Euch die Köpfe an, Herr. Es ist keiner der Einheimischen dabei. Nur die Fremden. Unsere Leute haben sie als Sklaven genommen. Sie werden am Hof der Feenkönigin dienen.« Er wischte sich mit dem Ärmel seines Kittels die Nase. »Meine Enkeltochter gehört auch zu den Gefangenen. Aber sicher wird es ihr dort drüben in der anderen Welt gut ergehen. Die Feen haben sie gemocht. Wißt Ihr, Herr, sie wurde mit einer Glückshaut auf dem Kopf geboren. Das geschieht nur sehr selten. Solche Kinder werden oft von den Feen geholt. Aber es geht ihnen gut ...« Jean blickte auf den Sumpf hinaus.

»Und ihr tut nichts? Was hindert dich daran, in den Sumpf zu gehen und sie zurückzuholen?«

»Der Sumpf gibt nichts mehr zurück, was er sich einmal genommen hat«, entgegnete der Alte. Seine Stimme klang hohl und tonlos. »Ihr seid nicht von hier, Herr. Ihr könnt das nicht verstehen. Wie ist Euer Name?«

»Man nennt mich Volker von Alzey. Ich gehöre zu den Edlen des Hofes von Burgund, und ich bin gekommen, um die Nichte meines Königs zu sehen. Nichts wird mich davon abhalten! Morgen gehe ich in die Sümpfe und hole sie zurück. So wie es scheint, gehört sie ja nicht zu den Toten, obwohl sie nicht hier geboren wurde.«

Jean nickte. »Die junge Herrin war eine gute Frau. Nicht so ungestüm wie Rollo. Sie wollte ihn davon abhalten, den Hain zu schänden. Die Baronin hatte begriffen, was es hieß, die Feen zu reizen. Sie war auch gut zu den Bauern und Fischern. Ihr werdet hier keinen finden, der schlecht von ihr spricht. Meine Enkeltochter hatte die Ehre, ihr als Kammerfrau zu dienen. Doch ich sage Euch, Herr Volker, wenn Ihr in die Sümpfe geht, dann seid Ihr des Todes.«

Der Spielmann lachte. »Man hat mir schon oft mit dem Tod gedroht, mein Freund, doch wie du siehst, hat sich bislang noch keiner gefunden, der in der Lage war, seinen Worten auch Taten folgen zu lassen. Ich fürchte mich vor keinem Gespenst oder was immer deine Macha auch sein mag. Und nun hilf mir, die Köpfe herunterzunehmen. Es ziemt sich nicht für Christenmenschen, eine solche Barbarei zu dulden. Wir wollen die Körper der Männer suchen und ihnen ein anständiges Begräbnis geben.« Mit einem Ruck zog Volker den Kopf des Barons von dem Pfahl, vor dem er stand. Im selben Augenblick erhob sich ein großer Rabe aus dem Geäst der Trauerweide. Mit schrillem Krächzen flog er zum Sumpf hinaus.

»Beim Blute Marias, was habt Ihr getan, Herr?« Jean hob abwehrend die Hände. »Der Rabe wird Macha von Eurer Tat künden! Ihr seid verloren! Hängt den Kopf zurück. Vielleicht werden die Feen Euch dann einen schnellen Tod schenken?«

»Dein Gewinsel widert mich an, Alter. Mach, daß du mir aus den Augen kommst, oder ich werde dir einen schnellen Tod schenken. Ich verachte dich und die Deinen! Ihr habt euren Herren verraten und die Baronin Gunbrid, die du selbst eben noch großherzig genannt hast. Ich werde tun, was meine Pflicht ist, Alter, und versuche nicht, mich daran zu hindern.« Volker legte die Linke auf den Knauf des Schwertes an seiner Seite. »Ich kann nicht nur bei Nacht und Nebel unangenehm werden.«

Jean spuckte vor ihm aus. »Jetzt nehmt Ihr den Mund noch voll, Herr, doch wartet nur bis zum nächsten Morgengrauen. Dann wird Euer Kopf auf einem der Spieße stecken, und ich bin es, der Euch dann verhöhnt.« Schwer auf seinen Stab gestützt, humpelte der Bauer davon.

Wütend blickte Volker ihm nach. Wie konnte man nur so dumm und verbohrt sein! Feen! Der Spielmann schnaubte verächtlich. Er wußte nur zu gut, wie solche Geschichten zustande kamen. Ein Mädchen ertrank in einem Waldsee, und man erfand eine Geschichte dazu. Irgendein böser Wassergeist, der am Grunde des dunklen Pfuhls hauste. Sein Blick wanderte über die weite Sumpflandschaft. Wer hier seinen Weg verlor, war des Todes. Sicher war schon mancher Reisende in den Schlammlöchern verschwunden, und bestimmt erwischte es auch hin und wieder einen der Bauern und Fischer. Kein Wunder, daß es Geschichten um Feen und böse Geister gab! Wahrscheinlich saß dort draußen in Wahrheit eine Räuberbande, die sich den Aberglauben dieser Tölpel zunutze machte. Und die Frauen und Kinder hatte man nicht aus Barmherzigkeit verschont, sondern um sie als Sklaven an die Mauren zu verkaufen. Aber er würde mit diesem Schwindel aufräumen! Volker zog sein Schwert und kniete nieder. Mit der Stirn berührte er das Heft seiner Waffe. »Ich schwöre bei meinem Herren, Christus, daß ich dich retten werde, Gunbrid, wo immer du jetzt auch sein magst!«

Golo warf eine letzte Schaufel voll Erde in das Loch und schlug dann ein Kreuzzeichen. Endlich waren diese gräßlichen Köpfe verschwunden! Sie hatten bei einem der Bauern Hacke und Spaten geholt, eine Grube ausgehoben und die Schädel bestattet.

Der Knecht blickte ängstlich zum Sumpf, wo hinter den schwarzen Weiden die Sonne versank. Die Bauern hatten ihm zugeflüstert, was geschehen war. Ein Rachezug der Feen ... Er legte den Kopf schief und blickte zu seinem Herren. Und Volker hatte natürlich nichts Besseres zu tun gehabt, als sich mitten in den Ärger zu stürzen. Warum nur hatte ihn Gott mit einem solchen Herren gestraft? Die ganze Reise über war der Spielmann jedem Kampf aus dem Weg gegangen, und jetzt das! Selbst wenn er recht haben sollte und es tatsächlich nur eine Bande von Räubern gewesen war, die den Landsitz geplündert hatte, war sein Plan, sie zu verfolgen, der schiere Wahnsinn. Diese Halsabschneider hatten siebzehn normannische Waffenknechte und ihren Herren getötet. Was sollten sie zu zweit gegen eine solche Bande ausrichten? Es war völlig verrückt...

Auf der Weide hinter dem Pfahlkreis hatten sich einige Raben niedergelassen. Es schien, als beobachteten die Vögel sie. Golo lief ein kalter Schauer über den Rücken. Die Bauern behaupteten, die schwarzen Vögel seien die Boten der Todesgöttin Macha.

Volker schien ganz in ein stummes Gebet versunken. Er hatte den Kopf geneigt und starrte auf das halb zugeschüttete Loch zu seinen Füßen.

»Wollen wir nicht gehen, Herr? Ich glaube, die mögen uns hier nicht besonders. Noch ist es Zeit zu verschwinden.«

»Von diesem Bauernpack wird uns keiner ein Leid zufügen. Sobald es dunkel ist, werden sie sich in ihren armseligen Hütten verkriechen. Und was die Räuber aus den Sümpfen angeht ... Sie werden gewiß nicht wiederkehren. Hier gibt es nichts Lohnendes mehr für sie zu holen.«

»Und wenn es doch Feen waren ...«

»Fängst du jetzt auch schon an?« zischte der Ritter wütend. »Wenn es dich beruhigt, werde ich die Nacht über wachen, du Hasenherz!«

Das haben die Waffenknechte dem toten Baron gewiß auch versprochen, dachte Golo. Die Sonne war untergegangen. Die Wolken im Westen glommen im letzten Abendrot. Sie waren von dunklem Rot ... Fast wie frisch vergossenes Blut. Von Osten her zogen dünne Nebelschleier über das Moor.

Irgendwo hinter den Wolken mußte das Meer liegen. Er hatte noch nie einen Ozean gesehen ... So wie die Dinge standen, würde es wohl auch nicht mehr dazu kommen.

Sicher lauerten die Feen schon im Nebel und warteten nur noch darauf, daß es völlig finster wurde!

Vom Sumpf her erklang der klagende Schrei einer Eule. Das war kein gutes Omen!

»Wir werden in den Ruinen der Burg unser Lager aufschlagen. Dort sind wir ein wenig geschützt, falls das Wetter umschlägt.«

Die Feuer dort waren mittlerweile fast verloschen. Nur in den Trümmern von Palas und Burgfried schwelten noch einige der eingebrochenen Deckenbalken. Mißmutig blickte Golo den Hügel hinauf. Das war gewiß ein verfluchter Ort! So viele Männer waren dort gestorben. Wahrscheinlich würden ihre Geister sie heimsuchen. Die Hand des Knechts glitt zu dem Schwert an seiner Seite. Er würde sein Leben teuer verkaufen! Und falls Volker doch einschlafen sollte, könnte er sich vielleicht davonschleichen. Sein Herr konnte nicht von ihm verlangen, daß er ihn auf diese vollkommen aussichtslose Suche in die Sümpfe begleitete. Dort würden sie nichts als den Tod finden ...

3. KAPITEL

Am Morgen war Jean zu ihrem Lager heraufgestiegen. Der alte Bauer hatte ihnen ein prächtiges Frühstück gebracht. Frisch gebackenes Brot, drei Hühnereier, einen gebratenen Fisch und etwas Pflaumenmus vom Vorjahr. Der Dorfälteste wollte ihnen sogar zehn Silberstücke anbieten, wenn sie nur wieder die Ruinen verließen und sich auf die Reise zurück nach Worms begaben. Er war der festen Überzeugung, daß sie der kleinen Siedlung Unglück bringen würden, wenn sie noch länger verweilten. Volker hatte das Silber in der Rechten abgewogen ... Er war sich sicher, daß dies nicht die gesamten Ersparnisse des Dorfes waren. So arm sahen die Leute nicht aus. Er hatte den kleinen Lederbeutel genommen, zusätzlich noch Proviant für drei Reisetage verlangt, und so waren sie sich handelseinig geworden.

Länger an diesem Ort zu verweilen machte ohnehin keinen Sinn. Mit jeder Stunde, die sie noch blieben, vergrößerte sich nur der Abstand zu den Räubern. Vermutlich waren die Plünderer auf dem Weg zur Küste, um dort die Gefangenen an einen maurischen Sklavenhändler zu verkaufen.

Volker hatte Jean nach dem kürzesten Weg zur Küste gefragt, und der Bauer gab ihm eine sehr ausführliche Beschreibung. Der Spielmann fluchte leise. Wie hatte er diesem durchtriebenen Alten nur glauben können? Der Tag war grau und nebelig gewesen. Schon um die dritte Stunde hatte es begonnen zu regnen. Das Wasser rings um sie herum begann zu steigen. Den ganzen Morgen über hatte Golo auf seine griesgrämige Art geschwiegen. Der Knecht war dagegen gewesen, in den Sumpf zu reiten. Er hatte der trügerischen Sicherheit des Knüppeldamms nicht getraut.

Volker hob den Arm und gab Golo ein Zeichen anzuhalten, dann sprang er vom Pferd und spähte über das dunkle Wasser. Kurz vor ihnen senkte sich der Damm ein wenig und verschwand dann in den dunklen Fluten. Hier weiterzureiten wäre Selbstmord. Volker ballte wütend die Fäuste. Er war sich immer sicher gewesen, in einer Schlacht sein Ende zu finden ... Einen Heldentod an der Seite seines Königs oder wenigstens umgeben von treuen Waffenbrüdern. Aber von einem Sumpfloch verschluckt zu werden ... Nein, das konnte nicht das Ende sein! »Wir müssen zurück. Der Weg ist hier überflutet. Es geht nicht weiter.«

»Hinter uns ist es auch nicht besser. Wir sitzen hier fest. Am besten ist wahrscheinlich, wenn wir uns nicht von der Stelle bewegen.«

»Du meinst, wir sollen hier im Regen stehen und zusehen, wie das Wasser langsam steigt?«

»Habt Ihr einen besseren Vorschlag, Herr? Ich fürchte, das wird nur eine kurze Suche.« Golos Wallach schnaubte unruhig. »Hat Euch dieser Bauer nicht eine Flasche Branntwein mitgegeben? Vielleicht sollten wir das gute Tröpfchen vernichten. Ich meine, es macht doch keinen Sinn, wenn wir mit einer Feldflasche voller Schnaps versinken ...«

»Wenn dir das Sterben betrunken leichter fällt ...« Volker löste die strohumwickelte Tonflasche von seinem Sattelgurt und warf sie dem Knecht zu. Er konnte nicht begreifen, wie man in dieser Lage daran denken konnte, sich zu betrinken. Es mußte einen Ausweg geben! Der Spielmann schirmte die Augen mit der Hand gegen den Regen ab und spähte über die grauschwarze Wasserfläche. Doch es gab nichts außer ein paar Schilfinseln und einigen flachen Erhebungen, auf denen Weiden und niedrige Büsche wuchsen.

Das Wasser reichte ihm jetzt halb zur Wade hinauf. Seine Füße fühlten sich an wie zwei Eisklumpen. Vielleicht sollte er das nächste Mal auf Golo hören ... Der Knecht lehnte an seinem Pferd und trank mit gierigen Schlucken aus der Flasche. Als er bemerkte, daß Volker ihn anstarrte, setzte er die Flasche ab. »Auch 'nen Schluck? Schmeckt teuflisch gut, Herr. Bei allem, was recht ist, Schnaps brennen können die Fischköpfe aus dem Dorf.«

Der Spielmann nickte und nahm dankbar die Flasche in Empfang. Wie flüssiges Feuer rann der klare Branntwein die Kehle hinab, und eine wohlige Wärme begann sich in seinem Bauch auszubreiten. Er nahm noch einen zweiten Schluck, verschloß die Flasche und hängte sie wieder an seinen Sattel.

»Ich könnte noch was vertragen«, maulte Golo.

»Wir werden jetzt weitergehen. Schnall meine Lanze von dem Packpferd. Ich werde sie nutzen, um nach festem Grund zu tasten. Halt dich ein paar Schritt hinter mir. Falls mir was passieren sollte, bleibst du am besten einfach stehen und betest, daß der Regen aufhört.«

»Worauf Ihr Euch verlassen könnt, Herr. Aber sagt, warum bleiben wir nicht gleich hier stehen?«

»Wie fühlen sich deine Füße an?«

»Eiskalt und naß. Warum fragt Ihr?«

Volker lächelte freudlos. »Wir werden hier nicht ertrinken, so hoch wird das Wasser nicht steigen, doch wenn wir still stehen bleiben, wird uns die Kälte umbringen. Verstehst du ... Wir werden nicht erfrieren, doch unsere Kräfte zehren mehr und mehr aus. Wir werden Krämpfe in den Beinen bekommen. Der Kampf kann sich über ein bis zwei Tage hinziehen. Irgendwann brichst du erschöpft zusammen. Dann erst wirst du ertrinken. Noch habe ich die Freiheit, mein Schicksal selbst in die Hand zu nehmen. Ich werde mich mit Hilfe der Lanze vorwärtstasten. Vielleicht haben wir Glück und schaffen es bis zu einer der flachen Inseln. Wenn wir dort ein Feuer entfachen können, sind wir gerettet. Gib mir jetzt die Lanze!«

Golo konnte sich nicht erinnern, daß ihm jemals zuvor in seinem Leben so kalt gewesen war. Seine Hände waren ganz steif, und klappernd schlugen seine Zähne aufeinander. Noch immer tastete Volker sich mit der Lanze vorwärts. Bislang war es ihnen ganz gut geglückt, auf dem Weg zu bleiben. Ein bißchen bewunderte Golo sogar den Mut und die Ausdauer des Spielmanns. Nicht einmal hatte er über die Kälte geklagt!

Aber jetzt wurde es dunkel, und ein eisiger Wind wehte von Westen her über die Sumpflandschaft. Mit jedem Herzschlag schien es kälter zu werden. Es war sinnlos, sich noch etwas vorzumachen. Es gab keinen Ausweg. Sie würden den Sonnenaufgang nicht mehr erleben!

»He, bleib nicht zurück!« Volker hatte sich umgedreht und winkte ihm, mit den Pferden zu folgen. »Du darfst nicht lange an einer Stelle stehenbleiben und dich deinen Gedanken hingeben. Das ist nicht gut! Die Kälte wird dich dann schneller besiegen.«

»Ist es nicht egal, ob ich jetzt oder in ein paar Stunden sterbe?«

»Sag so etwas nicht. Dort hinten habe ich eine Insel gesehen, die etwas größer ist. Dort ist ein Licht. Wenn wir es bis dahin schaffen, sind wir gerettet. Dort muß ein Feuer sein!«

Golo kniff die Augen zusammen und spähte in die Finsternis. »Ich kann nichts sehen! Ihr macht mir etwas vor!«

»Bei meiner Ehre als Ritter, ich lüge nicht! Es war eine Tür, die für einen Moment lang geöffnet wurde. Deshalb sehen wir es jetzt nicht mehr.«

Der Knecht dachte an die Geschichten, die er über die Feen gehört hatte. Angeblich lebten sie nicht in dieser Welt. Man mußte geheimnisvolle Pforten passieren, um in ihre Königreiche zu gelangen. Ob es eines dieser Tore war, das Volker gesehen hatte? Golo rieb sich die Arme. Gleichgültig, wohin dieses Tor auch führen mochte. Es war dort sicher angenehmer als hier draußen im Schlamm. Angeblich feierten die Feen jede Nacht Feste, und ihre Tafeln bogen sich unter der Fülle erlesenster Speisen. Bestimmt führte die Pforte sie in einen Feenpalast! Welcher *Mensch* wäre schon so verrückt, hier mitten im Sumpf zu leben?

Volker blieb plötzlich stehen. Er stocherte mit der Lanze im Wasser herum und schüttelte schließlich den Kopf. »Wenn wir weiter dem Knüppeldamm folgen, entfernen wir uns von der Stelle, an der ich das Licht gesehen habe. Abseits des Dammes werden wir aber keinen festen Boden mehr unter den Füßen haben. Was sollen wir tun?«

Golo fuhr sich über sein stoppeliges Kinn. »Wenn wir auf die Insel zugehen, haben wir wenigstens ein Ziel. Dieser Damm scheint mir ins Nichts zu führen. Versuchen wir das Stück durch den Sumpf zu kommen!«

»Und was ist, wenn wir in der Finsternis die Richtung verlieren?«

»Ihr denkt zuviel, Herr. So viele Möglichkeiten haben wir letzten Endes nicht. Entweder bleiben wir auf dem Damm und frieren uns die Seele aus dem Leib, oder wir wagen uns über das unsichere Wegstück. Wir werden entweder versinken oder aber in einer Stunde vor einem warmen Feuer sitzen. Vielleicht solltet Ihr ein Signal mit Eurem Horn geben. Egal, wer dort hinten auch haust, wenn er ein Herz im Leib hat, wird er uns ein Zeichen geben, damit wir die Richtung halten können.«

»Wie du meinst!« Der Spielmann schnallte das Horn von seinem Sattel und setzte es an die Lippen. Dreimal stieß er hinein, dann machte er eine kurze Pause und wiederholte das Signal. Hinter ihnen platschte etwas ins Wasser und entfernte sich rasch. Golo schluckte.

»Sicher nur eine Ratte oder ein Biber.«

Der Knecht nickte. »Bestimmt habt Ihr recht, Herr.« Vielleicht war es doch nicht so klug gewesen, solchen Lärm zu machen. Golo dachte an die Worte des alten Bauern. Indem sie die Köpfe der Normannen bestatteten, hatten sie angeblich den Zorn der Feenkönigin erweckt. Vielleicht streiften ihre Ritter oder irgendwelche unheimlichen Geschöpfe, die in ihren Diensten standen, durch den Sumpf und waren jetzt auf sie aufmerksam geworden. Wären sie nur niemals in dieses verfluchte Land gekommen! Im Geiste malte sich Golo schon aus, wie auch sein Kopf auf einem Pfahl steckte. Ihn würde bestimmt niemand erretten. Die Raben würden kommen und ihm das Fleisch vom Schädel picken.

»Wir sind sicher noch zu weit weg«, murmelte der Spielmann halblaut. »Wir müssen näher an die Insel kommen. Dann versuche ich es noch einmal.« Erneut stocherte er mit der Lanze im dunklen Wasser herum, dann verließ er den Weg.

Golo zögerte. Leise betete er zur Jungfrau Maria und folgte dem Ritter.

Volker wußte mittlerweile nicht mehr, in welche Richtung sie gingen. Ein Dutzend Mal oder noch öfter hatten sie Umwege machen müssen, um Schlammlöchern auszuweichen. Eine Orientierung war unmöglich. Der Himmel war von dunklen Wolken verhangen, und nicht einmal der Mond war noch zu sehen. Sie bewegten sich durch absolute Finsternis! Der Spielmann war sich inzwischen sicher, daß sie innerhalb der nächsten Stunden den Tod finden würden. Es gab kein Entkommen aus dieser Falle, in die sie Jean geschickt hatte. Er hätte den Bauern besser behandeln sollen!

Fast wie Hände griff der weiche Schlamm nach Volkers Füßen. Er stand knietief im Wasser, und mit jedem Schritt fiel es ihm schwerer, sich der kalten Umklammerung des Moors zu erwehren.

Noch einmal setzte er das Horn an die Lippen und blies sein Signal, doch glaubte er nicht mehr daran, daß sie gerettet würden. Vielleicht hatte er sich das Licht auf der Insel auch nur eingebildet, oder sie gingen längst in eine falsche Richtung und entfernten sich mit jedem Schritt weiter von sicherem Grund.

Hinter ihm ertönte ein Schrei. Erschrocken fuhr er herum. Golo steckte bis weit über die Hüften im Schlamm. Mit rudernden Bewegungen versuchte er sich zu befreien. Volker schien es, als würde der Knecht mit jedem Atemzug ein Stück weiter versinken.

»Halt dich fest.« Er reichte ihm das stumpfe Ende der Lanze. »Ich zieh' dich heraus. Keine Sorge!«

Ein breiter Streifen goldenen Lichts fiel auf das Wasser. »Geh zwei Schritt zur Seite, Ritter. Auch du stehst nicht auf sicherem Grund. Und sag deinem Freund, er soll sich ganz still verhalten, sonst wird er nur um so schneller versinken.« Volker blickte über seine Schulter. Keine zehn Schritt hinter ihm stand eine hochgewachsene, schlanke Frau vor einer Tür aus verwittertem, grauen Stein.

Der Ritter tat wie ihm geheißen, und tatsächlich war der Boden, auf dem er nun stand, so fest wie gewachsener Fels. »Hast du gehört, Golo? Zapple nicht wie ein Fisch auf dem Trockenen!«

»Ihr habt gut reden!« fluchte der Knecht. »Ich möchte Euch einmal sehen, wenn Ihr das Gefühl habt, tausend kleine Teufel ziehen an Euren Füßen.«

»Nur mit der Ruhe, gleich bist du da heraus.« Der Ritter zog nach Leibeskräften an der Lanze, doch schien sich Golo keinen Zoll bewegt zu haben. Die steifgefrorenen Finger des Knechtes fanden keinen richtigen Halt am glatten Schaft der Lanze.

»Ich werde ein Seil holen«, rief die Frau auf der Insel und verschwand in der Finsternis.

»Bei allen Heiligen, ich schwöre, daß ich nie wieder fluchen oder einen Schluck Branntwein anrühren werde. Ich will auch nicht mehr lügen und ...«

»Hör endlich auf, so herumzustrampeln, du Trottel!« fluchte Volker. »Dann werden die Heiligen dich vielleicht auch erhören!«

»Das Seil, Herr Ritter.« Wie ein Geist stand die Frau vom Ufer plötzlich hinter Volker. Einen Atemzug lang starrte er sie wie gebannt an. Sie war nicht sehr groß und ungewöhnlich blaß. Langes braunes Haar fiel ihr in Locken bis zu den Schultern hinab. »Macht es am Sattel Eures Hengstes fest. Nur er wird die Kraft haben, Euren Diener aus dem Sumpf zu holen.«

Der Krieger nickte stumm. Er knüpfte eine Schlinge in das Seil und warf es Golo zu. »Schling dir das um den Leib! Dann kannst du weiterbeten.«

Der Spielmann ging zu seinem Schlachtroß und strich dem Tier beruhigend über die Nüstern. »Nur ein kleines Stück noch, Lanzenbrecher, dann sind wir wieder auf festem Boden, und ich werde dich trockenreiben. Leg dich ins Zeug, mein Starker. Ich weiß, daß du es schaffen wirst.« Volker schlang das Seil um das Sattelhorn und nahm die Zügel des Pferdes. »Komm jetzt!«

Die Muskeln des großen Hengstes spannten sich. Leise knirschte das Sattelzeug. Wasser perlte vom gestrafften Seil. Der Knecht stöhnte. »Das Seil drückt mir die Luft ab.«

»Komm schon, Lanzenbrecher!« Volker griff jetzt auch nach dem Seil und zog nach Leibeskräften.

Golo stieß einen schrillen Schrei aus. »Etwas hat nach meinem Fuß gegriffen! Eine Klauenhand! Heilige Jungfrau Maria, hilf. Die Teufel sind gekommen, um mich in das Reich Luzifers zu zerren.«

»Vorwärts, Lanzenbrecher!« Volker gab dem Hengst einen Klaps auf die Hinterhand. Wiehernd bäumte er sich auf. Seine Hufe ließen das faulige Wasser aufspritzen. Es gab einen Ruck im Seil, und Golo war frei.

»Die Hand! Sieh nur her! Er hat die Hand abgerissen!« schrie der Knecht hysterisch und deutete auf seinen rechten Fuß. Etwas Dunkles, Armlanges hing daran.

Volker schlug ein Kreuz und kniete nieder. Dann lachte er laut auf. »Deine Hand ist nichts weiter als eine vermoderte Astgabel, an der du hängengeblieben bist.«

Golo starrte ungläubig auf das schwarze Holz. »Das kann nicht sein. Ich habe genau gefühlt, wie es zugegriffen hat. Das ist Zauberwerk der Feen! Ich bin mir sicher, daß es eine Hand war. Es hat sich in dem Augenblick verwandelt, in dem Ihr danach gegriffen habt, Herr.«

Volker lachte. »Hol dein Pferd und das Packtier. Wir sind gerettet.« Der Spielmann erhob sich und strich sich etwas verlegen über seine schmutzige Hose. In bester höfischer Manier verbeugte er sich vor seiner Retterin. Sie trug ein schlichtes, graues Leinenkleid, das am Saum mit zwei grünen Flicken ausgebessert war. »Meine Dame, ich weiß nicht, wie ich Euch danken kann. Ohne Eure Hilfe wären mein Knecht und ich sicherlich im Sumpf zugrunde gegangen. Ich schulde Euch mein Leben.«

Die Frau nickte. »Was Eure Schuld angeht, Herr Ritter, so wüßte ich sehr wohl, wie Ihr sie abtragen könntet. Überlaßt mir das Packpferd.«

Der Spielmann schluckte. Mit derart unbescheidener Gier hätte er nicht gerechnet. Er musterte die Frau. Ihr Gesicht war schmal, die Lippen zusammengepreßt. Sie hielt seinem Blick stand. Ihre großen, graugrünen Augen wirkten freundlich. Ihre ganze Erscheinung stand in krassem Gegensatz zu dieser maßlosen Forderung. Volker hatte gehofft, seine Schuld mit ein wenig charmanter Plauderei und ein paar Liedern vorm Kaminfeuer begleichen zu können.

»Wir haben den Geistern der Sümpfe ein Leben gestohlen«, erklärte sie leise. »Wir müssen ihnen dafür ein anderes zurückgeben, oder sie werden beim nächsten Mal die Schuld doppelt und dreifach eintreiben.«

»Was sagt Euer Pfaffe zu solch Götzendienst?«

»Ich beuge mein Haupt nicht vor den Priestern des Zimmermannssohns. Über ihn gibt es nur Worte. Die alten Götter aber kann ich spüren. Sie sind um mich herum, in den Bäumen und im Wind. Einmal bin ich im Sumpf sogar der Morrigan begegnet. Diese Götter sind mehr als nur Geschwätz. Genauso wie die Geister des Sumpfes.«

»Wohlan denn, meine Dame. Ich bin Ritter, und ich stehe zu meinem Wort. Ihr mögt das Packpferd haben. Wieviel haben wir zu zahlen, wenn Ihr uns für eine Nacht Unterschlupf gewährt? Wir müssen unsere Kleider trocknen und ...«

»Ihr habt nichts begriffen! Ich will das Pferd nicht für mich. Der Sumpf fordert es! Die Gesetze der Gastfreundschaft verbieten mir, für ein Nachtquartier eine Belohnung zu verlangen, und Euer Angebot beleidigt mich, Edelmann!«

»Könnten wir darüber vielleicht vor dem Feuer in Eurer Hütte weiterreden«, mischte sich Golo ein und rieb sich zitternd die Arme. »Ich bin naß wie ein Fisch und obendrein halb verhungert.«

Die junge Frau deutete zur Tür. »Entschuldigt, es war unhöflich, Euch nicht hereinzubitten.«

»Ich werde erst die Pferde absatteln und trockenreiben. Dann mögt Ihr den Lohn für Eure freundliche Hilfe erhalten«, entgegnete Volker kühl.

»Habt Dank, Herr Ritter, aber es ist Eure Aufgabe, das Pferd in den Sumpf zu treiben. Nicht ich bin in Gefahr, sondern Ihr. Behaltet das Tier und fordert Euer Schicksal heraus. Mir ist gleich, was Ihr tut.« Ihre Retterin drehte sich um und verschwand durch die niedrige Tür.

4. KAPITEL

Mit großen Augen musterte Golo das Innere der kleinen Hütte. Schräg gegenüber der Tür gab es einen mächtigen, gemauerten Kamin, in dem eiserne Haken für Töpfe und einen Bratspieß hingen. Die Wände waren mit Regalen bedeckt, in denen Hunderte kleiner Tongefäße und Tiegelchen standen. Es roch wie in einem Kräutergarten. Von der rußgeschwärzten Decke hingen dichte Bündel von Kräutern.

Ein grauer Hund, der ein wenig wie ein Wolf aussah, beäugte den Knecht mißtrauisch und knurrte leise, als Golo an den Kamin treten wollte.

»Ruhig, Ragnar. Er ist mein Gast. Mach Platz für ihn!« Der Hund sprang auf und kam auf Golo zu.

»Würde es Euch etwas ausmachen, ihn zurückzurufen«,

flüsterte der Knecht leise, während er steifbeinig einen Schritt zurück machte.

»Er wird dir nichts tun.« Sie lächelte. »Jedenfalls nicht, solange ich in der Nähe bin. Er hört recht gut.«

Ragnar strich schnuppernd um Golos Beine. Dann verkroch er sich hinter einem Stapel aus Fellen, der offenbar als Nachtlager diente. Auf einem grob gezimmerten Tisch in der Mitte des Raumes standen eine Holzschüssel mit Suppe und ein angeschlagener Tonkrug.

»Du solltest deine Kleider ablegen, sonst wird dir niemals warm werden.«

»Ja ... Herrin.« Golo blickte sich ein wenig verlegen um. Er war es nicht gewohnt, sich in Gegenwart fremder Frauen auszuziehen. Seine Gastgeberin schien sein Unbehagen zu bemerken und musterte ihn eindringlich.

»Ich sehe nichts, wofür du dich schämen müßtest. Also zier dich nicht! Ich habe schon mehr als einen nackten Mann in meinem Leben gesehen.« Sie ging zu ihrem Lager und zog zwischen den Fellen ein altes, zerschlissenes Kleid hervor. »Das kannst du nehmen, um dich abzutrocknen. Draußen vor der Tür ist ein Wassertrog. Wasch dich dort. Du siehst aus wie ein Kobold! Danach kannst du dich hiermit trockenreiben.« Sie legte das Kleid neben die Schüssel auf den Tisch. »Ich werde sehen, daß ich für euch beide noch was Warmes zu essen zustande bringe. Du nimmst dir am besten eines der Felle und hockst dich auf den Schemel vor das Feuer.«

»Danke, Herrin. Ihr seid sehr freundlich.«

»Aber nicht mehr lange, wenn du mich noch länger Herrin nennst, so als sei ich eine hochnäsige Hofdame. Mein Name ist Niamh.«

»Ja, Her... Niamh!« Golo lachte. »Entschuldigt, ich... Übrigens, mein Name ist Golo.«

Die junge Frau nickte.

Der Knecht trat zur Tür und drehte sich noch einmal zu ihr um. »Verzeiht meinem Herrn, er ist erschöpft. Sonst ist er ganz anders. Er kann sehr großmütig und charmant sein ... Vor allem bei so schönen Frauen, wie Ihr es seid.«

»So? Das sollte mich überraschen, bislang halte ich ihn vor allem für dickköpfig und dumm.«

Volker ärgerte es, daß ihre Gastgeberin seinen Knecht so viel freundlicher behandelte als ihn. Sie war eine hübsche Frau. Er war zwar schon schöneren Damen begegnet, doch ein solches Geschöpf hier inmitten des Sumpfes zu finden war so ungewöhnlich wie ein prächtiger Edelstein, den ein Schmied nur in einen Bronzering eingefaßt hatte.

Er griff nach der Laute, die er in die Nähe des Feuers gestellt hatte. Vielleicht vermochte er mit ein paar Liedern die Gunst ihrer Gastgeberin zurückzugewinnen. Bislang hatte er fast jede Frau zu erobern vermocht, die ihn singen gehört hatte. Doch er brauchte nur einmal über die Saiten zu streichen, um zu wissen, daß es noch Stunden dauern würde, bis er auf dem Instrument wieder spielen konnte. Obwohl er die Laute in gefettetes Leder eingeschlagen hatte, war sie in den Sümpfen feucht geworden.

So schnitt er eine mürrische Grimasse und stellte die Laute ein wenig vom Feuer entfernt wieder ab. Wenn sie zu schnell trocknete, würde das Holz vielleicht Risse bekommen.

»Ihr seid ein Troubadour?«

Volker lächelte. »Ich verstehe mich ein wenig darauf, die Laute zu schlagen, und vermag ein paar Lieder zu singen. Nichts Nennenswertes.«

»Wie schade, daß Euer Instrument nicht mehr brauchbar ist. Habt Ihr noch einmal darüber nachgedacht, auf Euer Packpferd zu verzichten? Mir erscheint dies ein kleiner Preis für ein Menschenleben.«

»Das Packpferd zu töten würde bedeuten, daß wir einen großen Teil unserer Ausrüstung nicht mehr mitnehmen könnten.« Volker musterte sie aus den Augenwinkeln. Während er die Pferde trockenrieb, hatte er darüber nachgedacht, was Niamh damit bezwecken mochte, das Packpferd zu verlangen. Vielleicht spekulierte sie auf die Güter, die sie dann zurücklassen mußten.

»Was treibt einen Ritter eigentlich hier in die Sümpfe, edler Herr?«

Ihre Stimme klingt stets ein wenig spöttisch, wenn sie mit mir spricht, dachte Volker verärgert. Mit Golo redete sie ganz anders.

»Ich suche eine Dame, die angeblich von den Feen entführt wurde. Wißt Ihr etwas über das Nachtvolk?«

»Etwas wissen?« Sie machte eine weit ausholende Geste. »Es gibt Hunderte Geschichten über die Feen. Sie sind die Herren des Sumpfes und aller angrenzenden Gebiete. Sie waren schon immer hier. Die schwarze Morrigan, die Hohe Königin der Feen, und ihre drei Schwestern sind die Herrscherinnen am Feenhof. Man sagt, die Mauern ihres Schlosses, das jenseits der großen Nebelwand liegt, seien aus schneeweißem Marmor und die Dächer der Türme aus lauterem Gold. Doch niemals kam ein Sterblicher zurück, um von dort zu berichten, denn was einem Menschen wie ein Fest, das nur eine einzige Nacht währt, erscheint, mag ein ganzes Leben lang dauern. Morrigan verläßt niemals ihren Palast.

Ganz anders hingegen sind ihre Schwestern. Sie alle haben große Zaubermacht, und manchmal verwandeln sie sich in

Raben, um durch den Nebel in die Welt der Menschen zu reisen. Sie fressen dann von dem fauligen Fleisch jener Köpfe von Frevlern, die ihre Feenkrieger der Morrigan zu Ehren auf hölzerne Pfähle gespießt haben. Doch ich vergehe mich an den Gesetzen der Alten. Man sollte nie über die Götter reden, ohne seinen Gästen ein wenig Bier oder Honigmet anzubieten.« Niamh erhob sich, holte einen Krug aus einem ihrer Regale und stellte ihn mit zwei Tonbechern auf den Tisch. Noch bevor sie einschenkte, goß sie ein paar Tropfen des goldenen Mets auf den Boden der Hütte.

Volker kannte diesen Brauch. Auch der düstere Hagen pflegte seinen nordischen Göttern heimlich Trankopfer zu bringen.

Ihre Gastgeberin hatte inzwischen die beiden Becher gefüllt und war zu ihrem Lager aus Fellen hinübergegangen, hinter dem ein leises Knurren erklang. Sie bückte sich und schien nach etwas zu suchen.

Volkers Zunge glitt über seine Lippen. Niamh war wirklich sehr hübsch. Ihr Rock hatte sich verschoben, so daß er ihre schlanken Fesseln sehen konnte. Warum nur lebte eine solche Frau allein mitten in den Sümpfen? »Seid Ihr nicht manchmal sehr einsam hier draußen?«

Niamh antwortete ihm darauf nicht. Als sie sich aufrichtete, hielt sie eine kleine Harfe in den Händen. »Die alten Geschichten muß man bei Musik erzählen.« Ihre Finger glitten über die Saiten. Sie spielte eine kurze, melancholische Melodie und stimmte das Instrument.

Golo, der neben dem Kamin fast eingeschlafen war, hob blinzelnd den Kopf und blickte wie verzaubert zu Niamh. Nicht zum ersten Mal an diesem Abend fragte sich Volker, ob die junge Frau vielleicht eine Hexe war. Das würde vieles erklären! Er würde auf alle Fälle wachsam bleiben.

Ihre Gastgeberin hatte sich inzwischen wieder an den

Tisch gesetzt. »Du willst also in das Land der Feen reisen, Ritter. Heute hast du lernen müssen, daß der Weg durch den Sumpf dir nur den Tod bringen wird. Versuchst du es ein zweites Mal, so werdet ihr beide gewiß sterben.« Niamh begleitete ihre Worte mit einer Melodie, die wie das Wispern des Windes in den Weiden klang. »Wenn du zur Morrigan gelangen willst, so mußt du den Weg des Königs beschreiten. Einen halben Tagesritt von hier gibt es eine Stelle, wo ein Wald aus dichten Eichen steht. Ganz am Ende des schmalen Pfades, der durch den Wald führt, findest du einen Kreis aus Pfählen. Dort stecken die Köpfe jener, die es nicht wert waren, zum König der Feen zu werden. Es sind viele Ritter! Solange man hier in den Sümpfen zurückdenken kann, ist noch jeder gescheitert, der diesen Weg eingeschlagen hat.

Von einer Eiche dicht am Wasser hängen die Waffen der Toten herab. Dort findest du ein Horn, in das du dreimal stoßen mußt. Dies ist das Zeichen dafür, daß einer gekommen ist, den Kämpfer der Morrigan zu fordern. Wann immer das Horn geblasen wird, beginnt es zu stürmen! Schlagartig verfinstert sich der Himmel, und dichter Nebel wird aus dem Sumpf steigen. Wenn das Ungewitter vorüberzieht, erheben sich die Feen aus den Sümpfen. Du mußt den Streiter der Hohen Königin bezwingen. Gelingt dir dies, so wirst du ihr Gemahl und damit zum Herrscher in den Sümpfen. Doch solange die Menschen zurückdenken können, hat niemand den auserwählten Krieger bezwingen können.

Man sagt, die Kraft der alten Götter fließe durch seine Adern. So ist dieser Weg letztlich genauso tödlich wie ein Ritt in den Sumpf hinein. Wenn du klug bist, Ritter, dann opfere morgen dein Packpferd und kehre zu den Deinen zurück. Du hast bereits bewiesen, daß es dir nicht an Mut fehlt. Verschenke dein Leben nicht bei einer so sinnlosen Suche.«

Volker hatte Niamhs Worten gebannt gelauscht. »Deine Sorge um mich berührt mein Herz, Niamh. Doch werden mich all deine Worte nicht daran hindern, meinen Weg zu gehen. Ich habe geschworen, die Nichte meines Königs zu retten, und ich habe noch niemals meinen Eid gebrochen. Gibt es vielleicht nicht noch eine andere Möglichkeit, in das Reich der Feen zu gelangen?«

Niamh lächelte traurig. »Du hast also beschlossen zu sterben, Ritter. Und dein Diener, wirst du ihn mit dir in den Tod nehmen?«

Volker blickte zu Golo. Der Knecht war wieder eingeschlafen. Es stimmte, er hatte kein Recht, von ihm zu verlangen, daß er mit ihm ging. Golo war fast noch ein Knabe. Er würde ihn fortschicken, bevor sie den Eichenhain erreichten. »Du hast meine Frage nicht beantwortet, schöne Bardin. Gibt es noch einen dritten Weg in das Feenreich?«

»Die Wege in die Andere Welt sind so zahlreich und verschlungen wie die Flüsse und Bäche, die dem Meer entgegenstreben. Man sagt, es gibt Orte, von denen man mit nur einem einzigen Schritt in die Paläste der Feen gelangen kann. Doch ich kenne keines dieser verwunschenen Tore, und selbst wenn ich eines wüßte, würde dir das nicht weiterhelfen, denn man sagt, daß ein Sterblicher diese Pforten nur dann passieren kann, wenn die Unsterblichen es wünschen.«

Volker füllte seinen Becher noch einmal mit Met. Der Kopf wurde ihm schwer von dem Honigwein, und die beschwerliche Reise durch den Sumpf hatte an seinen Kräften gezehrt, doch noch kämpfte er gegen die Müdigkeit an. »Wer ist diese Macha, von der die Bauern und Fischer erzählen?«

Niamhs Finger strichen wieder über die Harfensaiten.

Diesmal klang die Melodie wild und kriegerisch. »Morrigan hat drei Schwestern, von denen eine jede große Zauberkraft besitzt. Macha ist die älteste der drei. Sie gilt als die Herrin der Schlachtfelder und liebt den Krieg. Ihr zu Ehren errichten die Feenkrieger jene Pfahlkreise, die du schon gesehen hast, Ritter. Man nennt sie auch die Masten der Macha. Zur Nacht verwandelt sie sich in einen Raben und kommt, um von dem Fleisch der Toten zu fressen. Bei Tage hat sie die Gestalt einer hochgewachsenen, schönen Frau mit langem schwarzen Haar. Sie trägt einen Umhang, der aus Hunderten von Rabenfedern gefertigt ist. Manchmal schreitet sie durch die Reihen ihrer Krieger, wenn die Feen für sie kämpfen, und sie gibt den Wankelmütigen neues Vertrauen.«

Heulend pfiff der Wind über das Moor und rüttelte mit seinen eisigen Fingern an der Tür der kleinen Hütte. Volker zog den Pelz, den ihm Niamh geliehen hatte, ein wenig enger um seine Schultern und rückte etwas näher an das Feuer.

»Die zweite der Schwestern wird Babd genannt. Sie hat die Gestalt einer Riesin und trägt ein weißes Gewand. Ihr Haar ist rotgolden, so wie ein Sonnenaufgang. Es heißt, daß jene, die sterben werden, sie am Morgen vor ihrer letzten Schlacht als Wäscherin sehen, die blutige Gewänder in die Fluten eines kristallklaren Flusses taucht. Sie ist die Künderin des Unheils. Von Neman, der dritten der Schwestern, berichten die Alten, sie sei unbeständig wie der Wind. Sie wurde aus den Schreien der Sterbenden und der Klage von Witwen und Waisen geboren. Mutter der Trauer wird sie genannt, und sie ist eine Dichterin. Ihr Klagegesang weist die Geister der Toten zu ihrer endgültigen Heimstatt, und wenn die Raben über den Schlachtfeldern krächzen, dann ist auch Nemans Stimme zu hören.«

Volker war gegen die Wand gesunken. Niamhs Stimme

und das leise Flüstern ihrer Harfe woben ihm ein Schlaflied, und bald träumte er von einem raucherfüllten Himmel über einem brennenden Hügel. Weit im Westen stand eine blaßrote Sonne nur eine Handbreit über dem Horizont, und von dort kamen drei große Raben auf ihn zugeflogen.

Golo spürte, daß ihm irgend jemand folgte. Er war in einem Wald, und dichte Nebelschwaden trieben zwischen den mächtigen, schwarzen Baumstämmen. In der Ferne ertönte leise Harfenmusik. Er wußte nicht genau, wie er an diesen Ort gekommen war. Das letzte, woran er sich deutlich erinnern konnte, war, wie Niamh sie aus dem Sumpf gerettet hatte.

Ganz in der Nähe knackte ein dürrer Ast. Gehetzt blickte der Knecht sich um. Nichts! Doch in dem Nebel würde er nicht einmal auf fünf Schritt einen ausgewachsenen Drachen erkennen.

Es war gewiß klüger, nicht allzu lange an einem Ort zu verweilen. Was immer ihn auch verfolgte, es durfte ihn auf gar keinen Fall einholen! Dem Sumpf war er entronnen, doch er ahnte, daß im Nebel noch eine ungleich tödlichere Bedrohung lauerte. Warum war Volker nicht bei ihm? Für einen Augenblick war er versucht, den Namen des Ritters zu rufen, doch damit würde er nur seine Verfolger auf sich aufmerksam machen. Er mußte auf sich allein gestellt entkommen!

Etwas raschelte im Unterholz. Golo begann zu laufen. Mit einem Sprung setzte er über einen gestürzten Baumstamm hinweg. Dahinter schien ein Wildpfad zu beginnen. Oder wichen die Büsche vor ihm zurück ...

Er rannte, bis jeder Atemzug wie Messer in seine Kehle stach. Sein Weg war von hohen Dornenranken gesäumt. Einmal glaubte er, zwischen den Büschen ein Kind gesehen zu haben. Doch als er kurz verharrte, um genauer hinzuschauen, waren dort nur noch tanzende Nebelschwaden. Golo hatte jetzt das Gefühl, daß sein Herz so laut wie eine Trommel schlug.

Hinter dem Dornengestrüpp ertönte leises Kichern. Waren das die Feen? Trieben sie ihren Schabernack mit ihm? Oder verfolgten ihn irgendwelche anderen Waldgeister?

Vor ihm lichtete sich der Nebel. In einer weiten Spirale waren Pfähle aufgestellt, auf denen Hunderte von Schädeln steckten. Erschrocken wich er zurück.

»Du wirst deinem Schicksal nicht entkommen, Fremder!« ertönte eine Frauenstimme hinter ihm. Der Hohlweg zwischen den Dornenranken war verschwunden. Statt dessen stand dort eine riesige Eiche, hinter der sich eine nebelverhangene Sumpflandschaft erstreckte. Aus der Rinde des Baums heraus löste sich eine Gestalt! Eine Frau in braunem Kapuzenmantel mit einem prächtigen Schwert in der Hand. Sie breitete die Arme aus und blickte zum Geäst der Eiche hinauf. »Sieh die Trophäen meiner Siege. Schon morgen wird ein neues Schwert von diesen Ästen hängen.«

Jetzt erst bemerkte Golo den eigentümlichen Schmuck des Baumes. An Seilen hingen Schwerter, Morgensterne und Streitkolben. Selbst die Waffenkammer in der Burg König Gunthers war nicht so gut bestückt wie die Sammlung dieses dämonischen Weibes. Eine ganze Armee könnte man damit ausrüsten.

Vom Sumpf her kam Wind auf, und die Klingen der Schwerter schlugen leise klirrend aneinander. »Hast du ... all diese Krieger erschlagen?«

Die Frau lächelte und strich sich eine Strähne weißen Haars zurück, das unter ihrer Kapuze hervorgequollen war. Der Wind bauschte ihren Mantel auf, und ein Wicht mit einer Haut wie Eschenrinde kroch unter dem Saum hervor. »Niemals wird ein Sterblicher in den Landen der Feen regieren!« krächzte er mit heiserer Stimme und lachte. Es war dasselbe Lachen, das Golo hinter den Dornenhecken gehört hatte.

»Du bist gekommen, um unseren Frieden zu stören, nicht wahr?« Das Lächeln war aus dem Gesicht der Frau verschwunden. »Du bist gefährlicher als die Ritter, denn du willst nicht kämpfen ...«

»Ihr irrt Euch ...« stammelte Golo und wich zurück. »Ich will nur fort aus den Sümpfen. Niemals hatte ich vor, König an Eurer Seite zu werden, und mir genügt es ...«

»Holt ihn!« Die Frau wies mit ausgestrecktem Arm auf den Knecht, und hinter ihr erhoben sich Dutzende der Wurzelmännchen aus dem Sumpf.

Golo rannte auf das Labyrinth der Schädelstangen zu. Selbst die Toten lachten ihn aus und klapperten mit ihren bleichen Kiefern. Manche der Schädel schnappten nach ihm. Er hob schützend die Arme vors Gesicht. »Laßt mich in Frieden! Ich will doch nichts von Euch ...«

Wurzeln wuchsen aus der Erde und griffen nach seinen Beinen. Golo strauchelte und schlug wild mit den Armen um sich. Dann griff er nach seinem Dolch. Er würde sein Leben so teuer wie möglich verkaufen!

Etwas packte ihn bei den Armen. Er wurde geschüttelt.

»Ganz ruhig. Das war nur ein Traum. Es ist alles gut.«

Blinzelnd öffnete er die Augen. Das Gesicht einer alten Frau, gerahmt von strähnigem grauem Haar, beugte sich über ihn. »Niemand wird dir hier etwas tun«, flüsterte sie beruhigend. »Du hast nur zuviel vom Met meiner Enkeltochter getrunken. Das gibt einen schweren Kopf und üble Träume. Setz dich an den Tisch und iß. Ich hab' etwas Suppe warm gemacht und werde dir einen Kräutersud kochen, der deine Kopfschmerzen vertreibt.«

Noch halb in seinen Träumen gefangen, starrte Golo die Alte an. Woher kam sie? Warum war sie in der letzten Nacht nicht in der Hütte gewesen? Mißtrauisch blickte er sich um. Niamh war nicht zu sehen. Auch ihr Hund war verschwunden.

Unter der Tür schimmerte ein Streifen grauen Morgenlichts. Müde reckte der Knecht seine Glieder. Volker lag dicht neben dem Feuer. Er hatte sich in ein Fell eingerollt. Das Gesicht des Kriegers war entspannt. Er wurde offensichtlich nicht von Alpträumen geplagt. Golo reckte sich, wickelte sich eine Decke um die Hüften und trat an den Tisch, auf den die Alte inzwischen eine Suppenschüssel gestellt hatte. Beim Anblick des Essens wurde ihm übel. Fischsuppe! Das war das letzte, was er jetzt brauchen konnte.

»Geht es dir nicht gut?« Das alte Weib hielt ihm einen Becher mit einer duftenden Flüssigkeit hin.

Golo biß die Zähne zusammen. »Entschuldige, aber ich glaube, ich muß ...« Er stürzte zur Tür.

5. KAPITEL

Volker verneigte sich vor der Alten. »Habt Dank für das Frühstück und den Proviant, den Ihr uns überlassen habt. Seid Ihr sicher, daß Eure Enkeltochter nicht doch bald aus den Sümpfen zurückkehren wird?«

Das Weib schüttelte den Kopf. »Sie kommt immer erst in der Abenddämmerung, wenn sie Kräuter sucht. Ich werde ihr einen Gruß von Euch ausrichten, edle Ritter.«

»Nun ...« Der Spielmann zögerte. Dann griff er nach der Geldkatze an seinem Gürtel. »Sie hat meinem Diener das Leben gerettet. Seid so gut und gebt ihr das hier als Zeichen meines Dankes. Das ist alles Geld, das ich besitze.«

Die Alte schüttelte erneut den Kopf. »Niamh wird Euer Silber nicht annehmen. Was sie für Euch tat, geschah nicht um einer Belohnung willen. Wenn Ihr Euch wirklich als dankbar erweisen wollt, dann treibt das Packpferd in die Sümpfe.«

Volker seufzte. Er musterte das alte Weib eindringlich. Die Frau hatte dieselben graublauen Augen wie ihre Enkelin. Man sah ihr deutlich an, daß sie mit Niamh verwandt war. Ihr Gesicht war von feinen Falten durchfurcht, doch ihre Augen glänzten und waren voll jugendlicher Kraft. Obwohl sie wohl mindestens schon sechzig Sommer erlebt hatte, hielt sie sich noch völlig gerade. »Ich habe Niamh erklärt, warum ich nicht auf das Pferd verzichten kann. Ohne ein Packpferd müßten wir unsere Reise abbrechen und zur nächsten Stadt reiten.«

»Vielleicht wäre es auch das klügste.«

»Das mögt Ihr so sehen«, entgegnete der Spielmann gereizt. »Doch gestattet, daß ich anderer Meinung bin.« Er wollte sich schon umdrehen und zu den Pferden gehen, als die Alte ihn am Arm festhielt.

»Laßt mich Eure Hand sehen, Herr Ritter. Ich möchte wissen, ob Ihr es seid?«

»Wer soll ich sein?«

Sie lächelte. »Vielleicht der Auserwählte der Hohen Königin. Dies ist doch wohl das Schicksal, das Ihr sucht.« Sie nahm seine Hand und fuhr mit den Fingern darüber. »Eure Lebenslinie ist sehr kurz, Herr. Ihr werdet den Tod finden, den Ihr Euch wünscht, doch das Leben, von dem Ihr träumt, wird Euch stets verwehrt bleiben. Ihr seid ein Wanderer, und ganz gleich, wohin Ihr Euch wendet, das Schicksal wird Euch wieder einholen. Ihr werdet nicht erleben, daß Eure eigenen Kinder auf Euren Knien sitzen, und doch werdet Ihr weiterleben. Auch wenn das Reich der Burgunden längst nur noch eine ferne Erinnerung ist, wird man noch immer Eure Lieder kennen. Doch die Geschichte ist ungerecht. Eure Kunst wird man einem anderen Dichter zuschreiben.«

Volker zog seine Hand zurück. »Genug. Mehr schlechte Nachrichten möchte ich nicht hören. Ich bin selbst meines Glückes Schmied, und mein Schicksal steht nirgends geschrieben! Am allerwenigsten in meiner Hand. Zeig mir meine Lebenslinie!«

Die Alte fuhr mit ihrem dürren Zeigefinger über seine Hand. »Hier. Euer Leben wird weniger als vierzig Sommer währen.«

Der Spielmann lachte und zog einen Dolch aus seinem Gürtel. »Sieh her, törichtes Weib. Dies ist die Linie?« Er setzte das Messer an und schnitt sich in die Handfläche. »Mein Leben wird jetzt fast doppelt so lange währen.« Dunkles Blut tropfte von seiner Hand.

Die Frau blickte ihn traurig an. »Niemand kann sein Schicksal ändern, nicht einmal Ihr, Herr Volker.« Sie trat zurück und ging zu Golo. Der Spielmann wischte sein Messer an der Satteldecke sauber und steckte es in den Gürtel zurück. Er leckte das Blut von seiner Hand. Die Wunde war nicht sonderlich tief. Es würde nicht einmal eine Narbe zurückbleiben. Er hatte die Alte nur erschrecken wollen. Sie stand jetzt neben dem Jungen und musterte dessen Hand. Plötzlich schlug sie danach, machte einen Satz zurück und spuckte vor Golo aus. Das Pferd des Knechtes scheute. Er hatte alle Mühe, es unter Kontrolle zu halten. Mit großen Schritten eilte die Frau auf die Hütte zu.

Volker zog sich in den Sattel und grinste. Diese Verrückte schien Golo wahrhaft erschreckt zu haben. Der Junge war leichenblaß.

»Ich wünschte, ihr wäret in den Sümpfen verreckt!« keifte das Weib. Sie stand jetzt in der Tür ihrer Hütte und drohte ihnen mit erhobener Faust. »Ihr Bastarde! Mögen Morrigans Raben das Fleisch von euren Knochen picken!«

Volkers Blick fiel auf die beiden grünen Flicken am Saum

des grauen Leinenkleides der Frau. Es war das Gewand, das Niamh letzte Nacht getragen hatte! Wer war sie? Sollte etwa ... Nein! Die beiden Frauen mußten die Kleider getauscht haben!

Krachend wurde die Tür der Hütte zugeschlagen. Lanzenbrecher schnaubte unruhig, und Volker strich dem Hengst über die Mähne. Er wendete das Pferd und ritt an Golos Seite. »Was hat die verrückte Alte zu dir gesagt?«

Der Junge wirkte völlig verstört. »Sie hat behauptet, der Tod stünde in meinem Schatten, und ich sei der Verderber der Vergangenheit. Dann verfluchte sie den Leib meiner Mutter und den Samen meines Vaters.«

Volker lachte, doch es klang nicht so unbeschwert wie sonst. »Die Einsamkeit hat ihr den Verstand verwirrt. Gib nichts auf ihre Worte. Dein Schicksal steht nicht in den Linien deiner Hand. Allein der Herr, unser Gott, weiß um unsere Zukunft, und nicht irgendeine dahergelaufene Vettel. Laß uns aufbrechen und diesen unfreundlichen Ort hinter uns lassen.«

Sie waren drei Stunden geritten, als sie die Wegkreuzung erreichten, von der Niamh gesprochen hatte. Nur ein paar Schritt weiter hatte ein junger Mann im Schatten einer Weide sein Lager aufgeschlagen. Er briet ein Huhn über einem Feuer.

Ganz in der Nähe graste ein großes, graues Schlachtroß. An der Weide lehnten eine Lanze und ein Schwert. Direkt daneben lagen ein Topfhelm und ein großer Reiterschild im Gras. Zweifellos handelte es sich bei dem Fremden um einen Ritter. Als er sie sah, richtete er sich am Feuer auf. Der Kerl war ein wahrer Hüne. Er hatte flammendrotes Haar, und so, wie er dreinschaute, würde es Ärger geben. Golo kannte sie, die Herren Ritter. Sich zu schlagen war ihnen stets ein Vergnügen, und dieser Kerl sah so aus, als hätte er sich schon lange nicht mehr vergnügt. Besorgt blickte er zu Volker. Er würde sicher keinem Streit aus dem Weg gehen, doch mit der Schnittwunde in der Hand war er benachteiligt. Warum hatte sein Herr auch das alte Weib aus der Hütte foppen müssen? Sich mit dem Messer die Lebenslinie zu verlängern ...

Der Fremde war an den Rand des schmalen Weges getreten, der in den Wald führte, in dem der Feenbaum mit dem verwunschenen Horn stehen mußte. Vielleicht würde der Spielmann ja doch einen Streit vermeiden?

»Wohin führt Euch die Reise? Dies ist eine einsame Gegend. Ihr seid seit zwei Tagen die ersten Menschen, die mir begegnen.« Der Ritter hatte eine volltönende, angenehme Stimme. Er sprach mit einem eigenartigen Akzent, wie ihn Golo noch nie gehört hatte. Einen Moment lang überlegte der Knecht, ob dies vielleicht der Streiter der Feenkönigin sein mochte, doch dann verwarf er diese Idee. Der Kerl sah dafür einfach zu gewöhnlich aus. Für Morrigan würde sich gewiß ein Riese schlagen oder eine Bestie, der Hörner aus der Stirn wuchsen und die Feuer spucken konnte.

»Wir sind auf einer Queste, die uns in diesen Wald dort führen wird, mein Freund. Ich hoffe, Ihr habt nicht die Absicht, uns den Weg zu verwehren, denn wir haben es eilig.« Volker sprach in einem Tonfall, als rede er mit einem einfältigen Bauern. Gleichzeitig äffte er den Akzent des Fremden nach.

Golo seufzte. Er würde seinen Herren niemals begreifen! Da trieben sie nun wochenlang das Spiel mit dem flüchtenden Kaufmann und dem weißen Ritter, der selbst mit verbundenen Augen ein unbezwingbarer Schwertkämpfer war, um unnötigen Kämpfen aus dem Wege zu gehen, und dann provozierte Volker trotz seiner verletzten Schwerthand ein Duell.

Der fremde Ritter lief rot an. Offenbar kostete es ihn große Mühe, die Fassung zu bewahren und gemäß ritterlichem Ehrenkodex zu antworten. »Da ich als erster an diesen Weg gekommen bin, beanspruche ich auch das Recht, als erster in diesen Wald zu reiten. Solltet Ihr das nicht akzeptieren können, fürchte ich, wird es sich nicht vermeiden lassen, diesen kleinen Streit mit einem Lanzengang zu klären.«

Volker verneigte sich. »Es wird mir eine Freude sein, Euch hinter Eurem Pferd im Gras liegen zu sehen. Und falls die Käfer dort unten Euch fragen sollten, wer Euch so schnell vom Pferd geholfen hat, so sagt ihnen, daß Ihr Volker von Alzey begegnet seid.«

Der Fremde lachte jetzt. »Ich nehme Euer Angebot an, Herr Volker. Solltet Ihr mit der Lanze so gewandt sein wie mit der Zunge, so müßtet Ihr wohl der gefährlichste Kämpe Aquitaniens sein. Da ich Euren Namen aber noch nie zuvor gehört habe, werde ich mir wohl keine Sorgen über den Ausgang unserer Auseinandersetzung machen müssen. Mein Name übrigens ist Gwalchmai von Kaledonien.«

»Ah, ein Krieger aus dem Volk der Zungenverdreher und Rockträger. Wie ich sehe, seid Ihr noch nicht gerüstet. Darf ich Euch die Dienste meines Knechts anbieten, um Euer Panzerhemd anzulegen?«

»Vielleicht sollten wir zuallererst nach dem Huhn über dem Feuer sehen«, wandte Golo ein. »Wenn Ihr nicht bald den Spieß dreht, dann wird es schwarz wie ein Rabe sein.« Vielleicht würde es sich Volker während eines Essens mit dem Kaledonier ja noch anders überlegen. Wenn die beiden sich die Köpfe einschlugen, bedeutete das nur jede Menge zusätzliche Arbeit für ihn. Er war schließlich derjenige, der die Scharten aus Volkers Schwert wetzen mußte und dem es oblag, das Kettenhemd zu flicken und eine neue Lanze zu schneiden.

»Euer Diener scheint mir ein kluger Mann zu sein, auch wenn er ein wenig vorlaut ist. Gestattet Ihr, daß ich Euch einlade, Herr Volker?«

»Es ist mir eine Ehre und ein Vergnügen, Euch ein wenig besser kennenzulernen. Schließlich ist es ja nichts Persönliches, weswegen wir uns duellieren werden. Es geht lediglich darum zu entscheiden, in welcher Reihenfolge wir in diesen Wald reiten werden. Gestattet Ihr, daß ich meinen Diener damit beauftrage, sich um das Essen zu kümmern, dann können wir ungestört plaudern.«

So liebte Golo seinen Herren. Wütend stieg er ab und schnallte die Kiste mit dem Proviant vom Packpferd. Dann ging er zur Feuerstelle, um sich um das Huhn zu kümmern. Wahrscheinlich würden die beiden ihm nicht einmal einen der mageren Flügel übrig lassen. Obwohl ... Er starrte erst auf das Hähnchen und dann auf den Weinschlauch, den er mitgebracht hatte. Wenn er das Fleisch gut mit Salz einrieb und den beiden reichlich von dem schweren Rotwein servierte, dann würde ihr Duell vielleicht ausfallen ...

Volker fühlte sich nicht besonders wohl, als er sein Pferd bestieg. Er schwankte leicht, und im Grunde war er überhaupt nicht in kämpferischer Stimmung. Aber nun hatten sie sich auf dieses Duell geeinigt ... Dieser Kaledonier war ein ernstzunehmender Gegner. Volker hatte ihn während des Essens unauffällig beobachtet. Er bewegte sich gewandt und selbstsicher. Sein Körper war stets in vollkommener Balance. Wahrscheinlich war Gwalchmai ein erstklassiger Schwertkämpfer. Und muskulöser war er obendrein auch noch.

Volker erschien sein Kettenpanzer heute schwerer als sonst. Ob Golo irgend etwas damit angestellt hatte? Der Ritter hob den Kopf und spähte durch die schmalen Sehschlitze seines Topfhelms. Er konnte nur mit Mühe einen Teil des Waldweges sehen und den Kaledonier, der keine fünfzehn Schritt entfernt mit eingelegter Lanze auf das Zeichen zum Angriff wartete.

»Meinen Speer, Knappe!« Volker streckte die Rechte aus und griff nach der Waffe. Dann preßte er die Linke mit dem Schild eng an den Körper und achtete darauf, den Schild leicht schräg zu halten, damit die Lanze des Gegners gut abgleiten konnte.

Wieder blickte er zu dem Kaledonier hinüber. Sein Grauer tänzelte unruhig. Gwalchmai hatte einen grünen Waffenrock angelegt und war mit einem grünen Schild gewappnet, auf den ein weißer Falke aufgemalt war. »Seid Ihr bereit, Herr Gwaldm... Gwailch... ähm, mein Freund?« Dieser Name! Wie sehr mußte eine Mutter ihren Sohn hassen, um ihm einen Namen zu geben, den kein aufrechter Christenmensch richtig auszusprechen vermochte.

Der Kaledonier hob leicht den Schild und nickte.

»Dann los!« Volker legte die Lanze ein und gab seinem Hengst die Sporen. Mit donnernden Hufen galoppierten die beiden schweren Pferd aufeinander zu. Der Spielmann zielte auf die rechte Hälfte von Gwalchmais Schild. Wenn der Kaledonier nicht aufpaßte, würde es ihn aus den Sattel reißen.

Krachend zersplitterten die beiden Lanzen. Volker erhielt einen Schlag wie ein Pferdetritt. Etwas prallte mit dumpfem

Klang gegen seinen Helm. Vor ihm tauchte der Wald auf. Er riß den Hengst herum und schwenkte den Schildarm, der vom Aufschlag der gegnerischen Lanze wie betäubt war. Hastig wendete er den Kopf. Der Kaledonier war nirgends zu sehen. Im Gras lag er jedenfalls nicht. Verfluchter Helm! Wenn er nur eine bessere Sicht hätte. Volker warf den Stumpf seiner zersplitterten Lanze zur Seite, hängte den Schild an das Sattelhorn und hob mit beiden Händen den schweren Topfhelm.

»Ich fürchte, das war ein eindeutiges Unentschieden«, ertönte seitlich von ihm die Stimme Gwalchmais. Der Kaledonier hielt seinerseits eine zersplitterte Lanze in der Hand. »Ihr sitzt recht fest im Sattel, Herr Volker. Die meisten meiner Gegner haben sich nicht so gut gehalten wie Ihr. Es wird mir eine Freude sein, mit Euch die Klinge zu kreuzen.«

Der Spielmann nickte. Die Wirkung des Weins war jetzt verflogen. Sein Haar klebte ihm schweißnaß an den Schläfen. Er schwang sich aus dem Sattel und winkte Golo, ihm das Schwert zu bringen. Dann ballte er die Rechte zur Faust und öffnete sie langsam wieder. Der Verband um seine Hand hatte sich rot gefärbt. Hätte er nur auf dieses dumme Spiel mit der alten Wahrsagerin verzichtet! Er konnte sein Schwert nicht so fest halten, wie es gegen einen solchen Kämpfer notwendig gewesen wäre! »Bring mir den Bastard!« rief er Golo zu. Er konnte in diesem Duell nur durch überlegene Technik bestehen.

Der Knecht eilte zum Packpferd und schnallte das lange Schwert vom Lastsattel. Der Griff der Waffe war so gearbeitet, daß man sie mit zwei Händen führen konnte. Zugleich war das Bastardschwert aber so gut ausgewogen, daß man auch einhändig mit ihm kämpfen konnte.

»Ihr gestattet, daß ich lieber mit Breitschwert und Schild kämpfe?« Gwalchmai hatte seine Waffen bereits genommen und stand breitbeinig mitten auf dem Weg, der zum Wald führte.

»Wenn Ihr glaubt, so der Niederlage entgehen zu können!« Volker wünschte, er wäre nur halb so zuversichtlich, wie er tat. Golo reichte ihm den Bastard. Der Spielmann wog das große Schwert prüfend in der Rechten. Ein stechender Schmerz fuhr durch die verletzte Hand. Er hatte keine Wahl, er mußte die Waffe zweihändig führen. Seine Linke müßte die Hauptlast tragen.

»Wollt Ihr den Kampf nicht aufgeben, Herr?« flüsterte Golo leise. »Dieser Kaledonier scheint mir ein geübter Schlächter zu sein. Mit Eurer Verletzung werdet Ihr einen schweren Stand gegen ihn haben.«

Volker schüttelte den Kopf. »Ich bin Ritter. Ich kann jetzt nicht kneifen. Das ist das Vorrecht der Knappen und Knechte. Ich bin dazu erzogen, auch dann meine Sache nicht aufzugeben, wenn es keine Aussicht auf Erfolg gibt. Weißt du, Junge, das ist der Stoff, aus dem die Dichter Heldenepen schreiben. Setz mir den Helm auf.«

Innerlich fluchte Volker. Natürlich hätte er sich gerne mit Gwalchmai geeinigt, doch dazu war es jetzt zu spät. Aufzugeben, hieße, das Gesicht zu verlieren. Dann würde er schon lieber ein paar Prellungen einstecken. Schließlich kämpften sie nicht auf Leben und Tod.

Der schwere Helm senkte sich über seinen Kopf, und wieder war die Welt auf zwei schmale Schlitze reduziert. Langsam ging er dem Kaledonier entgegen. Dieser stürmte vor und eröffnete den Kampf mit einigen schnellen Attacken, die Volker jedoch mühelos parierte. Das Bastardschwert war die einzige Waffe, mit der er es zum selben Geschick gebracht hatte wie sein Mentor und Fechtmeister, Hagen von Tronje.

Der Spielmann täuschte einen Schlag nach Gwalchmais

Helm an, führte die Waffe dann geschickt um den Schild herum, den sein Gegner zur Parade hochriß, und landete mit der flachen Seite des Schwertes einen wuchtigen Treffer an der Hüfte des Kaledoniers. Er konnte den Ritter kurz aufstöhnen hören. Gwalchmai zog sich ein Stück zurück, und sie umkreisten einander eine Weile.

Wieder war es der Kaledonier, der den ersten Angriff wagte. Wie sein Wappentier, der Falke, stieß er vor und bedrängte Volker mit seinen Attacken. Kaum konnte er die ungestümen Schläge Gwalchmais abwehren. In der Hoffnung, sich Luft zu verschaffen, versuchte er einen geraden Stich, um seinen Gegner zu zwingen, in die Defensive zu gehen. Offenbar unterschätzte der Kaledonier die Wucht des Angriffs. Denn er hob kaum seinen Schild, und die Spitze von Volkers Schwert glitt ab und fuhr Gwalchmai in den Oberschenkel. Sein Gegner fluchte lauthals. Er ging in die Knie und kauerte sich hinter seinen großen Schild.

Volker wollte ihm schon anbieten, den Kampf zu beenden, als der Kaledonier einen Satz nach vorne machte und den Spielmann mit seinem Schild zu Boden stieß. Volker versuchte, sich zur Seite zu rollen, doch Gwalchmai war sofort über ihm. Er zielte mit der Spitze seines Schwertes unter den Topfhelm und berührte Volkers Hals.

»Genug!« keuchte der Spielmann. »Ihr seid der Bessere. Ich ergebe mich!« Der Kaledonier machte keine Anstalten, seine Waffe zur Seite zu nehmen. Auch er keuchte lauthals. Blut sickerte ihm durch die Panzerringe und lief das Bein hinab. Er hob die Klinge ein Stück an, und dann stieß er zu.

Volker riß den Kopf zur Seite. Klirrend schlug die Waffe gegen seinen Helm und glitt ab. Gwalchmai rammte sein Schwert in die Erde und trat zwei Schritte zurück. »Verzeiht mir! Verzeiht, Herr!«

Volker riß sich den Helm herab. »Was sollte das? Ich hatte doch gesagt, daß ich mich ergebe!«

»Verzeiht!« Auch der Kaledonier zog jetzt seinen Helm ab. »Es war ... Ich ... Manchmal weiß ich nicht mehr, was ich tue. Ich will dann das Blut meines Gegners fließen sehen. Vor allem, wenn ich verwundet werde. Man sagt, ich hätte Wolfsblut in den Adern und sei ein Berserker. Deshalb mußte ich auch das Königreich Kaledonien verlassen. Ich habe in einem Turnier den Halbbruder des Königs erschlagen und wurde verbannt.«

Volker stieß ebenfalls sein Schwert in die Erde und stülpte seinen Topfhelm über den Griff. »Über diese Eigenart hättet Ihr mich auch vor unserer Auseinandersetzung unterrichten können. Es ist schließlich nicht ganz belanglos, wenn Euch mitten in einem freundschaftlichen Kräftemessen plötzlich die Lust überkommt, mich zu köpfen.«

Gwalchmai starrte zu Boden. »Ich dachte, ich könnte es unterdrücken.«

»Ihr habt gewonnen. Ihr solltet jetzt die Kettenhose ablegen, damit wir uns die Wunde an Eurem Bein ansehen können. Es tut mir leid, Euch verletzt zu haben. Ich werde Euch verbinden. Und mein Diener wird Eure Rüstung reparieren und säubern. Es ist wahrscheinlich klüger, wenn wir über Nacht hierbleiben. Wir beide sollten bei Kräften sein, wenn wir uns dem Streiter der Morrigan stellen.«

»Ich fühle mich nicht schwach!« brauste der Kaledonier auf. »Das ist nur ein Kratzer, und ich werde mir von Euch nicht vorschreiben lassen, was ich zu tun habe!«

»Und wenn ich Euch bitte?« Was für ein gräßliches Temperament! Wahrscheinlich floß Barbarenblut in den Adern des Kaledoniers, und sein Großvater hatte noch zu jenen halbnackten piktischen Räubern gehört, die sich bunt anmalten, wenn sie in den Krieg zogen. »Ich würde Euch gerne einladen, das Abendmahl mit mir zu teilen. Es wird meinem Diener ein Vergnügen sein, für uns beide ein Essen zu bereiten. Der Kerl zieht zwar meist ein griesgrämiges Gesicht, und er hält ein Schwert wie eine Pfanne, doch für Küchenarbeit ist er wirklich zu gebrauchen.«

Gwalchmai zögerte eine Weile. Schließlich nickte er. »Es wäre wohl unhöflich, diese Einladung auszuschlagen, und den Kämpen der Morrigan können wir auch morgen noch zur Hölle fahren lassen.«

6. KAPITEL

Jetzt hatte er also zwei Herren, dachte Golo verdrießlich und musterte die beiden Krieger, die hintereinander den schmalen Hohlweg in den Wald hineinritten. Volker ließ keine Gelegenheit aus, diesem Kaledonier mit dem unaussprechlichen Namen seine Dienste anzubieten. Gestern abend mußte er sogar das Pferd dieses Kerls striegeln. Ganz wie sein Herr war der graue Hengst ein unberechenbares Monstrum. Zweimal hatte er versucht, Golo zu beißen.

Fröstelnd rieb sich der Knecht mit den Händen über die Arme. Es war so kalt, als wolle der Winter zurückkehren. Noch vor Morgengrauen war er frierend unter seiner klammen Decke erwacht und hatte das Feuer wieder angefacht, doch richtig warm und trocken war er nicht mehr geworden. Gottverfluchte Sümpfe!

Die beiden Ritter vor ihm lachten. Ja, die Herren amüsierten sich köstlich! Sie trugen prächtige, mit Fell gefütterte Reitmäntel, und die Kälte vermochte ihnen nicht viel anzuhaben. Wenn er fror, hieß es, er solle mehr arbeiten, dann würde ihm auch warm werden. Arrogantes, adeliges Pack. Allein war Volker ja ganz verträglich, doch wenn er mit einem Fremden zusammen war, dann glaubte er, er müsse den Herren spielen.

Den ganzen Abend hatten die beiden darüber gesprochen, wie sie in die Feenburg einreiten würden. Für sie schien keinen Atemzug lang ein Zweifel daran zu bestehen, daß der Kaledonier den Zweikampf mit dem Krieger der Feenkönigin gewann. Sie hatten ausgemacht, daß Gwalchmai als erstes die gefangene Gunbrid von ihrem bitteren Schicksal erlösen sollte. Danach erst würde die Hochzeit mit der Feenkönigin stattfinden.

Mißmutig blickte sich Golo um. Er konnte nicht glauben, daß es so einfach sein würde, zum König der Feen zu werden. Der Wald, durch den sie ritten, erschien dem Knecht ungewöhnlich dunkel. Die kahlen Äste der Eichen waren über dem Weg ineinander verflochten und bildeten ein düsteres Gewölbe. Der Himmel war mit grauen Wolken verhangen, und die Sonne hatte nicht die Kraft, die geisterhaften Nebelschwaden aufzulösen, die über dem Sumpf trieben. Dies war ein Tag, wie geschaffen für finstere Magie und üblen Verrat! Golo dachte an seinen Traum. Er hatte versucht, Volker von seinem Vorhaben abzubringen und von der Feenkriegerin mit dem Schwert erzählt, doch der Spielmann hatte nur darüber gelacht.

Vor ihnen öffnete sich der Weg zu einer Lichtung. Das Gespräch der beiden Ritter verstummte abrupt. Jetzt sah es auch Golo. Auf der Lichtung erhob sich ein Wald von Pfählen, jeder von einem Kopf gekrönt. Er hatte es gewußt. Die

Visionen der vorletzten Nacht, das war mehr als nur ein Traum gewesen! Ängstlich blickte sich der Knecht um ... Jeden Moment konnte die Fee mit ihren Kobolden kommen.

Volker schwang sich aus dem Sattel und führte Lanzenbrecher am Zügel auf die Lichtung. Gwalchmai folgte seinem Beispiel. Golo fluchte. Er würde diesen Vorhof der Hölle nicht betreten. Hinter ihm knackte es im Gebüsch. Seine Hand glitt zum Schwert. Die beiden ließen ihn hier zurück! Jetzt saß auch er ab. Vielleicht wäre er an der Seite der beiden besser aufgehoben. Immerhin hatten sie seit Kindesbeinen den Schwertkampf geübt. Warum war er damals nicht in seinem Dorf geblieben, als der verfluchte Spielmann kam, um sich einen Knecht zu suchen? Er hatte von Abenteuern geträumt und davon, sich im Ruhm seines Herren zu sonnen. Pferdemist! Warum hatte ausgerechnet er einen Verrückten zum Herren bekommen? Als er in das Dorf geritten war, sah Volker aus wie jeder andere Ritter auch!

Golo nahm die beiden Pferde am Zügel und folgte dem Spielmann und Gwalchmai. Die zwei waren nur noch als dunkle Schemen im Nebel zu erkennen. Die Köpfe auf den Pfählen mußten sehr alt sein! Längst war alles Fleisch von den Knochen verschwunden.

Etwas knackte. Erschrocken zog er seinen Fuß zurück. Er war auf einen Unterkiefer getreten, und der Knochen war zerbrochen. Hastig schlug Golo ein Kreuz und betete ein Vaterunser. »Vergib mir, wenn ich dich mißachtet habe, toter Krieger. Bitte verfolge mich dafür nicht in meinen Träumen. Es war keine Absicht.« Ängstlich blickte er in die leeren Augenhöhlen der Toten. Halb rechnete er damit, daß einer der Schädel ihn mit dumpfer Grabesstimme verfluchen würde. Doch nichts regte sich.

Vorsichtig ging er weiter und achtete jetzt genau darauf,

wohin er trat. Manche der Schädel waren mit Helmen geschmückt. Sie sahen seltsam aus. Grün angelaufen und aus Bronze waren sie. Von einem hing ein halb verrotteter Roßschweif herab. Ein anderer Helm hatte eine Gesichtsmaske. Sie zeigte einen Knaben mit gelocktem Haar. Was für Krieger mochten solche Helme getragen haben? Golo hatte so etwas noch niemals gesehen! Sahen so die Rüstungen von Feen aus?

Ein leises Klirren wie von Metall ließ ihn aufschrecken. Der Baum! Mit weit ausladenden Ästen erhob er sich am Ende der Lichtung. Die beiden Ritter standen davor und betrachteten die schaurige Trophäensammlung. Es war alles genau wie in seinem Traum. Es gab fast keinen Ast, von dem keine Waffen hingen. Vor dem Baum jedoch stand ein kleiner, aus Stein gemauerter Schrein. Darin lag auf einem hölzernen Gerüst ein mit goldenen Bändern eingefaßtes Horn. Volker und Gwalchmai starrten ehrfürchtig auf das kostbare Instrument.

Ein paar Herzschläge lang hoffte Golo darauf, daß die beiden es sich doch noch anders überlegen würden. Noch gab es einen Weg zurück! Wenn sie jetzt einfach umkehrten, würde das Nachtvolk sie vielleicht verschonen. Volker konnte doch nicht wirklich so dumm sein, allein ein ganzes Feenvolk herauszufordern. Bestimmt konnte jeder einzelne der Feenritter nicht nur hervorragend fechten, sondern auch noch zaubern.

Seine Hoffnungen sollten nicht enttäuscht werden. Es war nicht Volker, sondern Gwalchmai, der seine Hand nach dem Horn ausstreckte. Fast im gleichen Moment, in dem er es von dem Holzgerüst nahm, erklang in der Ferne ein Donnern. Golo begann zu beten. Warum nur hatte er nicht die Kraft, diese beiden Verrückten hier alleinzulassen? Sollten sie doch ohne ihn in ihr Verderben rennen!

Der Himmel wurde immer dunkler. Von Westen, dort, wo irgendwo das Meer liegen mußte, zogen dunkle Gewitterwolken auf. Wieder zerriß ein Donnerschlag die Stille. Eisiger Wind fegte über das Moor. Das Klirren der Schwerter und der anderen Waffen, die im Geäst gegeneinanderschlugen, klang fast wie der Lärm einer fernen Schlacht.

Gwalchmai setzte das Horn an die Lippen. Der Krieger beugte sich leicht zurück, seine Backen blähten sich, als sei er ein Frosch. Dann erklang ein Ton, wie ihn Golo noch nie zuvor gehört hatte, und er wünschte sich, dieses Geräusch nie wieder in seinem Leben zu hören. Der Knecht hatte schon viele Hörner gehört, doch dieses hier ließ sich mit keinem von ihnen vergleichen. Fast wie ein Schrei klang es über die Lichtung. Golo mußte unwillkürlich an Raben denken. Die Pferde stiegen und wieherten schrill. Dann rissen sie sich los und flohen von der Lichtung. Ganz nahe schlug ein Blitz ein und tauchte die Szene in fahles, geisterhaftes Licht.

Ein Windstoß rüttelte an den Ästen des Trophäenbaumes. Eines der Seile, mit denen die Waffen aufgehängt waren, zerriß, und ein Schwert stürzte in die Tiefe.

»Vorsicht, Herr!«

Volker blickte nach oben. Das Schwert stürzte genau auf ihn zu. Gwalchmai verpaßte dem Spielmann einen Stoß mit der Schulter. Nur eine Handbreit neben den Rittern bohrte sich die rostige Klinge in den weichen Waldboden.

»Das ist der Fluch der Feen!« kreischte Golo. »Laßt uns hier verschwinden, oder wir sind alle des Todes. Das war die letzte Warnung. Das nächste Mal geht es uns allen ans Leben!«

Volker packte ihn beim Wams. »Sieh her!« Der Ritter zog das Schwert aus dem Boden. »Siehst du dieses morsche, alte Seil? Der Wind hat es zerreißen lassen. Das ist alles! Wir sind hier in einer alten, heidnischen Schädelstätte. Es gibt keine Feen! Sie sind nur eine Erfindung der Dichter!«

»Und was ist das dort drüben?« Golo deutete mit zitternder Hand auf einen Holzpflock, der keine fünf Schritt vom Baum entfernt stand. Er war mit einem Kopf geschmückt, von dem verrottendes Fleisch hing. Unten an dem Pfahl lehnte ein Helm, ganz ähnlich den Topfhelmen, welche die beiden Ritter besaßen. »Das ist nicht alt! Erzählt mir nichts, Herr! Und habt Ihr die verbrannte Burg vergessen und die aufgespießten Köpfe der Normannen?«

»Das waren Räuber, die sich den Aberglauben der Bauern zunutze machen, um ihrer gerechten Strafe zu entgehen!«

Golo schüttelte verständnislos den Kopf. »Seid Ihr denn blind für das Offensichtliche?«

»Nein! Ich lasse nur nicht zu, daß die Angst meinen Verstand regiert. Wir müssen jetzt die Pferde einfangen!«

»Ich werde hierbleiben«, sagte Gwalchmai grimmig. »Nur für den Fall, daß die Morrigan und ihre Kämpfer kommen. Sie sollen nicht denken, wir hätten uns davongeschlichen.«

Volker nickte zustimmend. Wieder blitzte es, und fast augenblicklich war der Donnerschlag zu hören. Der Wind hatte nachgelassen. Es begann zu regnen.

Mit rudernden Armen kämpfte sich Volker durchs Dickicht. In Strömen lief ihm der Regen übers Gesicht, und die Dornenranken zerrten an seinem Waffenrock, als seien es winzige Hände. Golo hatte behauptet, in seinem Traum von Kobolden verfolgt worden zu sein. Bisher war fast alles Wirklichkeit geworden, was er in seiner Vision gesehen hatte. Nur Gwalchmai war ihm seltsamerweise nicht im Traum erschienen.

Ein Ast peitschte Volker ins Gesicht. Der Spielmann fluchte. Gwalchmais Streitroß hatte er schon gefunden. Der große Hengst war nicht weit gelaufen. Er hatte seine Zügel um einen jungen Baum geschlungen und sich dann weiter auf die Suche begeben. Dieses Horn! Nie zuvor in seinem Leben hatte er einen solchen Ton gehört. Ob es vielleicht verzaubert war?

Vom Sumpf her ertönte ein klagendes Heulen. Das Geräusch schien ihm vertraut, doch konnte er sich nicht mehr erinnern, wo es gewesen war. Es war ein langgezogener Laut, der weder von Menschen noch von Tieren stammte. Die Feen kamen also! Sie hatten das Signal gehört! Er mußte zurück zu Gwalchmai.

Der Spielmann versuchte, sich zu orientieren. Die Suche nach den Pferden hatte ihn kreuz und quer durch das dichte Gestrüpp des Waldes geführt. Er wußte nicht mehr genau, in welcher Richtung er die Schädelstätte finden würde. In dem Nebel konnte er keine zehn Schritt weit sehen. Wahrscheinlich war es das klügste zu versuchen, seiner eigenen Spur zu folgen. Der Weg, den er sich gebahnt hatte, war fast nicht zu verfehlen.

Er war schon eine Weile gegangen, als wieder das heulende Geräusch aus dem Sumpf erklang. Diesmal war es schon viel näher. Wenn er nur besser sehen könnte! Er war dicht an den Waldrand gekommen und ging nun dort entlang. Der Baum mit den Trophäen hatte unmittelbar an der Grenze zum Sumpf gestanden. Also brauchte er nur dem Ufer zu folgen. Der Boden war hier morastig. Zweimal schon war er ausgerutscht und gestürzt. Sein prächtiger weißer Waffenrock war über und über mit Schlamm besudelt. Wenn man ihn jetzt so sehen könnte, mochte man denken, er sei aus den Tiefen des Moors emporgestiegen. Der Spielmann lächelte. Er hatte sich eindeutig zu viele Spukgeschichten von Golo erzählen lassen! Jetzt dachte er selbst schon so wie dieser abergläubische Bauer.

Wieder ertönte das merkwürdig vertraute Heulen, und jetzt, wo es schon ganz nahe war, erkannte er das Geräusch wieder. Er hatte es schon einmal in einer Schlacht gegen die Sachsen gehört. Die Feen bliesen auf Luren! Großen, seltsamen Trompeten. Sie ragten senkrecht empor, und ihre Trichter waren wie Wolfs- oder Drachenköpfe geformt.

Volker begann zu laufen. Er hatte das Gefühl, daß er Gwalchmai nicht mehr rechtzeitig erreichen würde. Links neben ihm erschien eine Gestalt. Durch die Regenschleier und den Dunst konnte der Spielmann nur einen Schemen erkennen, der dicht über dem Sumpf zu schweben schien. Also stimmten die Feengeschichten. Erschrocken duckte er sich ins Unterholz am Waldesrand. Wer auch immer dort kam, schien nicht von dieser Welt zu sein.

Volker spürte, wie sein Herz immer heftiger schlug. Sein Mund war trocken, seine Hände dafür aber schweißnaß. So hatte er sich gefühlt, als er in der großen Sachsenschlacht mit nur fünf Rittern den Feldherrnhügel des Königs gegen eine Übermacht von Feinden verteidigen mußte.

In Gedanken ermahnte sich der Spielmann, ruhig zu sein. Es war nur ein einzelner Gegner, der dort aus dem Sumpf kam. Ob der Streiter der Morrigan die Richtung verfehlt hatte? Der Trophäenbaum stand doch an ganz anderer Stelle!

Jetzt konnte er den Mann deutlicher erkennen. Erleichtert atmete der Ritter auf. Sein Feind schwebte nicht! Er stand in einem flachen Nachen und stakte mit einer langen Stange durch das brackige Wasser. Der Mann hatte langes, rotes Haar und trug eine seltsame, bunte Hose. Über seine Schulter hing ein Köcher mit Pfeilen.

Als er fast den Waldrand erreicht hatte, sprang er aus dem kleinen Boot und zog es das Ufer hinauf. Dann nahm er einen Bogen aus dem Rumpf und blickte sich mißtrauisch um. Volker fragte sich, ob der Krieger im Nebel seinen Weg verloren hatte. Es war ein blutjunger Kerl, der höchstens zwanzig Sommer gesehen haben mochte. Irgendwo nördlich ertönte das Heulen der Luren. Sie klangen jetzt ganz nah! Auch wenn Nebel und Regen die Geräusche dämpften und veränderten, schätzte Volker, daß die anderen Krieger des Nachtvolks höchstens dreihundert Schritt entfernt sein mochten.

Der junge Bogenschütze ging ein Stück das Ufer hinauf. Für einen maurischen Sklavenjäger sah er recht eigenartig aus. Wahrscheinlich war er nur ein Räuber aus der Region. Aber ein reicher Räuber! Ein dicker, goldener Reif war um seinen Hals geschlungen. Volker traute seinen Augen kaum. Wenn dieses Schmuckstück massiv war, dann mußte es soviel wie ein Schlachtroß wert sein. Der Sklavenhandel schien ein einträgliches Geschäft zu sein!

Der Bogenschütze kniete jetzt nieder und betrachtete irgend etwas im weichen Uferschlamm. Volker schluckte. Dort war er eben erst entlanggelaufen! Ob der Kerl etwa seine Fußspuren im Schlamm gefunden hatte?

Unheimlich ertönte das Heulen der Luren. Diesmal klang es anders, auf schwer zu beschreibende Weise majestätischer ... Ein eisiger Schauer lief Volker über den Rücken. Der junge Mann am Ufer sprang auf und lief in die Richtung, in die der Trophäenbaum stehen mußte. Erleichtert atmete Volker auf. Er war davongekommen. Der Spielmann ließ einige Augenblicke verstreichen, dann erhob er sich aus seinem Versteck und trat ans Ufer. Der junge Krieger schien sich in Dunst und Regen aufgelöst zu haben. Volker warf kurz einen Blick ins Boot. Im Rumpf lag ein kurzer Jagdspeer, sonst gab es nichts Besonderes zu sehen.

In der Ferne ertönte das Klirren von Schwertern. Der Zweikampf hatte begonnen! Ohne auch nur einen Augenblick zu zögern, machte sich Volker auf den Weg in Richtung des Trophäenbaums. Beunruhigende Gedanken gingen ihm durch den Kopf, während er dem schmalen, schlammigen Uferstreifen folgte. Ob Golo mit seinem Aberglauben doch recht hatte? Der Spielmann blickte auf das dunkle Wasser. Er bewegte sich hier am Rand zweier Welten. Er ging genau auf der Grenze! Dort, wo sich das Wasser und die schwere, braune Erde vereinten. Es war ein trügerischer und unsicherer Pfad. Ein falscher Schritt, und er würde ausgleiten ... Lag dort drüben im Nebel wirklich ein Feenreich? Und hatte er sich nun bis an die äußerste Grenze seiner eigenen Welt bewegt?

Der junge Ritter schüttelte ärgerlich den Kopf. Das war jetzt nicht die Zeit für solche verrückten Gedanken. Wenn er zurück in Worms war und Gunbrid gerettet hatte, dann könnte er über diesen Unsinn weiter nachdenken! Es wäre gewiß eine schöne Metapher für ein Heldenlied. Der Spielmann grinste. Es war schon von Vorzug, wenn man in der Lage war, seine Heldenlieder selbst zu dichten. So konnte man seine eigenen Taten stets ins rechte Licht rücken und ... Ein Geräusch in den Büschen hinter ihm ließ ihn herumfahren. Seine Hand schnellte zum Schwertgriff. Der junge Krieger aus dem Boot hatte sich hinter einem Busch erhoben. Er zielte mit gespanntem Bogen auf ihn. Volker hob die Hand vom Schwertgriff. Es war zu spät, um noch die Waffe zu ziehen. »Wir können über alles reden. Du mußt wissen ...« Der Pfeil schnellte von der Sehne. Der Spielmann versuchte, sich in Deckung zu werfen, doch er war zu langsam. Ein wuchtiger Schlag traf ihn an der Brust. Er stürzte. Er konnte spüren, wie die Pfeilspitze das Kettenhemd durchdrang und sich in seinen Brustmuskel bohrte, doch fühlte er keinen Schmerz. Noch im Fallen griff er nach dem Messer an seinem Waffengurt. Dann schlug er seitlich mit dem Gesicht in den kalten Schlamm. Er rührte sich nicht mehr. Vielleicht könnte er den jungen Krieger täuschen. Immerhin hatte der Pfeil ihn auf Höhe des Herzens getroffen.

Aus den Augenwinkeln konnte Volker beobachten, wie der Rothaarige sich näherte. Er hielt seinen Bogen jetzt in der Linken und hatte mit der Rechten ein langes Messer aus seinem Gürtel gezogen. Vorsichtig näherte sich der Krieger und stieß Volker mit dem Fuß an. Der Spielmann blieb reglos liegen. Mit einem triumphierenden Lächeln beugte sich der Rothaarige herab. Seine Klinge näherte sich Volkers Hals. Im letzten Augenblick erst rollte sich der Ritter zur Seite. Seine Rechte schnellte vor, und der Dolch, auf dem er gelegen hatte, bohrte sich dem jungen Mann in den Bauch.

Der Kerl taumelte zurück. Die Waffen glitten ihm aus den Händen. Er öffnete den Mund, als wolle er schreien, doch drang nur ein leises Röcheln über seine Lippen. Blut tropfte ihm aus dem Mundwinkel. Er griff mit der Rechten nach dem Griff des Messers, das aus seiner Brust ragte.

Volker richtete sich auf und zog sein Schwert. Sein Gegner war inzwischen in die Knie gegangen. »Wolltest meinen Kopf, nicht wahr?« Volker schnitt eine Grimasse. Bei jeder Bewegung schmerzte die Pfeilwunde in seiner Brust. »Ist heute nicht dein Tag, Feenritter.« Er berührte den Hals des Rothaarigen mit seiner Schwertspitze.

»Vielleicht sollte ich dich mitnehmen und deinem Anführer einen Gefangenentausch vorschlagen? Was glaubst du, wie ihm das gefallen wird?«

Der Verwundete blickte ihn einige Herzschläge lang an. Er hatte große, graue Augen. Plötzlich preßte er die Lippen zusammen und stürzte sich nach vorne in Volkers Schwert. Der Spielmann riß die Waffe zurück, doch die scharfe Klinge hatte dem Rothaarigen den Hals aufgeschlitzt. Pulsierend sprudelte das Blut aus der tödlichen Wunde. Der junge Mann lächelte matt. Dann sank er zur Seite.

Der Ritter fluchte. Was für ein Wahnsinn! Warum hatte der Kerl das getan? Hatte er solche Angst vor dem Zorn seiner Gefährten gehabt? Volker kniete nieder und wischte sein Schwert an der Hose des Toten sauber. Dann löste er seinen Dolch aus der Wunde und reinigte auch ihn.

Noch immer hallte das Klingen von Schwertern durch den Nebel. Der Kämpfer der Morrigan mußte gut sein, daß er sich so lange gegen Gwalchmai hatte halten können. Der Spielmann richtete sich auf. Helle Lichtpunkte tanzten ihm vor den Augen. Ihm wurde schwindelig, und er mußte sich auf sein Schwert abstützen. Mit zitternden Fingern griff er nach dem Pfeil, der in seiner Brust steckte. Vorsichtig bewegte er das gefiederte Ende, und ein brennender Schmerz schoß durch seine Brust bis in den linken Arm hinauf. Das Geschoß steckte tiefer, als er zunächst gedacht hatte. Es wäre töricht zu versuchen, sich den Pfeil herauszuziehen. Die Wunde würde dann nur noch stärker bluten.

Mit der Linken umklammerte er den Schaft des Geschosses. Er ballte die Hand zur Faust und preßte sie auf seine Brust. Der Schmerz raubte ihm fast die Sinne. Mit der anderen Hand griff er nach dem gefiederten Ende.

»Heilige Maria, Mutter Gottes, gib mir Kraft«, flüsterte er. Dann brach er mit einem Ruck den Pfeil durch. Stöhnend ging er in die Knie. Es war, als hätten ihm Teufel ein glühendes Eisen in die Brust getrieben. Für einige Augenblicke konnte er nicht mehr klar sehen. Die Bäume schienen in wildem Reigen um ihn herum zu tanzen. Endlich ließ der Schmerz ein wenig nach. Er blickte an sich herab. Nur ein kleines Stück des Pfeilschaftes, nicht länger als sein kleiner Finger, ragte jetzt noch aus der Wunde. Sein weißer Waffenrock war über und über mit Blut bespritzt. Es mußte auch von dem jungen Krieger stammen!

Sein Schwert als Krücke benutzend, kämpfte der Spielmann sich auf die Beine. Er wollte dem Sieg Gwalchmais beiwohnen. Schweren Schrittes ging er den Wald entlang. Bald sah er etliche Boote auf dem schmalen Uferstreifen liegen. Die Räuber waren zahlreicher, als er gedacht hätte. Vielleicht wäre es klüger, sich vor ihnen zu verstecken. Schemenhaft konnte er durch den Nebel zwei Krieger mit Bogen erkennen. Mit zwei Schritten hatte er den Rand des Waldes erreicht und kauerte sich hinter einen Busch. Die beiden Schützen waren wieder im Nebel verschwunden. Vorsichtig arbeitete sich der Spielmann durch das Dickicht. Dornenranken zerrten an seinem Waffenrock, und es schien, als wollten die Wurzeln der Bäume nach seinen Füßen greifen. Zweimal strauchelte er, und die Wunde in seiner Brust begann wieder zu bluten.

Endlich konnte er im Dunst den riesigen Trophäenbaum erkennen. Auf der Lichtung umkreisten zwei Kämpfer einander. Die Nebelschleier ließen die Szene seltsam unwirklich erscheinen, so als sei sie ein Spuk oder ein Traumbild. Der Streiter der Morrigan war ein hünenhafter Kerl, der Gwalchmai um mehr als Hauptеslänge überragte. Der Krieger war völlig nackt. Sein Körper war über und über mit verschlungenen blauen Mustern bemalt. Nur um den Hals trug er einen breiten, goldenen Schmuckreif. Die Haare des Kämpfers waren kurz und standen wie Stacheln von seinem Kopf ab. So wie Gwalchmai kämpfte der Streiter der Morrigan mit Schwert und Schild. Die Mitte seines Rundschildes war mit einem großen, eisernen Buckel verstärkt, und das Holz war mit gelben Spiralen auf rotem Grund bemalt.

Der Kampf wogte lange unentschieden hin und her. Die zwei Krieger waren einander fast ebenbürtig. Beide bluteten aus mehreren leichten Wunden. Ihre Bewegungen wurden langsamer, die Attacken waren nicht mehr so ungestüm. Laut hallte ihr Keuchen über die Lichtung.

Etliche Bewaffnete standen am Rand der Bäume und beobachteten das Duell. Volker schätzte, daß es mindestens vierzig Krieger sein mußten, die sich dort versammelt hatten. Für eine Räuberbande verdammt viele! Vermutlich waren auch Bauern und Fischer aus der Gegend dabei. Der Spielmann überlegte, ob er seine Deckung verlassen sollte, doch eine innere Stimme warnte ihn. Wer wußte, wie dieses Pack reagieren würde. Es war klüger, sich zunächst im Hintergrund zu halten!

Gwalchmai stieß einen wilden Kampfschrei aus und holte zu einem mächtigen Hieb aus, der auf den Kopf seines Gegners zielte. Der Kämpe der Morrigan riß seinen Schild hoch, um den Schwertstreich abzufangen. Im gleichen Moment wechselte der Kaledonier die Schlagrichtung. Volker nickte anerkennend. Gwalchmai lernte schnell! Das war derselbe Schlag, mit dem er den Kaledonier am Vortag bezwungen hatte. Der blonde Hüne, der sich mit seinem eigenen Schild die Sicht genommen hatte, konnte das überraschende Manöver nicht sehen. Das Schwert des Ritters traf ihn dicht über der Hüfte und schnitt ihm tief ins Fleisch. Stöhnend taumelte der Krieger zurück. Der Schild entglitt seiner Hand. Er preßte die Linke auf die stark blutende Wunde. Immer noch hielt er sein Schwert zur Abwehr bereit.

»Gib auf! Du warst ein ehrenhafter Gegner. Ich möchte dich nicht töten.« Gwalchmai senkte sein Schwert. »Du kannst nicht mehr gegen mich gewinnen.«

Eine Frau mit langem, rotblondem Haar trat aus dem Nebel. Sie trug einen Umhang aus Rabenfedern, der bis auf den Boden hinabreichte, und dazu ein enganliegendes, schwarzes Kleid. Ihre Stimme klang klar und befehlsgewohnt, als sie sprach. »Schafft Arbotorix fort und versorgt seine Wunden.«

Die Krieger am Rand der Lichtung gehorchten ihr schweigend. Volker traute seinen Augen kaum. Das also war die Morrigan. Die Frau wirkte unnatürlich blaß und sprach mit einem merkwürdigen Akzent, wie ihn der Spielmann bei den Bauern der Region nicht bemerkt hatte. Sollten die Geschichten über die Fee am Ende doch wahr sein? Volker duckte sich ein wenig tiefer in die Büsche.

»Ich beglückwünsche dich, Falkenritter! Du hast meinen besten Krieger besiegt. Du bist der erste, der Arbotorix überwinden konnte. Ich nehme an, du kennst den Preis deines Triumphs.«

Gwalchmai beugte das Knie. »Es heißt, der Sieger des Duells solle an deiner Seite König im Feenreich sein, edle Morrigan.«

Sie streckte ihm die Hand entgegen. »Du knietest nieder als Ritter, nun erhebe dich als der König, der hinter den Nebeln herrscht, mein Falke. Warte hier, und ich werde dir die Insignien deiner neuen Macht bringen.«

Gwalchmai erhob sich und nahm den Topfhelm ab. In breiten Strähnen hing ihm sein schweißnasses Haar in die Stirn. Lächelnd schob er sein Schwert in die Scheide zurück und blickte zu den Kriegern am Rand der Lichtung. Diese hoben langsam ihre Bogen. Augenblicklich verschwand das Lächeln aus dem Gesicht des Ritters. Bestürzt wandte er sich an Morrigan, die inzwischen den Rand der Lichtung erreicht hatte.

»Was soll das? Senkt eure Waffen! Ich bin jetzt euer Herr!«

»Du bist nun zwar König, Falkenritter, doch Befehlsgewalt über meine Krieger hast du erst, wenn du auch die Insignien des Herrschers trägst. Tötet ihn!«

Gwalchmai riß seinen Schild hoch, doch die Pfeile prasselten von allen Seiten auf ihn nieder. Sie trafen ihn in die Beine, den Rücken und die Arme. Volker konnte sehen, wie eines der Geschosse den Hals des Recken durchschlug und etliche Zoll weit aus seinem Nacken austrat. Lautlos sank der Kaledonier zu Boden. Einige Herzschläge lang herrschte Stille. Dann trat die Morrigan neben den Leichnam. Sie hielt ein prächtiges, silbern glänzendes Schwert in der Hand.

»Du hast tapfer gekämpft, fremder Ritter, und ich werde mein Wort halten. Heute nacht wirst du neben mir auf dem Thron meines Palastes sitzen. Die Barden meines Volkes werden dich als den Falkenkönig besingen und dein Kampfgeschick loben. Du wirst für immer in der Erinnerung der meinen leben, doch für das Volk diesseits des Nebels mußtest du sterben. Für sie muß der Recke der Morrigan als unbesiegbar gelten, damit wir weiterhin in Frieden leben können.« In silbernem Bogen sauste die Klinge hinab, und die Morrigan hob Gwalchmais abgetrenntes Haupt auf.

Zwei Krieger hatten bereits einen neuen Pfahl in die Erde gerammt, und die schwarze Königin spießte das Haupt des Kaledoniers darauf. Dann wandte sie sich zu ihren Männern um. »Hebt ihn auf den Schild des Königs und legt ihm dieses Schwert in seine kalte Hand. Die Morrigan hat ihm versprochen, daß er die Insignien des Herrschers tragen würde, und Morrigan bricht niemals ihr Wort!«

Volker war wie gelähmt vor Entsetzen. Unfähig, sich zu rühren, beobachtete er aus seinem Versteck, wie sich die blutdürstige Königin und ihre Krieger zu den Booten zurückzogen. Erst als das leise Platschen der Ruder verklungen war, trat er auf die Lichtung. Der Ausdruck ungläubigen Entsetzens spiegelte sich noch immer im Gesicht Gwalchmais. Volker strich dem Toten über die Augenlider. »Ich werde dich rächen«, murmelte er leise. »Die Morrigan wird für dich büßen.« Er strich dem Ritter das strähnige Haar aus der Stirn und ging dann zum Ufer. Dort schleifte er den Leichnam des Bogenschützen zu dem flachen Nachen. Es wäre besser, wenn er den Mann verschwinden lassen würde. Gewiß dauerte es nicht lange, bis seine Kameraden ihn vermißten.

Keuchend hievte er den Toten in das Boot. »Auf dem Grund des Moores wird dich auch deine verfluchte Königin nicht mehr finden«, flüsterte der Spielmann verbittert. Die Wunde in seiner Brust schmerzte, und dunkles Blut sickerte durch die Panzerringe seines Kettenhemdes. Ihm war schwindelig. Er mußte ruhen, doch hier am Ufer konnte er nicht bleiben.

Volker blickte an seinem schmutzigweißen Waffenrock hinab. Wenn sich der Nebel hob, würde man ihn damit schon von weitem erkennen können. Er mußte das Kleidungsstück loswerden. Doch er konnte den linken Arm nicht mehr höher als bis zur Brust heben. Er zog das Messer aus seinem Waffengurt und trennte die Nähte über den Schultern auf. Dann zog er das Kleidungsstück zum Gürtel hinunter und streifte es wie einen Rock ab. Er schnitt zwei breite Streifen vom Saum, die er später brauchen würde, um seine Wunde zu verbinden. Den Rest warf er ans Ufer, damit Golo wußte, an welcher Stelle er in den Sumpf gestakt war. Vielleicht würde sein Knecht ihm ja folgen? Volker lächelte. Nein, mit dem abergläubischen Kerl sollte er lieber nicht rechnen.

Schwankend erhob sich der Ritter und griff nach der Stange, die neben ihm im Boot lag. Noch einmal blickte er zu dem kleinen Wald, der Gwalchmai zum Verhängnis geworden war. Dann stieß er sich vom Ufer ab und steuerte auf jene Stelle zu, wo das Boot der Morrigan im Nebel verschwunden war.

7. KAPITEL

Als das seltsame Heulen aus den Sümpfen erklang, war Golo tief unter einen Busch gekrochen. Sollten die beiden Ritter ihren Streit mit den Feen alleine ausfechten! Er hatte damit nichts zu tun, und wenn es nach ihm gegangen wäre, dann hätte er auch niemals diesen verfluchten Wald betreten.

Mit klopfendem Herzen hatte der Knecht auf den Kampflärm gelauscht, und selbst nachdem das Klingen der Schwerter schon lange verstummt war, hatte er es nicht gewagt, sein Versteck zu verlassen. Erst als ganz in der Nähe Lanzenbrecher vorbeitrottete und die wenigen grünen Triebe von den Bäumen zupfte, kroch Golo unter den Büschen hervor. Der Hengst wirkte erfreut, als er ihn sah. Er schnaubte und kam auf ihn zu, um seinen großen Kopf an seiner Brust zu reiben.

Der Knecht tätschelte ihm über den Hals. »Jetzt ist der Spuk vorbei, nicht wahr... Willst du mit mir zu der Lichtung kommen?«

Der Schimmel spitzte die Ohren, und Golo war sich sicher, daß der große Hengst ihn genau verstanden hatte. Er griff nach Lanzenbrechers Zügeln und machte sich auf den Weg. Es dauerte eine Weile, bis er den Trophäenbaum wiederfand. Fast schien es ihm, als wolle der Wald ihm jene Wege verbergen, die dorthin führten, wo vor kurzem erst der Zweikampf stattgefunden hatte. Golo hatte das Gefühl, in jedem Busch und jedem Baum die Zauberkraft der Feen zu spüren. Was wohl aus Volker geworden sein mochte? Ob der Ritter sich auch im Gestrüpp versteckt hatte? Wohl kaum ...

Ziellos streifte Golo über die Lichtung und betrachtete die Köpfe auf den Pfählen. Manche der Schädel schienen wissend zu grinsen. Schließlich fand der Knecht, wonach er gesucht hatte. Lange starrte er in Gwalchmais blasses Antlitz. »Du dummer Kerl! Du hattest doch alles, was man braucht, um glücklich zu sein ... Wenn ich, so wie du, von edler Geburt gewesen wäre, hätte mich das Schicksal bestimmt nicht in diesen verfluchten Wald geführt. Ein hübsches Weib hätte ich mir genommen, einen Haufen Kinder in die Welt gesetzt und vom Zehnten meiner Bauern ein gutes Leben geführt. Und was hast du daraus gemacht? Hast erreicht, daß dein König dich des Landes vertreibt, bist durch die Welt gezogen und schlägst dich für nichts und wieder nichts mit anderen Rittern! Für uns Bauern ist es besser, daß es einen weniger von deiner Sorte gibt!« Verbittert wandte Golo sich ab. Er konnte sie nicht begreifen, diese Herren! War ihnen langweilig, oder was war der Grund, der sie zu diesem rastlosen Leben trieb?

Er griff nach den Zügeln von Lanzenbrecher. Es war gut,

den großen Hengst bei sich zu haben. Mit ihm fühlte er sich auf dieser Lichtung der Toten nicht so verloren. So wußte er, daß er nicht das einzige Wesen aus Fleisch und Blut in diesem gottverlassenen Wald war. »Komm, wir werden jetzt deinen Herrn suchen. Wie ich ihn kenne, sitzt er hier irgendwo in einem Busch. Er hat immer Glück. Irgendwie wird er den Feen entwischt sein. Nicht wahr ...« Er blickte dem großen Hengst in die Augen, so als müsse Lanzenbrecher ihm bestätigend zuzwinkern. Doch das Pferd tat nichts dergleichen.

»Was mach' ich hier nur?« brummte Golo mißmutig. »Mit dir reden, als hätte ich einen gottesfürchtigen Christenmenschen vor mir.« Grübelnd blickte sich der Knecht um und fragte sich, wo er wohl seinen Herren finden könnte. Schließlich entschied er sich dafür, am Trophäenbaum vorbei zum Rand des Waldstücks zu gehen und dort zu suchen. Falls auch Volker ihn suchte, würde der Spielmann dort am einfachsten den Spuren folgen können.

Golo war noch nicht weit gegangen, als er auf die breite Schleifspur stieß, die parallel zum Wasser verlief. Er beugte sich nieder, strich durch die dunklen Flecken im Schlamm und begutachtete seine Fingerkuppen. Blut! Da konnte es nicht den geringsten Zweifel geben. Aufmerksam musterte er den zerwühlten Schlamm, doch wußte er nicht mit Sicherheit zu sagen, wer wen verletzt hatte.

Mit langen Schritten folgte Golo der Schleifspur. Hundert Schritte entfernt entdeckte er einen hellen Gegenstand im Schlamm. Einen Umhang oder etwas Ähnliches. Mißtrauisch blickte er zum Waldrand. Konnte das eine Falle sein? Aber hätten Feen so etwas nötig? Ihre Macht wäre doch gewiß groß genug, ihn auch ohne eine List in ihre Gewalt zu bekommen, wenn sie es wirklich wollten. Er ging langsamer, und als er endlich erkennen konnte, was dort am

Ufer lag, blieb er wie angewurzelt stehen. Volkers Waffenrock! Er war zerfetzt und mit Blut besudelt...

Sie hatten also auch seinen Herrn erwischt! Er war mithin der einzige, der noch lebte! Golo lief ein eisiger Schauer über den Rücken. Er mußte jetzt einen klaren Kopf behalten! Daß er noch lebte, war ein ungeheurer Zufall. Die beiden Ritter waren wenigstens noch in der Lage gewesen, sich ihrer Haut zu erwehren. Doch er ... Er hatte nicht einmal vernünftig gelernt, mit einer Waffe umzugehen. Golo dachte daran, wie Volker und Gwalchmai erst am Vortag miteinander gekämpft hatten. Sie waren zwei erstklassige Schwertkämpfer gewesen, und doch hatten die Feen sie scheinbar ohne Mühe bezwungen. Das war Magie! Böser Zauber! Golo konnte förmlich spüren, wie sich sein Magen zusammenzog. Er mußte fort von hier. Seine einzige Rettung hieß Flucht!

»Komm, Lanzenbrecher, wir haben hier nichts mehr verloren!« Er zerrte an den Zügeln, doch der Hengst rührte sich nicht vom Fleck. Golo verdrehte wütend die Augen, dann hob er den blutigen Waffenrock auf und hielt ihn dem großen Schimmel unter die Nüstern. »Sieh dir das an! Das ist alles, was von unserem Herrn noch geblieben ist. Ein Stück blutbesudelter Stoff. Wir können nichts mehr für ihn tun! Jetzt gilt es, unser eigenes Fell zu retten. Und wenn du unbedingt hierbleiben willst, dann sollst du eben in den Fleischkesseln der Feen landen.«

Wieder zerrte Golo an den Zügeln, und diesmal fügte sich der Hengst. Der Knecht legte den zerfetzten Waffenrock über den Sattel des Schlachtrosses und machte sich auf den Weg in den Wald. Er hatte Volker im Grunde nie sonderlich leiden können, und doch hätte er nicht gedacht, daß ihre gemeinsamen Abenteuer ein solches Ende nehmen würden. Bisher hatte er immer gedacht, sein Herr sei unter einem

Glücksstern geboren und würde aus jedem Schlamassel, den er sich einbrockte, auch wieder herausfinden. Daran, daß er eines Tages vielleicht einmal allein in der Fremde stehen könnte, hatte Golo noch nie gedacht. Sicher würde er auch ohne Volker den Weg zurück nach Burgund finden, doch es würde ein langer und einsamer Ritt werden.

Golo erinnerte sich an die vielen Abende, an denen er seinem Herren beim Lautenspiel gelauscht hatte. Wenn Volker es darauf anlegte, konnte er wirklich nett sein. Manches Mal hatten sie gemeinsam gelacht und ... Das war vergangen! Oft genug hatte er für den feinen Ritter auch die Drecksarbeit erledigen müssen. Er sollte besser die guten Seiten an seiner jetzigen Lage sehen, statt der Vergangenheit nachzutrauern. Wenn es ihm gelang, auch die anderen Tiere noch aufzutreiben, wäre er stolzer Besitzer von vier Pferden! Das hieß, er wäre ein reicher Mann! Niemand könnte ihm sein Anrecht streitig machen, schließlich waren die wirklichen Besitzer tot. Obwohl ... Nach Burgund zurückzukehren wäre wahrscheinlich nicht klug. Volkers Vater würde gewiß viele Fragen über das Ende seines Sohnes stellen, und zu guter Letzt würde er die Pferde als Eigentum seiner Familie zurückfordern.

Golo blieb stehen und blickte den großen Hengst an. Allein für das Silber, das ihm Lanzenbrecher einbringen würde, könnte er sich schon ein kleines Bauernhaus und genügend Land dazu kaufen. »Wir werden sicher einen neuen Herrn für dich finden, nicht wahr, mein Alter. Ein Schlachtroß wie dich findet man schließlich nicht alle Tage!«

Lanzenbrecher schnaubte. Ob ihn der Hengst verstanden hatte? »Bei einem neuen Herrn wirst du es gut haben. Dort kannst du gewiß den halben Sommer mit ein paar hübschen Stuten auf der Weide verbringen. Es ist doch eine Schande, ein Pferd wie dich in den Sumpf zu schleppen. Du bist für Schlachtfelder geschaffen und für prächtige Turnierplätze. Wer, außer einem Narren, konnte auf die Idee kommen, dich hier in diese Schlammlöcher zu zerren?«

Golo hatte den Eindruck, daß ihn das große Pferd mißbilligend musterte.

Volker fühlte sich mit jedem Atemzug schwächer. Eine eisige Kälte kroch aus seinen Füßen die Beine hinauf. Längst hatte er aufgegeben, den Nachen mit der Stange durch das Moor zu staken. Er ließ sich mit der schwachen Strömung treiben und betete. Die Wunde in seiner Brust blutete nicht mehr, doch hatte er nicht den Mut und die Kraft, einen Versuch zu unternehmen, die Pfeilspitze aus seinem Fleisch zu reißen. Er wußte, daß sie ihn langsam töten würde, wenn er nichts unternahm, und doch ... Er wollte ein wenig schlafen, danach würde er stärker sein.

Matt hob er den Kopf und blickte zum Bug. Am Horizont erstreckte sich eine hohe, weiße Mauer. War das der Palast der Morrigan? Irgend etwas stimmte mit der Mauer nicht ... Ein unangenehmes Prickeln lief durch seine Waden. Die Kälte fraß sich die Oberschenkel hinauf. Ihm klapperten die Zähne. Eine innere Stimme warnte ihn einzuschlafen. Er fürchtete, daß er nicht mehr erwachen würde. Volker biß sich auf die Lippen. Lange würde er diesen Kampf nicht führen können. Immer wieder fielen ihm die Augen zu.

Stetig glitt er der weißen Wand entgegen. Sie füllte jetzt fast den ganzen Horizont. Einen Moment lang hatte er die groteske Vorstellung, daß nicht sein Boot, sondern die Mauer sich bewegte, daß sie über das Wasser hinweg auf ihn zuglitt, um ihn zu verschlingen. War dies das Ende? Sah so der Tod aus? Wahnvorstellungen ... Hatte er sich geirrt? Gab es wirklich Feen und griffen sie nun mit all ihrer Zaubermacht nach seiner Seele? Leise murmelte er ein Vaterunser. Das war ein Kampf, der nicht mit Waffen entschieden würde. Wieder und wieder flüsterte Volker das Gebet ...

Etwas Warmes, Feuchtes streifte seine Wange. Erschrokken schlug er die Augen auf. Er war eingeschlafen! Um ihn herum trieben dichte, weiße Nebelschwaden. Sie waren warm. Die Kälte war aus seinen Beinen gewichen. Volker hob die Hand und streckte sie über den Rand des flachen Nachens. Auch das Wasser war warm. Wohin mochte er getrieben sein, oder war er vielleicht ... Er blickte an sich hinab. Noch immer ragte der abgebrochene Pfeilschaft aus seiner Brust. Sein Kettenhemd war von Blut und Schmutz verkrustet. Nein, so würde er nicht ins Himmelreich auffahren. Daß er nach seinem Tod irgendwo anders hingelangen konnte, war völlig unmöglich. Er war stets ein treuer und aufrechter Diener Gottes gewesen! Also mußte er noch leben.

Sein Boot glitt noch immer mit einer sanften Strömung. Ganz in der Nähe ertönte ein beunruhigendes Plätschern, so als würde sich etwas Großes durchs Wasser bewegen. Ein Drache vielleicht ... Ängstlich griff er nach seinem Schwert. Seine Arme waren so kraftlos, daß er kaum die Waffe zu heben vermochte.

Ein Ruck ging durch das Boot. Es hörte auf, sich weiter zu bewegen. In seiner Vorstellung sah Volker, wie ein riesiger Drache den kleinen Nachen ergriffen hatte. Das geifernde Maul herabgebeugt, wartete die Bestie darauf, ihre Beute zu verschlingen. Aber so leicht würde er nicht zum Opfer eines Ungeheuers, dachte der Spielmann grimmig. Vorsichtig zog er den Dolch aus seinem Gürtel, holte aus und schleuderte ihn mit aller Kraft in den Nebel, dorthin, wo er den Kopf des Drachen vermutete. Einen Herzschlag lang war es still. Dann hörte er ein scharfes Klirren, so als sei der Stahl der Waffe auf Stein getroffen.

Volker schluckte. Sein Dolch mußte den Kopf des Ungeheuers verfehlt haben. Oder ... Er atmete tief durch. Ein stechender Schmerz zuckte durch seine linke Seite, als sich sein Brustkorb hob und senkte. Hatte er sich den Drachen vielleicht nur eingebildet? Er war entkräftet und erschöpft. Spielten seine Sinne ihm einen Streich?

Womöglich war sein Boot an ein fremdes Ufer gespült worden, das der Nebel vor seinen Blicken verborgen hielt? Neue Hoffnung keimte in ihm auf. Der Spielmann kroch zum Bug des Nachens, beugte sich über die Bordwand und tastete mit seinem Schwert nach festem Grund. Er mußte sich nicht tief hinunterbeugen, um mit der Klinge auf Widerstand zu stoßen. Das Wasser war hier weniger als eine Elle tief. Er war dem Sumpf ein zweites Mal entkommen! Hier an Land konnte er sich einen Lagerplatz suchen und ein Feuer machen! Er würde ein paar Tage hierbleiben, und wenn seine Kräfte zurückgekehrt waren, dann würde er sich erneut an die Verfolgung der Feen machen.

Vorsichtig ließ er sich über den Rand des Bootes gleiten. Seine Beine hatten kaum die Kraft, ihn zu tragen, und er mußte sein Schwert als Stütze nutzen. Wie ein alter Bettler kam er das Ufer hinauf. Der Boden war steinig. Nur hier und dort wuchsen einige Büschel welken Grases. Der Nebel schien noch dichter zu sein als im Sumpf. Kaum konnte man die Hand vor Augen sehen.

Humpelnd kämpfte Volker sich voran. Das Ufer stieg sanft an. Ein eigenartiger Stein schälte sich vor ihm aus dem Dunst. Der Felsblock war vielleicht einen Schritt breit, dafür aber fast so hoch wie zwei Männer. Verschlungene Spiralenmuster waren tief in seine verwitterte Oberfläche eingekerbt. War dies ein Grenzstein, der den Übergang zur Feenwelt markierte?

Volker schluckte. Er mußte sich gegen solch dummen Aberglauben verschließen! Wahrscheinlich war dieser Stein nichts weiter als ein Relikt aus den Zeiten der Heiden.

Es begann wieder zu regnen. Er sollte sich schleunigst nach einem Unterschlupf umsehen! Wenn die Kälte in seine Knochen zurückkehrte, wäre er verloren. Humpelnd plagte er sich weiter den flachen Hügel hinauf. Der felsige Untergrund wich weichem Torfboden. Er traf auf einen Weg, der in die sanften Hügelflanken einschnitt. Der Pfad war so schmal, daß dort kaum zwei Männer aneinander vorbeigekommen wären.

Je weiter er vorwärtsging, desto höher stiegen rechts und links die Hügelflanken. Fast schien es, als habe ein Riese mit einem Schwerthieb den Weg mitten zum Herzen des Hügels getrieben. Schließlich stand der Spielmann vor einem niedrigen Höhleneingang, der mit mächtigen, grauen Steinen eingefaßt war. Auch hier fanden sich wieder verschlungene Muster, so wie auf dem Grenzstein.

Der Regen wurde heftiger. Wenn er der Nässe entkommen wollte, blieb ihm keine Wahl. Vorsichtig betrat er die dunkle Höhle. Seine Glieder schienen wie aus Blei gegossen. Schleppend tastete er sich an der Wand der Höhle entlang. Die Finsternis hier war vollkommen.

Der Spielmann wußte nicht, wie lange er dem Pfad tiefer ins Innere des Hügels gefolgt war, als er strauchelte. Er hatte keine Kraft mehr, sich zu erheben, und die Kälte kehrte zurück. Seine Füße fühlten sich wie zwei Eisklötze an. Ein dumpfes Pochen breitete sich von der Wunde in seiner Brust aus. Er mußte ein Feuer entzünden! Seine Hände glitten über den Boden. Er bekam einen dünnen, von Wind und

Wasser glattpolierten Stock zu fassen. Sein Messer... Er brauchte es, um Funken aus dem Feuerstein zu schlagen, den er in einem Lederbeutel an seinem Gürtel trug. Es lag irgendwo draußen vor der Höhle!

Jetzt half nur noch zu beten. Er wußte, daß er die Höhle nicht mehr verlassen konnte. Nun lag es bei Gott, ob er weiterleben oder hier in einem Erdloch am Ende der Welt sterben würde.

8. KAPITEL

Zufrieden blickte Golo zu den vier Pferden, die nur ein paar Schritt entfernt angebunden waren. Sie waren seine Zukunft, die Garanten für viele fette Jahre! Wenn nur dieser verdammte Regen nicht wäre.

Er war zu der Weggabelung vor dem Wald zurückgekehrt, wo er in der letzten Nacht noch gemeinsam mit den beiden Rittern gelagert hatte. So ohne Begleitung in der Wildnis zu sein war ihm unheimlich. Morgen würde er dem Pfad folgen, den Gwalchmai gekommen sein mußte. So würde er diesem verfluchten Sumpf entkommen.

Während er im Wald die Pferde suchte, hatte er Pläne gemacht. Zunächst würde er sich auf den Weg nach Niort begeben, jener berühmten Stadt der Troubadoure, in der er mit Volker Unterkunft genommen hatte, bevor sie die unglückselige Reise in die Sümpfe antraten. Dort würde er mit Leichtigkeit ein bequemes Quartier finden. Wenn das Wetter besser würde, könnte er dann nach Norden reiten. Die Landschaft bei Troyes hatte ihm recht gut gefallen. Vielleicht würde er sich dort Land kaufen. Ein ansehnlicher Teil der Reisekasse befand sich in einer verborgenen Tasche, die in den Packsattel des Lastpferdes eingearbeitet war. So brauchte er sich um Geld zunächst einmal keine Sorgen zu machen. Auch im Gepäck des toten Kaledoniers hatte er einen reichen Vorrat an Silbermünzen gefunden. Einen Teil davon würde er aufwenden, um für die beiden toten Ritter gleich in der Wallfahrtskirche von Niort Messen lesen zu lassen. Schließlich wollte er nicht, daß ihre rachsüchtigen Geister ihm in seinem weiteren Leben nachstellten.

Auch heute abend hatte er bereits für Volker und Gwalchmai gebetet. Golo starrte in das kleine Feuer, das er entfacht hatte, und versank in dumpfes Brüten. In wie kurzer Zeit sich sein Leben doch vollständig verändert hatte! Ob man ihm glauben würde, daß die Schlachtrösser ihm gehörten? In Niort hatte man ihn zusammen mit Volker gesehen. Was würde geschehen, wenn ihn ein eifersüchtiger Wirt bei den Stadtherren als Mörder und Dieb anzeigte? Vielleicht war es doch klüger, eine andere Route einzuschlagen als jenen Weg, den er gemeinsam mit seinem Herren genommen hatte. Und was war mit den Geistern der beiden Ritter? Würden sie ihm seinen neuen Wohlstand gönnen, oder erwarteten sie von ihm, daß er ihren Tod sühnte? Doch was konnte er schon tun? Er war ein Bauernsohn ohne Macht und Einfluß, und obendrein war er noch völlig allein in einem fremden Land.

Golo seufzte. Das Leben als ein freier und reicher Mann war anstrengender, als er gedacht hatte. Dann grinste er. Sobald er sich einen Hof gekauft hatte, würde er sich einen

Knecht zulegen. Endlich könnte er dann einmal anderen sagen, was zu tun sei. Er würde morgens noch faul im Bett neben seinem hübschen Weib liegen, während der Knecht in den Stall ging, um die Tiere zu versorgen.

Er war nicht sonderlich ansehnlich, das wußte Golo genau, doch sein Geld würde ihn in den Augen der Bauernmädchen von Troyes so hübsch wie einen Prinzen erscheinen lassen. Er würde sich eins nehmen, das einen reichen Vater hatte. So konnten sie nach dessen Tod die beiden Güter vereinigen. Ja, so würde er es machen! Wenn eines Tages die Zeit gekommen wäre, seine letzte Reise anzutreten, dann würde er soviel Land wie ein Baron besitzen!

Golo rollte sich vor dem Feuer zusammen, zog sich Volkers warmen Reitmantel bis zum Kinn und gab sich seinen süßen Zukunftsträumen hin.

Als Volker erwachte, schien ein blasses Gesicht über ihm in der Finsternis zu schweben. Rotgoldene Locken rahmten das feingeschnittene Antlitz. Das mußte eine Fee oder ein Engel sein. Der Spielmann schluckte. Sein Hals war wie ausgedörrt. Die Kälte war aus seinen Gliedern gewichen. Er fieberte, und pochender Schmerz pulsierte in der Wunde an seiner Brust. Er wollte sich aufstützen, doch die Fremde legte ihm sanft eine Hand auf den Arm. »Bleib liegen, fremder Krieger, der du zwischen den Gebeinen der toten Helden erstanden bist. Ich möchte nicht auch dein Klagelied singen.«

Volker verstand den Sinn ihrer Worte nicht, doch versuchte er zu nicken. Die Fremde war gewiß eine Fee. Wäre er im Himmel, dann würde es nicht so finster wie in einem

Grab sein. Nur ein kleines Öllämpchen, das in einer Nische in der Wand stand, erhellte die Dunkelheit. Jetzt konnte sich der Spielmann wieder erinnern, wo er war. Eine Höhle, tief im Herzen der Erde, die Insel ... Wie Ausschnitte eines Gobelins tauchten Bilder der vergangenen Tage in seiner Erinnerung auf, doch gab es auch viele Lücken, so als seien Stücke aus dem Wandteppich herausgeschnitten.

»Ich habe hier einen Sud aus Löwenzahn, Klette und Holunderbeeren bereitet. Dieser Trunk wird dein Blut säubern.« Sie half ihm, seinen Kopf ein wenig aufzurichten, und setzte ihm die Schale an die Lippen. »Es ist auch ein wenig Milch aus Mohnkapseln beigemischt. Du wirst gut davon schlafen und die Schmerzen vergessen.«

Volker trank gierig den Kräutersud. Er war bitter wie Galle, doch vertrieb er die Kälte. »Danke. Wer ... Wer bist du?«

»Man nennt mich die wiedergeborene Göttin.« Die Fremde hatte die Schale zur Seite gestellt und musterte ihn eindringlich.

Ihr Blick war Volker unheimlich. Sie hatte kalte, grüne Augen, und er hatte das Gefühl, als würde sie durch ihn hindurchsehen. Angeblich mochten die Feen Troubadoure und Spielleute. Er sollte versuchen, ihr Interesse zu gewinnen, sonst würde diese Göttin ihm womöglich, sobald er gesund war, den Kopf abschneiden, um ihn auf einen Pfahl zu stekken. Gwalchmai hatte Volker am Lagerfeuer mit seiner rauhen Kriegerstimme ein Lied vorgesungen, das von den Küsten des fernen Inber Colptha stammte. Vielleicht würde es der Fremden gefallen.

»Ich bin der Wind auf dem Meer ... Ich bin eine Welle des Ozeans ... Ich bin ein Tosen auf der See ... Ich bin ...« Seine Stimme erstarb zu einem Flüstern.

Die Fee strich ihm sanft über die Stirn. »Bist du ein Barde?« Sie blickte ihn mitleidig an. »Schone deine Kräfte, schöner Fremder. Ich fürchte, ich werde dir Schmerzen bereiten ... Du mußt dieses Kettenhemd ablegen, damit ich deine Wunde behandeln kann.« Sie löste das Wehrgehänge von seinen Hüften und schob den Kettenpanzer vorsichtig höher.

»Nimm jetzt deine Arme hoch, sonst kann ich das Kettenhemd nicht über deinen Kopf ziehen.«

Volker fügte sich ihren Worten, doch sobald er versuchte, den linken Arm anzuheben, wurde der Schmerz in der Brust unerträglich. Die Fremde schien plötzlich ungeduldig. »Ich kann nicht mehr lange bleiben!« Sie packte seinen Arm und zog ihn mit sanfter Gewalt zurück. Der Spielmann schrie vor Schmerz. Unbarmherzig zog sie nun das Kettenhemd hoch. Die eisernen Ringe rutschten über den abgebrochenen Pfeilschaft. Grelle Lichter tanzten Volker vor den Augen. Er hatte das Gefühl zu stürzen ...

Als er erwachte, war er allein. In der Felsnische stand noch immer die kleine Öllampe. Die Fee hatte ihm einen Umhang aus grauer Wolle zurückgelassen. Ihm war so heiß, als läge er auf einem Lager aus glühenden Steinen.

Dicht neben ihm standen eine Schale mit einem Stück Brot und ein Becher. Er war zu schwach, um zu essen. Wie ein zweites Herz pochte seine Wunde in der Brust. Es roch nach Verwesung in der Höhle. Direkt ihm gegenüber konnte er eine längliche Höhlung erkennen, in der ein Skelett lag. Volker keuchte, als er begriff ... Er war nicht in irgendeiner Höhle. Er lag in einem Grab!

Zufrieden blickte Golo auf die Reste des Mahls. Noch nie zuvor in seinem Leben hatte er einen ganzen Salm für sich allein gehabt. Es war ein harter Kampf gewesen, den großen Fisch ohne fremde Hilfe zu verschlingen. Zwischendurch hatte er den Schwertgurt lösen müssen und die Waffe neben sich an den Tisch gelehnt. Jetzt war ihm sogar die Verschnürung seines Lederwamses zu eng.

Erschöpft brach er ein Stück von dem frischen Brot ab, das zu seinem Festmahl serviert worden war, und tunkte es in die helle Soße, die noch immer in kleinen Pfützen auf dem großen hölzernen Tablett stand, auf dem der Wirt den Salm serviert hatte. Es wäre eine Schande, etwas verkommen zu lassen. Der Sud war mit weißem Wein vermengt worden, und die Küchenmagd hatte noch Möhren und Zwiebeln hineingegeben. Es waren jedoch die Kräuter, die diese Soße zu einer Königin unter ihresgleichen machten. Sie war fein abgeschmeckt mit Thymian, Kerbel und Dill.

Ganz langsam kaute Golo auf der Kruste des dunklen Brotes, um das Aroma der Soße bis zur Neige genießen zu können. Dann füllte er seinen Becher mit frischem Landwein nach, der in einem großen Krug auf dem Tisch stand. In Volkers Diensten war ihm nie ein solches Festmahl aufgetragen worden. Es war die erste in einer langen Reihe von königlichen Schlemmerorgien, die er sich auf seiner Reise nach Troyes gönnen würde.

»Darf ich Euch noch etwas nachreichen, edler Herr? Vielleicht ein wenig Käse oder frisches Zimtgebäck. Auch süße Eierkuchen könnten wir für Euch bereiten.«

Golo rülpste zufrieden und gab der Magd einen Klaps auf den Hintern. »Etwas Fleisch käme mir ganz gelegen, falls ich zur Nacht verweilen sollte.« Er war ein wenig enttäuscht, sie nicht einmal erröten zu sehen. Statt dessen beugte sie sich vor, so daß er tief in ihr großzügig geschnittenes Mieder blikken konnte. »Nehmt oben das Zimmer am Ende des Ganges! Dort steht das beste Bett des Hauses. Laßt eine Kerze brennen, wenn Ihr mich zur Nacht noch erwartet, Herr! Ich werde kommen, wenn der Wirt die Schenke verriegelt und sich zur Ruhe begeben hat.«

»Ich werde dir beweisen, wie gut sich ein Ritter aufs Lanzenstechen versteht. Das wird was anderes werden als die Hurerei mit einem Bauerntölpel auf dem Heuboden.« Golo grinste anzüglich. Jetzt endlich zeigte sich ein leichtes Erröten auf den Wangen der Magd. Er würde seine Reisepläne ändern und hierbleiben. Er sah ihr nach, wie sie zur Feuerstelle am anderen Ende der Schenke zurückging, um den Bratspieß zu drehen und in dem Kessel mit dem Eintopf zu rühren, von dem den ärmeren Reisenden serviert wurde. Die Kleine hatte üppige Hüften und ein prallgefülltes Mieder. Als Nachtmahl wäre sie sicher nicht zu verachten.

Mit einem Seufzer lehnte sich der Knecht auf dem bequemen Stuhl zurück und strich sich über den Bauch. Er hatte ein wenig von Volkers Garderobe aus den Kisten auf den Packpferden geholt. Die Kleider seines Herren paßten ihm recht gut. Man fühlte sich gleich ganz anders in einem solchen Gewande. Der Wirt hatte ihn als Ritter angesprochen, als er in die Schenke getreten war. Was ein besticktes Wams und ein pelzgefütterter Reitmantel doch ausmachten! Natürlich hatte Golo dem Mann nicht widersprochen und es genossen, sich hofieren zu lassen, als sei er der Sohn eines Grafen. Er nahm noch einen Schluck vom Wein und blickte wieder zur Magd. Er sollte sich ein paar Stunden zur Ruhe legen, damit die Zeit bis zur Nacht schneller verstrich. Noch war es heller Nachmittag. Zuerst müßte er jedoch klären, daß seine Pferde versorgt wurden. Er hatte darauf verzichtet, sie in den Stall zu bringen, und sie draußen vor der Schenke angebunden. Ursprünglich wollte er nur für ein kurzes Mittagsmahl hier einkehren, um dann sogleich seine Reise nach Norden weiter fortzusetzen. Aber jetzt auf ein Pferd zu steigen hieße, dem köstlichen Mahl Gewalt anzutun. Was machte es schon, wenn er zur Nacht hierblieb. Er hatte schließlich keine Eile.

Der Knecht leerte den Weinbecher und orderte einen frischen Krug von dem köstlichen Weißen. Ein Fisch mußte schließlich schwimmen!

Krachend flog die Tür der Schenke auf, und ein hochgewachsener Mann mit kurzgeschorenem, eisgrauem Haar trat ein. Zwei Waffenknechte folgten ihm auf dem Fuß. Der Fremde trug den purpurnen Ornat eines Bischofs, doch unter dem Saum des geistlichen Gewandes lugte ein knöchellanges Kettenhemd hervor. Auch war der eigenartige Geistliche mit einem Schwert gegürtet. Wie ein Falke blickte er sich in der Schenke um. Die leisen Gespräche der Bauern waren verstummt, und buckelnd kam der Wirt zur Tür geeilt.

»Womit kann ich Euch zu Diensten sein, Eure Erhabenheit?«

»Wo steckt der Ritter, dem das weiße Schlachtroß vor deiner Tür gehört?«

Golo schluckte und setzte sich gerade auf seinen Stuhl. Jetzt erkannte er den Kerl. Volker hatte von ihm erzählt. Als Golo in Martinopolis nach einer geeigneten Schenke gesucht hatte, war ein Bischof an seinen Herrn herangetreten und hatte versucht, dem Spielmann sein Schlachtroß abzukaufen. Volker hatte ihm hinterher lachend erzählt, wie er den Bischof erst ein wenig geneckt hatte und dann einen Preis forderte, der so hoch war, daß selbst ein Kirchenfürst ihn nicht zu zahlen vermochte.

Der Wirt deutete in seine Richtung. Golo wünschte sich, er hätte Wasser statt Wein getrunken. Dieser Bischof roch nach Ärger! Er müßte sich als Ritter oder vielleicht besser als Knappe von edler Abstammung ausgeben. Wenn der Bischof durchschaute, daß er nur ein Knecht war, aber die Kleider eines Edelmannes trug, dann ließ er ihm wahrscheinlich gleich draußen bei der Dorfeiche einen Hanfkragen anlegen. Was er jetzt brauchte, war eine tolldreiste Lügengeschichte, um seinen Kopf zu retten!

»Woher hat Er dieses Pferd?« Der Bischof hatte sich inzwischen vor ihm aufgebaut, so als stünde er in der Kanzel einer Kathedrale, um eine ganze Stadt wegen ihrer Verderbtheit zu geißeln. »Der Burgunde, dem es gehört, hat mir erst vor zwei Wochen erklärt, er würde lieber seine linke Hand als diesen Hengst hergeben.«

Golo räusperte sich. »Die Reise zur schönen Gunbrid, der Nichte unseres Königs, hat ihn in der Tat mehr als seine linke Hand gekostet.«

Auf der Stirn des Bischofs zeigte sich direkt über der Nase eine steile Zornesfalte. »Wie meint Er das? Spreche Er nicht in Rätseln zu mir!«

»Mein Fechtmeister, der Herr von Alzey, ist vom Feenvolk in den Sümpfen bei Marans ermordet worden, als er versuchte, die schöne Gunbrid aus den Händen dieser Unholde zu befreien. Ich bin auf der Reise zum Hof des Königs Eurich, um dort Klage wegen des Todes meines Herrn zu erheben!«

»Seines Herrn? Wer ist Er? Reist mit vier Pferden, als sei Er ein Baron, und hat doch zugleich keinerlei Diener oder Knechte um sich. Auch sieht Er nicht aus, als sei Er von hoher Geburt. Man mag Ihn vielmehr für einen Pferdedieb und Halsabschneider halten.«

Golo erhob sich leicht schwankend von seinem Stuhl. »Ihr seid gewiß von hohem Stand, Herr Bischof, doch gibt Euch das kein Recht, einen Mann von edler Geburt zu schmähen! Mein Vater, der Herr von Zeilichtheim, hat mich als Edelknappen in die Obhut des Herren von Alzey gegeben, damit dieser mich die Tugenden des Rittertums lehren konnte. Indem Ihr mich beleidigt, schmäht Ihr auch ihn, dessen blutbefleckten Waffenrock ich als Zeugnis des feigen Mordes zu Eurem König tragen werde.« Golo blickte den Bischof offen an und hoffte, den richtigen Ton getroffen zu haben. Er hatte zwar oft zugehört, wenn Volker sich mit anderen Adeligen in der gestelzten Hofsprache unterhielt, doch ihm selbst fehlte darin jede Übung.

»Zeige Er mir doch einmal diesen Waffenrock und erkläre Er mir, warum Er noch lebt, während Sein Waffenmeister tot ist.«

»Nun, Volker hat gefochten, als sei er der Erzengel Gabriel selbst und ...«

Der Bischof packte ihn am Wams und fauchte erbost: »Hüte Er sich, den Namen eines Engels so leichtfertig und lästerlich auszusprechen! Hinaus mit Ihm, und zeige Er mir nun diesen Waffenrock!« Der Kirchenmann versetzte Golo einen groben Stoß, so daß er quer durch die Schenke zur Türe taumelte.

Flankiert von den Söldlingen des Geistlichen wurde der Knecht zu den Pferden geführt. Mit zitternden Fingern hantierte er an dem schweren Packsattel herum und zog schließlich aus einer der Taschen den Waffenrock seines Herren. Triumphierend hielt er ihn dem Bischof hin. »Hier, genügt Euch das als Beweis für die Wahrheit meiner Worte?«

Der Kirchenmann betrachtete das Kleidungsstück kurz und zeigte dann auf den Schild, der auf dem Packsattel befestigt war. »Er sagte doch, Sein Herr sei in einem Zweikampf ermordet worden, nicht wahr?«

Golo nickte eifrig.

»Wie kommt es dann, daß auf Seinem Schild nicht eine Schramme zu sehen ist? War der Herr von Alzey etwa ein so schlechter Fechter, daß die Feen sofort seine Deckung zu durchbrechen vermochten? Schildere Er mir doch einmal diesen Kampf.«

Golo spürte, wie ihm kalter Angstschweiß den Rücken hinabrann. Dieser Bischof wollte seinen Kopf und sich dann die Pferde nehmen! Wenn ihm jetzt auch nur der kleinste Fehler unterlief, dann würde er binnen einer Stunde an einem der ausladenden Zweige der Dorfeiche baumeln!

»Nun ... Meinem Herrn war für den Zweikampf die Wahl der Waffen überlassen worden, und er entschied sich für sein Bastardschwert, so daß er keine Hand mehr frei hatte, um noch einen Schild zu führen. Wie ein Erz... ich meine wie ein ... aufrechter Ritter es tun sollte, focht er mit allem Mut und großer Tollkühnheit. Er brachte den Feenritter in arge Bedrängnis. Als dieser schon zu unterliegen drohte, kamen zwei weitere Ritter auf den Kampfplatz und stachen den Herrn Volker hinterrücks nieder. Er war sofort tot. Dann drangen die Feen auf mich ein, doch zum Glück saß ich noch im Sattel und konnte den Mördern mit unseren Pferden entkommen.«

Der Bischof rümpfte die Nase. »Seine Geschichte stinkt zum Himmel! Wie kommt es, daß das Bastardschwert Seines Herrn dort drüben am Packsattel festgeschnallt ist, wenn der Herr von Alzey mit dieser Waffe in der Hand gestorben sein soll und Er hier vorgibt, vor den Feen geflohen zu sein? Und wie ist Er in den Besitz des blutigen Waffenrocks gekommen?«

Golo räusperte sich. »Das kann ich alles erklären. Ich ...«

»Genug! Schnall Er den Schild vom Sattel, und dann folge Er mir in die Scheune dort drüben!«

Ohne zu widersprechen, folgte der Knecht dem Befehl des Bischofs. Was wollte dieses Rauhbein von ihm? Hätte er nur nie bei diesem Wirtshaus angehalten! Das Schicksal meinte es schlecht mit ihm! Er hätte seinen Herrn nicht allein lassen dürfen.

Als Golo die Scheune betrat, verschloß der Normanne das hohe Tor hinter ihm. »Höre Er mir gut zu! Ich bin Jehan de Thenac, der Bischof von Saintes. Mein Großvater war noch ein gefürchteter normannischer Pirat, der die Küsten von Ulaid bis hin zum Land der Lotophagen unsicher machte. Mein Vater hat mit seinen Kriegern die Franken aus diesem Landstrich vertrieben, und ich habe zehn Jahre Krieg geführt, um das Poitou von maurischen Banditen zu säubern. Ich stamme aus einem Geschlecht von Kriegern, und selbst wenn ich das Gewand eines Bischofs trage, heißt das nicht, daß ich nicht genauso dreinschlagen könnte wie meine Vorfahren!« Jehans Hand glitt zum Schwert, und er zog blank. »Na los, hebe Er Seinen Schild!«

Krachend sauste die Klinge auf die Kante von Volkers Wappenschild und grub sich tief ins Holz. Golo wollte nach seinem Schwert greifen, doch der Bischof verpaßte ihm einen Stoß, der ihn zurücktaumeln ließ. »Er wird doch nicht etwa gegen einen Mann der Kirche Sein Schwert ziehen wollen, oder ist Er ein verdammter Heidensohn, der keinen Respekt vor den Dienern des Herrn hat?«

»Bitte, Herr, haltet ein! Ich möchte keinen Streit mit Euch.« Wieder traf ein Schlag den Schild.

»Er möchte keinen Streit! Dann soll Er sich nicht so aufführen, als sei ich ein Trottel. Oder glaubt Er, nur weil ich das Gewand eines Kirchenmannes trage, könne ich eine Lüge nicht mehr von der Wahrheit unterscheiden? Heraus mit der Sprache! Was ist mit Seinem Herrn geschehen?«

»Bitte, glaubt mir doch ...« Das Schwert des Bischofs sauste nieder und trennte die linke Kante von dem dreieckigen Reiterschild. Dieser Kerl mußte verrückt sein! Und er schlug drein wie ein Berserker! »Mein Herr, Volker von Alzey, wurde von den Feen ermordet! Sie haben die Burg bei Marans zerstört, und er folgte ihnen in die Sümpfe.«

»Und warum lebt Er noch, wenn Sein Herr in einen Hinterhalt geraten ist? Überhaupt, wer ist Er? So wie Er diesen Schild hält, könnte Er sich auch mit einem Küchenbrett verteidigen.« Der Bischof machte einen Ausfall und trieb Golo vor sich her, bis der Knecht mit dem Rücken zum Tor stand.

»Ich gestehe, daß ich nur ein Diener bin und kein Adliger. Doch der Rest meiner Geschichte ist wahr! Ich schwöre bei Gott!«

»Er sollte den Namen des Herrn nicht leichtfertig in den Mund nehmen!« Jehan hatte das Schwert mit beiden Händen gefaßt und zu einem vernichtenden Streich über den Kopf erhoben.

»Bitte Herr, glaubt mir doch, ich ...«

Der Bischof stieß einen wütenden Schrei aus und ließ die Waffe niedersausen. Golo duckte sich zur Seite weg, und die Klinge bohrte sich in das massive Holztor.

Jehan lachte. »Nun schön, soll Er Sein Leben behalten. Er kann mir nützlich sein. Wir werden zum Hof des Königs Eurich reiten, und ich werde Ihm auf dem Weg erklären, was ich für Pläne mit Ihm habe. Sollte sich alles zu meiner Zufriedenheit entwickeln, so wird Sein Herr gerächt sein, ich werde meine Ländereien um ein beträchtliches Stück erweitern, und am Ende mag Er mit Seinen Pferden unbescholten das Weite suchen. Wird Er sich dem fügen?«

»Sicher, Herr. Es ist mir eine Freude, Euch zu dienen und ...«

»Genug! Ich schätze Schmeicheleien nicht! Knie Er nieder und küsse Er zum Zeichen Seiner Unterwerfung meinen Ring.«

Golo tat, wie ihm geheißen. Er streifte den schweren Schild von seinem Arm und küßte den goldgefaßten Bischofsring.

Jehan warf einen Blick auf Volkers Wappenschild und nickte zufrieden. »Nun sieht er aus, als habe sein Ritter ihn wirklich in seinem letzten Kampf getragen. So wollte ich es haben! König Eurich hat seine Hauptstadt Tolosa verlassen und reist nach Martinopolis. Wir werden dort seinen Hof besuchen, und wir werden große Dinge in Bewegung bringen!«

Golo verstand nicht, was Jehan mit dieser Bemerkung meinte, doch wer begriff schon die Adligen.

9. KAPITEL

Ein schweres Fieber hatte Volker gepackt. Unfähig, sich zu bewegen, lag er in der Grabhöhle, und später wußte er nicht mehr zu sagen, was von dem, was sich bis zu seiner Genesung ereignete, wirrer Fiebertraum und was Wirklichkeit war. Einmal hockte ein großer, schwarzer Rabe auf seiner Brust, der gierig nach dem brandigen Fleisch pickte, dann wieder sah er eine Frau in einem Umhang aus Rabenfedern neben sich knien.

Die Gebeine der Toten erhoben sich aus den Grabnischen und tanzten um ihn. Allen fehlte der Schädel, und doch konnten sie zu ihm sprechen und flüsterten ihm, daß er schon bald zu ihnen gehören würde.

Einmal erwachte er und sah, über sich gebeugt, die Frau, die ihm die Decke gebracht hatte. Jetzt hielt sie ein Messer in der Hand. Sie schnitt das schwärende Fleisch aus der Wunde auf seiner Brust und legte ihm dann einen Verband an, der nach Essig und nach Kräutern duftete. Er hatte keine Kraft, sie anzusprechen. Nicht einmal die Augen konnte er bewegen. Es war, als habe ein Zauber sie in den Höhlen festwachsen lassen.

Das faulige Fleisch und die eitergetränkten Verbände legte die Fremde in eine flache Schale aus Ton, und Volker begriff, daß nicht die Toten es waren, von denen der Verwesungsgeruch ausging. Die schöne Heilerin hatte indessen ein Pulver in einen kleinen Becher aus Silber geschüttet und hielt nun ihre Hände darüber.

»O Schattenverschlinger, der aus der Grube hervorgeht,
ich habe kein Unrecht getan und meine Reinheit bewahrt.
O Schreckgesicht, das aus Rasetjau hervorgeht,
ich habe keinen Menschen getötet und meine Reinheit bewahrt.
O Knochenzerbrecher, der du aus den alten Städten hervorgehst,
ich habe keine Nahrung gestohlen und meine Reinheit bewahrt.
O Schlangendrachen, der aus der Schlachtstätte hervorgeht,
ich habe nicht den Mann einer anderen Frau beschlafen und meine Reinheit bewahrt.
O Große Mutter, die du die Fruchtbarkeit bringst,
ich habe mich allein dir geschenkt und meine Reinheit bewahrt.
O Götter des Himmels, der Erde, des Feuers und der See,
leiht mir Eure Kraft, auf daß ich vermag, meine Reinheit in diesem Trunk aufgehen zu lassen.
O Götter des Himmels, der Erde, des Feuers und der See,
nehmt das Gift aus der Wunde des Fremden und laßt es in den grauen Stein fließen, in dem das Böse gefangen ist.«

Die Fee stützte Volkers Kopf und setzte ihm den Becher an die Lippen. Der Spielmann bemühte sich zu schlucken. Süßer Wein füllte seinen Mund und tropfte ihm auf die Brust. Erst als er den Becher bis zur Neige geleert hatte, ließ die Fee sein Haupt wieder zurücksinken. Aus einem kleinen bestickten Beutel an ihrem Gürtel holte sie einen grauen Stein, durch den ein Loch gebohrt war, und schob ihn zwischen die Verbände auf seiner Brust.

Wohlige Wärme durchströmte Volkers Körper, so als habe er einen starken Branntwein getrunken. Er beobachtete, wie die Fee ein kleines Feuer in einer kupfernen Schale entfachte und dann Kräuter in die Flammen warf, deren Duft den Geruch des fauligen Fleisches vertrieb. Langsam wurden ihm die Augenlider schwer. Wie von Ferne erklang leises Harfenspiel, und er konnte die melancholische Stimme einer Frau hören, die ein Lied sang, dessen Worte er nicht verstand. Dennoch war er sich sicher, daß es die Klage um einen Toten sein mußte, und er fragte sich, ob sie wohl für ihn sang.

Sie erreichten Martinopolis an einem strahlenden Nachmittag. An einer kleinen, steinernen Brücke über die Cisse legte die kleine Gruppe eine letzte Rast ein, bevor der Bischof und sein Gefolge in die Stadt einritten. Von dort konnte man weit über das Land sehen. Der Fluß erschien wie ein breites, silbernes Band, an dem sich zahllose Seen aufreihten. Die Felder entlang des Wassers waren von zartem Grün, durchsetzt mit bunten Tupfen. Der Frühling hatte hier schon Einzug gehalten. Mächtig erhoben sich die Wälle der Stadt über den Fluß. Viele Bollwerke und Schanzen verstärkten die dicken Festungsmauern. Dahinter streckten sich die kantigen Türme der Kirchen zum Himmel, überragt von der mächtigen Kathedrale Saint-Gatien.

Sie waren durch das Portal des Kreuzes in die Stadt eingeritten, vorbei an der Abtei Marmoutier und der alten, aus groben Felsblöcken gemauerten Siebenschläfer-Kapelle. Durch die engen Gassen der Weber und Tuchhändler führte sie ihr Weg zur Burg, die nahe dem Ufer der Loire lag. Die Banner des Königs und seiner bedeutendsten Herzöge wehten von den Zinnen. Golo war überrascht, wie schnell man den Bischof in die Festhalle durchließ. Jehan war nicht nur der geistliche Herr von Saintes, sondern auch der Graf von Niort. Einst war er nur der dritte von vier Brüdern, und damit es keine Streitigkeiten um die Erbfolge gab, hatte man ihn und seinen jüngeren Bruder in Klöster gesteckt, während die beiden älteren Brüder auf die Herrschaft vorbereitet wurden. Jehan war ein geistlicher Fürst geworden, so wie es seiner edlen Geburt anstand, doch hatte er sich stets mehr zu den Turnierplätzen der Adelssitze als zu den Bibliotheken der Klöster hingezogen gefühlt. Seine beiden älteren Brüder waren gestorben, bevor sie einen Nachkommen zeugen konnten, und daher hatte er den Grafentitel angenommen, ohne deshalb auf seine Bischofswürde verzichten zu müssen. So war er zu einem der mächtigsten Männer Aquitaniens geworden.

Jehan trug ein prächtiges Gewand aus Gold und Purpur, dazu den breitkrempigen Bischofshut, als er vor seinen König trat. Wie stets hatte er ein Schwert umgegürtet, und statt leinener Unterkleider, so wie sie einem Geistlichen anstanden, hatte er ein Kettenhemd angelegt. Das Lärmen in der großen Festhalle verstummte fast augenblicklich, als er eintrat und mit festem Schritt auf die erhöhte Tafel des

Königs zuhielt. Dicht hinter ihm folgte Golo, der den Schild Volkers und dessen blutbesudelten Waffenrock auf den Armen trug. Der Knecht war in die Gewänder seines Herren gekleidet und so prächtig herausgeputzt, als sei er selbst ein Mann von Stand. Vier Krieger in roten Waffenröcken bildeten ihre Eskorte.

»Mein König, man verhöhnt Euch«, rief Jehan mit donnernder Stimme. Alle Blicke richteten sich auf den Bischof. Es war jetzt so still, daß man das Knistern der Holzscheite in dem großen Kamin am Ende des Saales hören konnte. »In den Sümpfen bei Marans haben sich Rebellen gegen Eure Herrschaft empört. Sie haben die Burg des jungen Barons Rollo niedergebrannt und ihn zusammen mit all seinen Bewaffneten hingerichtet. Sie schänden die Kirchen entlang des Sumpfes und zwingen die Bauern dazu, wie in alten Zeiten zu Bäumen und Waldgeistern zu beten. Wer sich ihnen widersetzt, dem schlagen sie den Kopf ab und spießen ihn zu Ehren der blutrünstigen Heidengöttin Morrigan auf einen Pfahl. Inmitten der Sümpfe herrscht ein Weib, das sich den Titel einer Königin gegeben hat, und die Bauern dort bringen ihr mehr Ehrfurcht entgegen als Euch, mein Herr.«

Ein Mann mit aschblondem Haar und kurzgeschorenem Bart erhob sich. Er trug einen schmalen Goldreif über der Stirn. Seine Augen funkelten spöttisch. »Und woher wißt Ihr all dies, Bischof Jehan? Wenn ich mich recht erinnere, liegt Saintes ein gutes Stück von den Sümpfen entfernt. Und warum wendet Ihr Euch an mich? In Gottes Namen habt Ihr meine Erlaubnis, ein paar Rebellen zu jagen, wenn es Euch Freude bereitet, und sie an ihren heiligen Bäumen aufzuknüpfen.«

»Mein Herr, Ihr verkennt die Lage. Das sind nicht nur ein paar mit Knüppeln bewaffnete Leibeigene, die sich dort erhoben haben. Sie haben eine Burg gebrandschatzt, die von mehr als zwanzig erfahrenen Kriegern verteidigt wurde. Aber das ist nicht genug. Erinnert Ihr Euch daran, daß der junge Baron Rollo die Nichte des Burgundenkönigs Gunther geheiratet hatte? Dieses Weib wurde als Sklavin in die Sümpfe verschleppt. Gunther hat bereits einen seiner besten Ritter geschickt, um mit den Rebellen über ihre Freilassung zu verhandeln.«

Golo konnte beobachten, wie sich die Hände des Königs zu Fäusten ballten. »Der Burgunde hat einen Ritter zu den Rebellen geschickt und nicht an meinen Hof! Glaubt er, ich sei nicht mehr Herr in meinem Königreich?«

»Es kommt noch schlimmer, mein König. Jener Edle, Volker von Alzey geheißen, wurde von den Rebellen heimtükkisch ermordet. Nur sein Gefährte, Golo von Zeilichtheim, konnte dem feigen Anschlag entgehen. Er focht wie ein Löwe, um seinen sterbenden Herrn aus der Gewalt der Sumpfleute zu befreien. Tretet vor, Golo, und legt dem König die Beweise für das Schicksal Eures Herrn vor.«

Golo wünschte, er hätte niemals sein Dorf verlassen. Mit weichen Knien trat er vor die Tafel des Königs und legte den zerschlagenen Schild und den blutbesudelten Waffenrock Volkers nieder. Der Bischof hatte ihm genau eingeschärft, was er nun zu sagen hatte. Golo begriff zwar nicht, worauf die Intrige Jehans abzielte, doch war ihm klar, daß es ihn seinen Kopf kosten würde, wenn er sich nicht fügte. »Ich fordere Rache für meinen toten Freund und für die Nichte meines Königs, die verschleppt wurde. Mein Herr ...« Golo stockte für einen Herzschlag der Atem. Plötzlich hatte er das Gefühl, daß ihm jeder der hohen Herren ansehen mußte, daß er nicht wirklich von Stand war. »Mein Herr ...«

»Nun, was ist mit Seinem Herrn?« Die Stimme des Königs war tief und klang machtbewußt. Es war, als wollten ihn die Worte zu Boden drücken. Golo spürte, wie ihm die Knie zitterten.

»Mein Herr, Gunther von Burgund ... Er wird entsetzt sein ... Ich meine, er ist mit Sicherheit erzürnt ... wenn er ... wenn ich ihm Kunde vom Schicksal seiner Nichte bringe ... und von einem seiner liebsten Ritter.«

»Will Er mir drohen?« König Eurich beugte sich vor, und Golo wäre am liebsten im Boden versunken, um dem Blick des Herrschers zu entkommen. »Was sollte mich daran hindern, Ihn auf immer in den Kerkern dieser Stadt verschwinden zu lassen? Wenn Sein König nicht um das Schicksal der Verlorenen weiß, so wird er mir auch nicht zürnen.«

»Mit Verlaub, Eure Majestät«, mischte sich der Bischof ein. »Jeder weiß um Eure edle und ritterliche Gesinnung. Sicher hättet Ihr die Macht, diesen jungen und in seinen Worten unbedachten Edelmann in den Kerker zu werfen, doch widerspräche das nicht dem Geist, der an Eurem Hofe herrscht? Die Burgunden sind Opfer einer Bande von heidnischen Aufrührern geworden. Wollt Ihr dieses Übel nicht mit Feuer und Schwert ausmerzen und so der Welt beweisen, daß nichts, was Euren Zorn erweckt, von Bestand sein kann?«

»Ihr versteht es, die Worte wohl zu setzen, Jehan de Thenac. Doch nun sagt mir frei heraus, was Ihr von mir wollt. Ich bin des Wortgeplänkels mit Euch müde, und meinen Gästen wird es sicherlich nicht anders gehen.«

Der Bischof fuhr sich unruhig mit der Zunge über die Lippen. »Nun, Herr, ich werde so offen sprechen, wie Ihr es wünscht. Ich kann es nicht länger ertragen, mitanzusehen, wie Eure Herrschaft in den Sümpfen verhöhnt wird. Die Bauern glauben, daß die Macht der alten Götter wieder erstarkt und daß eine Königin aus alter Zeit zurückgekehrt sei, die sie für die rechtmäßige Herrin Aquitaniens halten.

Sie sind überzeugt, daß keiner Eurer Ritter die Streiter dieser Königin bezwingen kann, und sie schlagen den Aufrechten, die Euren Namen nicht verleugnen wollen, die Köpfe ab, um sie nach Heidenbrauch zu Schädelstätten zu tragen. Die Brut des Bösen hat in den Sümpfen Unterschlupf gefunden, und ich schwöre bei Gott, daß ich nicht ruhen werde, bevor dieses Übel ausgerottet ist. Seit Jahren herrscht Frieden in Eurem Reich, doch nun ist es an der Zeit, daß Eure Ritter zu den Waffen greifen, denn was heute nur ein Funke ist, der in den Sümpfen schwelt, mag morgen schon zu einem verzehrenden Feuer werden, das ganz Aquitanien in Flammen setzt. Ich bitte Euch, mein König, gestattet mir, ein Heer auszuheben und die Ritterschaft Eures Reiches zu den Waffen zu rufen, um den Aufruhr zu beenden und den Tod eines der Unseren, des Barons Rollo von Marans, zu rächen.«

Der König runzelte die Stirn. Einen Moment lang schien es, als hätten die Worte des Bischofs ihn verärgert, doch dann spielte ein zynisches Lächeln um die Lippen des Herrschers. »Ihr denkt also, daß es eine Königin in den Sümpfen gibt, die mir mein Anrecht auf diesen Thron abspricht. Nun, mein Freund, ich werde Euch erlauben, den Heerbann auszurufen.« Er wandte sich an die anderen Adligen im Festsaal. »Das Frühjahr hat begonnen. Eine gute Zeit für einen Kriegszug! Versammelt Euch bis zum Pfingstfest in Saintes. Jehan de Thenac, ich ernenne Euch hiermit zu meinem Heerführer. Wenn Ihr ein Königreich in den Sümpfen findet, so mögt Ihr die Baronie Marans und das Sumpfland Euren Ländereien einverleiben. Die Beute der Königsstadt aber soll meinen Edlen und der Krone zufallen. Steckt hinter all dem, was Ihr hier vorgetragen habt, aber nur eine Räuberbande und macht Ihr meinem Namen Schande, indem Ihr mit einer Armee auszieht, um ein paar Halsabschneidern das Handwerk zu legen, so fordere ich Eure Grafschaft als Wiedergutmachung, und Ihr sollt jedem meiner Ritter, der Euch begleitete, hundert Goldstücke zahlen, um ihn zu entschädigen.«

Golo konnte beobachten, wie alle Farbe aus dem Gesicht des Bischofs wich. Doch verzog Jehan keine Miene. Schließlich kniete er nieder und neigte demütig sein Haupt. »Ich unterwerfe mich Euren Forderungen, mein König. Mein Herz und mein Schwert gehören Euch.«

»Jehan von Thenac, Ihr knietet nieder als der Graf von Niort und Bischof von Saintes, erhebt Euch nun als der Herzog der Sumpflande. Dieser Titel sei Euch bis zum Weihnachtsfest gewährt, damit Ihr meine Grafen befehligen könnt, ohne daß Streit um das Kommando bei diesem Feldzug aufkommt. Möge Gott Euch auf Eurem Weg zur Seite stehen.«

10. Kapitel

Wer bist du, Fremder? Ich habe die Knochen und die Runen nach dir befragt, habe der Stimme des Waldes gelauscht und dem Flüstern des Meeres, doch voller Widersprüche ist, was ich über dich erfahren habe. Wegen einer Frau hat man dich verstoßen, und eine Frau war es, die du in diesem Land gesucht hast. Du betest den toten Zimmermannssohn als deinen Gott an, und doch war dein Lehrer ein Mann, der um die wahren Götter weiß. Im Fieber hast du manchmal Verse von Liedern und Epen dahergesagt, so als seiest du ein Barde, doch deine rechte Hand trägt die Schwielen eines Kriegers, und an deiner Seite lag ein Schwert, als ich dich gefunden habe. Erkläre mir diese Rätsel! Wie bist du in das Grab der toten Helden gelangt? Es gibt keinen Pfad, der durch die Sümpfe zu dieser Insel führt, und ich habe kein Boot finden können, mit dem du an dieses Ufer gelangen konntest. Fast scheint es, als hätten Graberde und Dunkelheit dich gezeugt und dir die Gestalt eines Mannes gegeben, damit du bereit bist, die Nachfolge der alten Könige anzutreten.«

»Das sind viele Fragen, schöne Herrin.« Volker legte den Kopf in den Nacken und blickte zum Himmel. Es war das erste Mal, daß er den Grabhügel verlassen hatte. Gestützt auf die Heilerin war er bis zum Ufer der kleinen Insel gelangt. Er saß auf einem umgestürzten Stein, der mit Spiralmustern geschmückt war. Nur ein paar Schritt entfernt brach eine heiße Quelle aus dem Fels hervor. Ein schwacher Westwind spielte mit den dichten Dampfschwaden, die aus dem Wasser aufstiegen, und trieb sie in den Sumpf hinaus.

Frisches Gras wuchs zwischen den Felsen, und dicht hinter der Quelle erhob sich ein blühender Ginsterbusch. Während der Zeit, die er in der Grabhöhle verbracht hatte, war der Frühling gekommen.

»Nun, willst du mir nicht antworten?« Die Fee blickte ihn forschend an. Bislang hatte sie ihm keine Fragen gestellt. Sie hatten kaum miteinander gesprochen. Manchmal jedoch, wenn sie glaubte, daß er schlief, war sie vor die Höhle getreten und hatte auf ihrer Harfe gespielt. Volker lauschte gerne ihrer Stimme. Sie war von kristallener Klarheit, ein wenig zu melancholisch vielleicht, doch das mochte auch an den Liedern liegen, die sie sang. Nicht ein einziges Mal hatte er sie eine fröhliche Melodie spielen hören.

Die Wahrheit konnte er seiner unbekannten Retterin nicht sagen. Sie würde ihn an die Ritter der Morrigan ausliefern müssen, wenn sie erfuhr, mit welcher Absicht er in die Sümpfe gekommen war. Er lächelte. Eine schöne Geschichte zu erfinden würde ihm nicht schwerfallen. »So wie Areion, der einst am Hofe des Königs Periandros lebte, bin ich ein Barde, der die Menschen mit seinem Spiel erfreut. Ich vermag zwar nicht wie Orpheus die wilden Tiere mit meiner Stimme in meinen Bann zu schlagen, doch gibt es am Rhein viele Fürstenhöfe, an denen ich ein gerngesehener Gast bin. Selbst an die Tafel von Königen war ich schon geladen, und sie haben mir meine Kunstfertigkeit mit Gold entlohnt. Doch mein Glück war mir zu Kopf gestiegen. Ich versuchte mich in Geschäften, die ich nicht erlernt hatte. So fuhr ich ins Land der Mauren und beschloß, dort für mein Gold kostbares Handelsgut zu kaufen, um meinen Reichtum noch zu vermehren. Weihrauch aus Arabia Felix habe ich dort erworben und lauteres Silber aus dem fernen Baktria. Auch bunte Seide aus einem Königreich, das so weit im Osten liegt, daß ein Mann auf einem Pferd wohl ein ganzes Jahr lang reiten müßte, um es zu erreichen. Wäre ich mit diesen Gütern nach Worms gelangt, so hätte mein Reichtum wohl den des Königs übertroffen, doch es war mein Schicksal zu scheitern, so wie einst auch Areion scheiterte. Wir hatten die Säulen des Herakles passiert, als unser Schiff in einen schrecklichen Sturm geriet und weit nach Westen abgetrieben wurde.« Volker seufzte und legte mit Bedacht eine kleine Pause ein. Für einen Moment lang war er plötzlich unsicher, ob er mit seiner Erzählung vielleicht zu sehr übertrieben hatte. Aus den Augenwinkeln betrachtete er seine Retterin. Gebannt hing sie an seinen Lippen. Sie schien Geschichten aus fernen Ländern zu mögen. Nun, die konnte sie haben.

»Es muß vor der Küste von Kernow gewesen sein, daß herulische Piraten mein Schiff angriffen. Sie erschlugen meine Männer und warfen ihre Leichen in die See. Auch ich wurde in dem Kampf von einem Pfeil verwundet, doch schonten sie mein Leben, als ich erklärte, daß ich ein berühmter

Barde sei und daß sie Lösegeld für mich erhalten könnten. Ich mußte wilde Kriegslieder für sie singen, um sie zu unterhalten. Zugleich mit ihrem erfolgreichen Raubzug schien sie das Glück verlassen zu haben. Der Sturm war abgeflaut, doch trieb uns ein ungünstiger Westwind immer weiter von ihrem Versteck an der Küste von Dyfneint ab. Meine Wunde entzündete sich, und ich begann zu stinken wie ein Leichnam. Ich konnte hören, wie sie flüsterten, daß sie mich ins Meer werfen wollten. Doch einen Barden zu töten heißt, den Zorn der alten Götter herauszufordern. Schließlich beschlossen sie, mich in einem kleinen Boot auszusetzen und mein Schicksal den Wellen zu überlassen. So wurde ich an diese Küste getrieben. Ich hatte schweres Fieber und weiß nicht mehr, wie ich hierher gelangt bin. Ich erinnere mich, wie mein Boot in dichten Nebel getrieben wurde und wie sein Rumpf über Felsen schrammte. Ich stieg ins Wasser und watete zu den Felsen, die ich als dunkle Schatten erkennen konnte. Dort suchte ich Schutz vor dem eisigen Regen und glaubte, eine Höhle gefunden zu haben. So gelangte ich an jenen Ort, an dem ihr mich gefunden habt, Herrin.«

Die Fremde legte den Kopf schief. Einen Herzschlag lang fürchtete Volker, er könne sich durch irgendeine Kleinigkeit als Lügner entlarvt haben, doch dann nickte die Fee. »Die Sümpfe münden ins Meer. Die Flut treibt das Seewasser bis weit in die Marschen hinein. So muß dein Boot hierhergelangt sein, und da du versäumt hast, es aufs Land zu ziehen, wurde es abgetrieben.«

Der Spielmann nickte erleichtert. »Ja, so muß es gewesen sein. Ich verdanke Euch mein Leben. Man nennt mich Volker von Alzey. Mein Vater ist ein reicher Adliger, und so kommt es, daß meine Hand die Schwielen eines Kriegers trägt. Von Kindesbeinen an wurde ich im Gebrauch der

Waffen unterrichtet, doch abends, wenn mein Vater mit seinen Freunden in der Halle unserer Burg feierte, lehrte meine Mutter mich das Lautenspiel. Daher rührt es, daß zwei Herzen in meiner Brust schlagen und ich oft im Zweifel bin, in welche Welt ich gehöre. Zu den fahrenden Sängern oder unter die Ritterschaft meines Königs. So will ich meine Laute und mein Schwert in Eure Dienste stellen, schöne Herrin, um meine Schuld bei Euch zu begleichen. Doch sagt, wie ist Euer Name? Ich möchte ein Lied für Euch dichten und von Eurer Schönheit und Eurem Edelmut singen. In meinen Fieberträumen glaubte ich manchmal, Harfenklang zu hören. Seid Ihr eine Bardin?«

Sie schüttelte den Kopf. Plötzlich wirkte sie traurig, so als habe er mit seinen Worten an eine alte Wunde gerührt. »Ich bin die wiedergeborene Göttin. Man nennt mich Neman, die Totenklägerin. Mit meinen Schwestern herrsche ich über Thirfo Thuinn, das versunkene Land. Ich komme hierher, um den Toten zu singen, und du bist der erste Mann, der diese Grabhöhlen lebend betreten hat. Meine Schwester Macha würde deinen Kopf nehmen, wenn sie von dir wüßte. Darum hüte dich, wenn ich nicht bei dir bin. Manchmal kommt auch sie zur Insel, doch sie betritt niemals das Grab. Sie ist eine große Kriegerin und würde dich erschlagen, wenn sie dich hier entdeckte. Doch du mußt leben! Es scheint, als seist du der Mann, den uns die Alten verheißen haben. Der Sänger, der sich aus den Gräbern der toten Helden erhebt.«

Volker nickte. Er hatte das unbestimmte Gefühl, daß es besser sei, ihr nicht zu widersprechen. Auch wenn sie seltsam war und sich für eine Göttin hielt, hatte sie zweifellos Macht. Vielleicht war sie sogar eine Magierin. Nur zu deutlich konnte er sich erinnern, wie sie den Bannspruch auf den Trunk legte, der das Gift in seinem Leib besiegt hatte. Sie zu reizen wäre gefährlich. Er mußte auf sie eingehen ... Letzten Endes war auch sie nur eine Frau. Wenn er es richtig anfing, würde sie sich in ihn verlieben, und das wäre der Schlüssel zu seiner Flucht. Sie konnte ihn zu Gunbrid führen. Doch zunächst müßte er seine Kräfte wiedergewinnen. Die Krankheit hatte das Fleisch von seinen Knochen geschmolzen. Er war hager und kraftlos geworden. Ohne ihre Hilfe würde er nicht einmal bis zur Grabhöhle zurückkehren können.

Neman hatte sich auf einem Stein nahe der heißen Quelle niedergelassen. Gedankenverloren blickte sie in den wirbelnden Nebel, der über das Wasser glitt. Sie war schön. Nicht groß gewachsen und von zierlicher Statur. Das Gesicht feingeschnitten, vielleicht ein wenig zu länglich, doch unterstrich das ihre melancholische Ausstrahlung. Ihre schlanken Finger glitten über die Saiten der Harfe, und sie spielte eine Melodie voller Schmerz und Sehnsucht.

Mit einem wuchtigen Hieb schlug der Bischof Golo das Schwert aus der Hand. »Zum Teufel mit dir!« fluchte er und riß sich den Helm vom Kopf. »Du hältst dein Schwert immer noch wie eine Mistforke. Aus dir wird nie ein Ritter werden, du Bauerntrampel.« Ärgerlich winkte er einem Diener, der dicht bei der Tür stand, und ließ sich einen Becher voller Wein bringen.

»Schon am Königshof hättest du dich beinahe verraten. Und sieh mir gefälligst in die Augen. In unserer Geschichte bist du ein Mann von Stand und kein Pferdedieb. Ein Adliger blickt seinem Gegenüber in die Augen. Er ist zu stolz, um vor jemandem den Blick zu senken, und sei es selbst der Leibhaftige! Ist das klar?«

Golo nickte stumm. Sein Leben hatte sich von Grund auf geändert in den letzten Wochen. Seit sie den Hof in Martinopolis verlassen hatten, verfolgte der Bischof das Ziel, aus ihm einen Ritter zu machen. Jeden Morgen schickte Jehan ihn mit zwei seiner Vertrauten aus der Stadt. Die beiden sollten ihm das Reiten beibringen, weil er sich angeblich wie ein nasser Sack im Sattel hielt. Auch unterwiesen sie ihn im Kampf zu Pferde. Ihr Erfolg war allerdings alles andere als überragend und ihre Lehrmethoden nicht gerade feinfühlig. Sein Körper war mit Prellungen und Quetschungen übersät, und manchmal hatte Golo das Gefühl, daß sogar Lanzenbrecher seinen Spaß daran hatte, wenn er aus dem Sattel stürzte. Hätte er nur niemals sein Dorf verlassen! Er dachte daran, wie die jungen Mädchen während der Erntezeit in den Feldern mitgeholfen hatten. An ihre hochgesteckten Röcke, den silbrigen Schweiß auf ihrer Haut und die lachenden, sommersprossigen Gesichter.

»Nun, Ritter, was brütest du vor dich hin?«

»Ich habe mir Gedanken über die Minne gemacht und daß ich mir das Leben als ein Adliger anders vorgestellt hatte.«

Der Bischof gab seinem Diener den Becher zurück und grinste breit. »Möchtest wohl in die warmen Betten der Edelfräulein steigen? Macht es dir Freude, dir vorzustellen, wie du vor ihnen mit deinem Bauernschwanz wedelst und sie dich für einen Ritter halten? Ohne mich wärest du niemals soweit gekommen, vergiß das nicht! Und jetzt möchte ich deine ganze Hingabe beim Schwertkampf wissen! Bei deiner jämmerlichen Deckung wirst du nicht einmal deine erste Schlacht überleben, du Hundsfott. Sei gewiß, daß ich dafür sorgen werde, daß du dich zuerst in einer Schlacht bewährst, bevor du ein Weib von edlem Blut bekommst.« Jehan setzte seinen Helm auf und zog sein Schwert.

So wie die Strahlen der Sonne jeden Tag an Kraft gewannen, so fühlte auch Volker sich zunehmend stärker. Neman besuchte ihn nur unregelmäßig, und manchmal geschah es, daß er für mehrere Tage alleine war. Sie brachte ihm reichlich Nahrung und gelegentlich auch trockenen Torf, mit dem er ein kleines Feuer unterhalten konnte.

Je stärker er sich jedoch fühlte, desto unruhiger wurde er. Der Grabhügel war ein Ort, der ihm Angst einflößte. Obwohl sein Fieber verflogen war, quälten ihn nachts noch immer unheimliche Träume. Er sah, wie sich die Toten aus ihren Gräbern erhoben und ihn umringten. Sie nahmen ihn in ihre Mitte und drängten ihn, immer tiefer in den Hügel hinabzusteigen. Volker versuchte, sich ihnen zu widersetzen. Er zog sein Schwert und kämpfte. Doch wo er eines der kopflosen Skelette in Stücke hieb, erhoben sich sofort zwei neue. Immer dichter wurde die Wand aus lebendigem Gebein um ihn herum, bis sie schließlich zu einer regelrechten Mauer aus übereinandergeschichteten Knochen anwuchs. Der Traum hatte immer dasselbe Ende. Seine Kräfte erlahmten. Er gab auf und folgte dem Drängen der Toten. Sie brachten ihn tief in die Erde, bis zu einer steinernen Pforte. Unheimliche Worte in einer längst vergessenen Sprache ertönten. Das Tor öffnete sich, doch bevor er die Schwelle überschreiten konnte, erwachte er.

Um den Träumen zu entgehen, floh Volker aus dem düsteren Grab. Er mißachtete die Warnungen Nemans. Erst wagte er sich nur bis zum Eingang des Grabhügels, doch dann lockte ihn die Sonne, und er unternahm den ersten Streifzug über die kleine Insel.

Das Reich, in dem er gefangen war, war winzig. Nach Norden hin maß die Insel dreihundert Schritt. Von Ost nach West waren es nicht einmal hundertfünfzig. Sie bestand fast völlig aus kargem, grauen Fels. Den Grabhügel in ihrer Mitte hatte man aus Torfplatten errichtet, die aus dem Moor gestochen worden waren. Eine gewaltige Arbeit. An seiner höchsten Stelle ragte das Grabmal fast zehn Schritt in die Höhe, und Volker schätzte, daß es einen Durchmesser von mehr als vierzig Schritt haben mußte. Auf dem Hügel wuchsen Gras und einige Blumen. Wind und Regen hatten dem Berg von Menschenhand zugesetzt. An manchen Stellen war Torf herausgespült worden und hatte sich zwischen den zerklüfteten Felsen der Insel abgelagert. Auch dort wuchs Gras, und wie grüne Adern erstreckten sich die Streifen des Schwemmgrundes bis hin zu dem dunklen Wasser, das statt einer Mauer Volkers Kerker umgab.

An den ersten beiden Tagen, an denen er sich hinauswagte, genoß er es, der Dunkelheit der Höhle entkommen zu sein. Doch nur allzubald vermochten ihm auch diese Ausflüge aus dem Totenreich keine Freude mehr zu bereiten. Im Gegenteil, sie vertieften nur seine Einsamkeit und seine Verzweiflung. Nicht nur seinen Körper hatte man eingekerkert! Obwohl ihn draußen auf dem Hügel keine Mauern umgaben, war es unmöglich, den Blick über die Weite der Landschaft wandern zu lassen und so wenigstens dem Geiste seine Freiheit zu lassen. Überall zwischen den Felsen der Insel brachen warme Quellen hervor. Wie ein Ring umgaben sie das kleine Eiland, und der dichte Wasserdampf wurde zu einer weißen Mauer. An warmen, windstillen Tagen stieg der Dunst fast senkrecht über der Insel auf. Dann konnte Volker wenigstens ein Stück des blauen Himmels über sich sehen und den Lauf der Sonne beobachten. Doch sobald sich nur der leiseste Luftzug regte, wurde der Nebel in dichten Schwaden über die Felsen getrieben, und man vermochte kaum noch die Hand vor Augen zu erkennen.

Gleichzeitig mit dem Blick schien ihm auch sein Geist gefangen. Er hatte kaum die Kraft, an Flucht auch nur zu denken. Einmal umrundete er die Insel und versuchte abzuschätzen, von welcher Stelle aus die besten Aussichten bestanden, schwimmend zu entkommen. Doch nirgends war der Schatten eines anderen Ufers auszumachen. Ins Wasser zu gehen hieße, sein Leben dem Schicksal anzuvertrauen. Obendrein war er auch kein sonderlich guter Schwimmer und noch immer durch seine Verwundung geschwächt. Weit würde er also nicht kommen. Er war nie ein Mensch gewesen, der große Pläne machte. Seine Entscheidungen traf er oft aus einer Laune heraus. Doch wurde ihm auch klar, wie wichtig für all sein Handeln ein äußerer Anreiz war. Eine Frau, die ihn entzückte, eine Stadt, die er sehen wollte, ein fernes Land, von dem man ihm Wunderdinge erzählte und das er bereisen wollte. All dies fehlte hier. Seine Welt war im gleichen Maße geschrumpft, wie seinem Bewegungsdrang und vor allem seiner Sicht Grenzen gesetzt waren. Immer besser konnte er die Neugier verstehen, mit der Neman seinen Geschichten von fernen Ländern lauschte. Ihre einzige Möglichkeit zu reisen war, auf den Flügeln der Phantasie und geleitet durch die Worte eines Barden zu den Wundern fremder Länder zu fliegen.

Was am schwersten auf Volkers Gemüt drückte, war die Angst um seine Seele als Christenmensch. Mit der Zeit war er sich nicht mehr sicher, ob die Geschichten über die Feen aus den Sümpfen wirklich nur Märchen waren, wie er bislang immer geglaubt hatte. Eines war jedenfalls gewiß. Neman war nicht die Anführerin einer Räuberbande. Und doch hatte sie in einem ihrer wenigen Gespräche angedeutet, daß ihre Schwester Macha erst vor kurzem viele Sklaven gefangen hatte. Was den Spielmann ebenfalls verunsicherte, war die Art, wie Neman sich selbst als eine wiedergeborene Göttin bezeichnete. Was für eine infame Ketzerei! Und doch ließ sich nicht leugnen, daß sie über ungewöhnliche Kräfte verfügte. Sie hatte ihn geheilt und den Wundbrand besiegt, dabei hätte kein Medicus, den er kannte, für sein Leben noch einen Pfifferling gegeben. Eine Göttin war Neman sicherlich nicht, doch dafür gewiß eine mächtige Magierin.

Volker war den Grabhügel hinaufgestiegen, während er seinen dunklen Gedanken nachhing. Als er den Zenit erreichte, ließ er sich ermattet ins hohe Gras sinken und blickte zur Sonne hinauf, die nur als blasse, gelblichweiße Scheibe hinter den treibenden Nebelschleiern zu sehen war. Sie nannte ihn den Sänger, der sich aus den Gräbern der toten Helden erhebt. Der Spielmann hatte versucht, von ihr zu erfahren, was sie damit meinte, doch seine Heilerin war allen Fragen ausgewichen. Bei ihrem nächsten Besuch hatte sie ihm allerdings eine Laute mitgebracht. Es war ein grobes Instrument, das sich seiner Kunst widersetzte und offenbar nur schiefe Töne von sich geben mochte. Dennoch war die Fee mit seiner Kunst zufrieden gewesen und hatte ihm geraten, er solle sich in Spiel und Gesang üben. Vielleicht sollte er ein Lied für Neman dichten. Die meisten Frauen waren anfällig für derlei Schmeicheleien. Noch hatte sein Charme auf die Fee zwar keinerlei Wirkung gezeigt, doch das würde sich ändern! Womöglich war sie noch eine Jungfrau und wußte nicht recht, was mit Männern anzufangen war. Volker lächelte. Er würde sie schon noch in die Künste der Liebe einführen!

Eine Weile hing er seinen Gedanken nach, bis ein eigenartiges Geräusch ihn aufhorchen ließ. Es war ein Klatschen, so als krieche ein großes Tier aus dem Sumpf an Land. Volker tastete nach dem Schwert an seiner Seite. Was im Namen des Herren war da auf seiner Insel? Das Geräusch klang jetzt fast rhythmisch. Ganz langsam erhob sich der Spielmann und spähte in die treibenden Nebelschwaden. Was für eine Kreatur war da nur gekommen, um ihn heimzusuchen? Bislang hatte er noch keinen Gedanken daran verschwendet, daß der Sumpf außer den Feen vielleicht noch andere, gräßlichere Geschöpfe ausspucken könnte.

Vorsichtig schlich er den Hang hinab und duckte sich immer wieder in das kniehohe Gras. Es schien, als bewege sich das Geschöpf, das diese eigenartigen Laute verursachte, nicht von der Stelle. Volker zog sein Schwert. Vielleicht konnte er das Ungeheuer überraschen?

Er mußte schon fast das Ufer erreicht haben. Das Geräusch kam ihm auf unbestimmte Art vertraut vor. Er hatte es schon einmal gehört, wußte aber nicht zu sagen wo.

Plötzlich sah er eine kauernde Gestalt vor sich. Ein Frau mit langem Haar kniete auf einem Felsen am Ufer und schlug ein zusammengeknülltes Kleidungsstück gegen den Stein. Dann tauchte sie es wieder in Wasser und rieb es am Felsen entlang. Eine Wäscherin! Volker atmete auf und schob sein Schwert in die Scheide zurück. Auf welchem Weg sie wohl hierher gelangt war? Gab es am Ende doch eine Möglichkeit, ohne ein Boot die Insel zu verlassen?

Einige Atemzüge lang beobachtete er die Frau. Der Nebel verbarg sie halb vor seinen Blicken, so daß er sie nicht genau erkennen konnte. Schließlich faßte er sich ein Herz und trat auf den flachen, vorspringenden Fels, auf dem sie kauerte. »Seid mir willkommen auf meiner Insel, schöne Fremde, und …«

Mit einem spitzen Schrei sprang die Wäscherin auf. Das nasse Kleidungsstück entglitt ihren Fingern. Sie machte einen Satz zurück, so daß sie bis zu den Knien im Wasser stand. »Komm mir nicht näher! Mich zu sehen heißt zu sterben! Ich bin Babd, die Unglücksbotin!«

Volker breitete die Arme aus. »Ich wollte Euch nicht erschrecken. Verzeiht.«

»Du kannst mich nicht erschrecken! Ich habe deine Nähe gespürt, doch hätte ich nicht gedacht, daß du so töricht wärst, zu mir auf meinen Felsen zu kommen. Laß mich ziehen! Meine Arbeit ist getan ... Noch ist es dir nicht verheißen, mein Antlitz zu sehen. Dir ist es bestimmt zu leben!« Sie legte den Kopf in den Nacken und stieß einen Laut aus, der an das Krächzen eines Raben erinnerte.

Der Spielmann trat einen Schritt vor. »Was tut Ihr da?«

»Dich retten, du Tor! Weiche von mir!«

Ein Windstoß zerriß die Nebelschleier, und einen Atemzug lang konnte Volker die Gestalt der Frau deutlich erkennen. Sie trug ein langes, weißes Kleid ohne Ärmel. Prächtige Goldreifen wanden sich schlangengleich um ihre Arme. Es war Neman! Seine Retterin! Sie war zwar anders gekleidet und trug ungewöhnlichen Schmuck, doch konnte es keinen Zweifel geben! Fast augenblicklich riß die Fee ihre Arme hoch und bedeckte ihr Gesicht. »Komm nicht näher, du Narr! Zurück in den Nebel mit dir!«

»Mit wem sprecht Ihr, Herrin?« ertönte eine dunkle Männerstimme.

»Es sind die Geister der toten Helden. Sie sind unruhig, so als würden sie spüren, daß Arbotorix sich bald zu ihnen gesellen wird.« Die Wäscherin kniete nieder und griff rasch nach dem zerknüllten Kleidungsstück, das vor ihr im Wasser trieb. Hinter ihr tauchte der Schatten eines Bootes auf. Undeutlich konnte Volker einen Mann mit einer langen Stange erkennen, der im Heck stand.

»Warte, Neman!« Volker versuchte, nach ihrem Arm zu greifen, doch die Heilerin war mit einem Satz im Boot, und der Fährmann stakte es sofort vom Ufer fort.

»Nehmt mich mit! Laßt mich nicht hier auf dieser verfluchten Insel!«

Volker konnte hören, wie der Mann etwas murmelte. Die Fee jedoch schwieg. Schnell war das Boot im Nebel verschwunden.

11. KAPITEL

An das Gewicht der Rüstung hatte Golo sich immer noch nicht gewöhnt. Wie konnte man sich nur freiwillig in solche Mengen von Metall zwängen? Sein Kettenhemd saß schlecht. Es zwickte und zwackte überall. Und erst der Topfhelm! Sein ehemaliger Besitzer war vom Pferd gestürzt und so unglücklich gefallen, daß er zunächst kein Glied mehr zu rühren vermochte und drei Tage nach dem Unfall verstarb. Leider hatten es die Flöhe im Strohpolster des Helms ihrem ehemaligen Herren nicht gleichgetan. Sie hatten den Sturz offenbar unversehrt überstanden.

Der Blick des Knappen wanderte über die große Wiese vor der Stadtmauer. Durch die schmalen Sehschlitze des Topfhelms hatte er keinen sonderlich guten Überblick. Aber Lanzenbrecher würde schon wissen, wohin er sich halten mußte. Unsicher blickte der Knecht nach rechts und links. Wenn die edlen Herren an seiner Seite wüßten, wer er war, sie würden ihn zweifellos in Stücke reißen. Ein Unfreier, der sich erdreistete, eine Rüstung anzulegen und an einem Turnier teilzunehmen! Sein Schild und sein Waffenrock waren weiß und trugen kein Wappen. Ein Zeichen dafür, daß er zum ersten Mal in einem Turnier focht. Golo wäre es lieber, wenn ihn der Bischof niemals zu dieser Scharade gezwungen hätte. Doch Jehan bestand darauf, das betrügerische Spiel fortzusetzen, das sie in Martinopolis am Königshof begonnen hatten.

Lanzenbrecher schnaubte. Der große Hengst schien sich auf den bevorstehenden Kampf zu freuen. Fast hundert Ritter aus Aquitanien und den angrenzenden Königreichen hatten sich zum Pfingstturnier eingefunden. Sie waren in zwei Gruppen aufgeteilt worden, die nun an den gegenüberliegenden Enden einer großen Wiese Aufstellung genommen hatten. Alle warteten sie nur noch auf das Signal der Hornisten, die vor der Ehrentribüne des Bischofs standen. Die Ritterschar auf der feindlichen Seite bot einen eindrucksvollen Anblick. Die meisten hatten nach der neuen Mode aus Outremer ihren Rössern bunte Tücher in den Farben ihrer Wappenschilde und Waffenröcke übergeworfen. Einige hatte sogar ihre Lanzen bunt anmalen lassen und trugen auf ihren Helmen so seltsamen Schmuck wie Pferdeköpfe, Adlerflügel oder Greifen. Alle waren mit Kettenhemden gerüstet, die in der Sonne des Pfingstmorgens wie lauteres Silber glänzten. Golo grinste. Auch er hatte einen Diener des Bischofs gestern abend damit beauftragt, für ihn das Kettenhemd zu polieren. Ohne Zweifel hatte es auch seine Vorteile, sich wie ein Adliger aufführen zu dürfen. Wenn er nur nicht gezwungen wäre, an diesem Turnier teilzunehmen!

Der Ritter zu seiner Rechten trug ein rotes Tuch aus feinem Leinenstoff um seinen Oberarm gewickelt. Das Liebespfand einer Dame. Was ihn anging, so gab es keine hübsche Maid, die ihn mit Herzklopfen beobachtete, dachte der Knecht bitter. Nach den Drohungen des Bischofs hatte er sogar darauf verzichtet, mit den Küchenmägden anzubandeln. Seit Wochen lebte er wie ein Mönch! Dabei hatte Saintes durchaus hübsche Weibsbilder zu bieten.

Golo packte die Lanze fester. Wenn nur endlich das Signal zum Angriff käme! Diese elende Warterei machte ihn noch ganz verrückt. Sechs Wochen lang hatte ihn der Bischof und sein Rüstmeister im Schwertkampf und im Lanzenreiten ausgebildet. Doch was bedeutete das schon? Die meisten Ritter hier auf dem Feld waren gewiß von Kindesbeinen an in den Waffenkünsten unterwiesen worden. Wahrscheinlich durfte er froh sein, wenn es ihm gelang, die Turnierbahn ohne gebrochene Knochen zu verlassen.

Hinter der Absperrung und auf den Tribünen rings herum drängelten sich Hunderte von Zuschauern aus der Stadt und den nahegelegenen Dörfern. Auch die Krieger aus der Armee, die der Bischof in den letzten Wochen aufgestellt hatte, waren unter den Zuschauern. Es hatten sich Söldner aus aller Herren Länder unter dem Banner des Bischofs von Saintes versammelt. Fränkische Axtkämpfer, Schleuderer von den Balearen, eine Schar leichter Reiter vom Hof des Hunnenkönigs Etzel, normannische Ritter aus Armorika, Spießträger aus Spanien und aus dem Königreich der Langobarden. Sogar ein paar Alchemisten aus dem goldenen Byzanz waren gekommen, und man munkelte, daß Jehan sie sogar besser bezahlte als einen voll gepanzerten Ritter, der mit eigenem Gefolge in die Schlacht zog. Aus Aquitanien waren ungefähr sechzig Ritter dem Heerbann gefolgt. Jeder von ihnen hatte einen kleinen Trupp Fußsoldaten und Bogenschützen mitgebracht, so daß das Heer, das sich vor

Saintes versammelt hatte, mittlerweile mehr als zweitausend Köpfe zählte. Golo hatte noch nie zuvor so viele Bewaffnete an einem Ort gesehen und war der festen Überzeugung, daß keine Macht der Welt dieser Armee widerstehen könnte. Nicht einmal das Nachtvolk aus den Sümpfen!

Das Hornsignal hallte über das Feld. Der Knecht klemmte sich die Lanze fest unter die Achsel, so wie er es in den letzten Wochen gelernt hatte. Lanzenbrecher setzte sich von ganz alleine in Bewegung. Hunderte Hufe zerwühlten donnernd das frische Grün der Pfingstwiese. Die beiden Reiterformationen trafen aufeinander. Lanzen splitterten, Pferde wieherten, und die Schreie Verletzter ertönten. Golos Gegner war ein Mann in einem roten Waffenrock. Er hatte den Kerl noch nie zuvor gesehen. Der Knecht zielte mit seiner Lanze in die rechte Hälfte des gegnerischen Schildes. Ein Schlag wie von der Faust eines Riesen traf ihn. Der andere Ritter wankte im Sattel. Dann stürzte er. Lanzenbrecher stürmte weiter. Halb benommen erreichte Golo das andere Ende der Turnierwiese. Er hatte gewonnen! Er, ein Knecht, hatte einen dieser stolzen, überheblichen Ritter ins Gras geschickt. Er konnte es kaum glauben.

Ohne sein Zutun ordnete sich Lanzenbrecher in die Formation der Reiter ein, die wieder nebeneinander in einer langen Reihe Aufstellung nahmen. Waffenknechte und Diener eilten auf den Turnierplatz, um jenen Rittern zu helfen, die sich nicht mehr aus eigener Kraft erheben konnten. Pferde wurden weggeführt, und junge Schildknappen räumten zersplitterte Lanzenschäfte und zerbrochene Wappenschilde vom Feld. Dann ertönte erneut das Hornsignal vor der Tribüne des Bischofs, und wieder preschten die Reihen der Reiter aufeinander zu. Golo sah sich einem Ritter gegenüber, der so wie er ganz in Weiß gekleidet war. Noch ein

Kämpfer, der sein erstes Turnier bestritt. Offenbar hatte der andere ihn ausgesucht, weil er in ihm leichte Beute vermutete. Der Knecht preßte grimmig die Lippen aufeinander. Dem Kerl würde er es zeigen! Seine Lanze traf genau ins Zentrum des gegnerischen Schildes. Golo hielt seinen Schild leicht zur Seite geneigt, so daß die gegnerische Waffe fast wirkungslos an ihm entlangschrammte. Einen Lidschlag lang bog sich seine eigene Lanze bedrohlich unter dem Druck des Aufpralls. Dann stürzte sein Gegner! Noch ein Sieg. Golo schrie vor Freude. Er war nicht schlechter als diese Adligen. Sicher gab es manches Edelfräulein, das sich jetzt fragte, welcher unbekannte Held sich hinter dem weißen Wappenschild verbergen mochte.

Wieder wurde der Kampfplatz gesäubert. Es gab einen kurzen Zwischenfall. Ein Ritter in rotem Waffenrock lag leblos am Boden. Der Medicus des Bischofs wurde hinzugewunken. Auch zwei andere Ritter knieten nun neben dem Mann. Als sich der Arzt endlich erhob, schüttelte er den Kopf. Ein weißes Leinentuch wurde über den Ritter gebreitet. Dann hob man ihn auf eine Trage und schaffte ihn von der Wiese.

Golo hatte plötzlich einen Kloß im Hals. Wer dieser Krieger gewesen sein mochte? Heute morgen war er gewiß noch voller Hoffnung auf den Siegeslorbeer in dem Turnier gewesen. Jetzt hatte der unglückliche Sturz seine Träume auf immer beendet. Der Knappe hatte bislang keinen Gedanken daran verschwendet, wie viele Möglichkeiten es gab, bei einem Turnier zu sterben. Eine Lanze, die den Schild verfehlte ... Ein schweres Schlachtroß, das über einen hinwegtrampelte ...

Wieder ertönte das Hornsignal vor der Tribüne, und diesmal zitterte Golos Hand, als er sich die Lanze unter die Achsel klemmte. Ein Ritter mit einem schwarzen Drachen auf rotem Schild hielt diesmal auf ihn zu. Der Knappe keuchte.

Er kannte dieses Wappen! Es war der Anführer der normannischen Ritter aus Armorika, Berengar von Broceliande, der dort auf ihn zukam. Ein berühmter Krieger, der schon unzählige Turniere gewonnen hatte. Golo begann zu beten. Wäre nur schon alles vorbei!

Die Lanze des Gegners traf ihn mit voller Wucht. Als erfahrener Kämpfer hatte Berengar auf die rechte Hälfte von Golos Schild gezielt, so daß die Spitze der Waffe nicht so leicht abgleiten konnte. Der Knappe wurde in seinem Sattel nach hinten gedrückt. Seine Schenkel verkrampften sich um Lanzenbrechers Leib. Golo fühlte, wie sich sein rechter Fuß im Steigbügel verfing. Dann gab es einen Knall. Splitter schlugen gegen seinen Helm. Berengars Lanze war zerbrochen! Sie mußte bei einem der vorangegangenen Kämpfe Schaden genommen haben. Augenblicklich war der Druck verschwunden. Die beiden Ritter passierten einander. Atemlos erreichte Golo das rettende Ende des Turnierplatzes.

Bei allen Heiligen! Er war gegen einen der berühmtesten Ritter der Christenheit angetreten und im Sattel geblieben. Gewiß war ein wenig Glück dabei im Spiel, doch war ihm nun endgültig klar, daß diese Ritter auch nur Männer aus Fleisch und Blut waren und es mit ihrer Waffenkunst nicht so weit her war, wie er immer geglaubt hatte. Man konnte sie besiegen! Selbst die besten unter ihnen!

Der Knecht blickte die Reihe der Reiter entlang, die am anderen Ende des Feldes erneut Aufstellung nahm. Es waren vielleicht noch fünfzehn Krieger. Auf ihrer Seite sah es gewiß nicht besser aus. Der Ritter mit dem Drachenschild rief nach einem seiner Knappen. Man brachte ihm eine neue Lanze. Berengar zeigte mit der Waffe herausfordernd zu ihm herüber. Golo nickte. Er würde annehmen. Diesmal sollte der Kerl vor ihm im Dreck liegen!

Das Feld war schnell geräumt. Wieder ertönte das Angriffssignal. Diesmal spürte Golo keine Angst mehr. Er hielt den Blick starr auf den Ritter mit dem Drachenschild gerichtet. Fast gleichzeitig senkten sie beide die Lanzen. Es war, als ob ein Feenzauber über dem Turnierplatz läge. Die Bewegungen Berengars erschienen dem Knecht unnatürlich langsam. So blieb ihm Zeit, mit seiner eigenen Lanze sorgfältig auf die Mitte des gegnerischen Schildes zu zielen. Kurz vor dem Aufprall korrigierte er mit einem leichten Schwenk noch ein letztes Mal die Richtung. Dann traf die Spitze krachend auf den schwarzen Drachen. Der Normanne neigte den Schild zur Seite. Golo fluchte. Er konnte sehen, wie seine Turnierlanze an der Schräge abglitt. Sein eigener Schild wurde ihm nun mit Wucht gegen die Brust gepreßt. Helle Lichter tanzten in seinem Helm. Plötzlich sah er nur noch das Blau des Himmels. Einen Herzschlag lang fühlte er sich, als treibe er im Wasser eines langsam dahinfließenden Stroms. Dann schlug er hart auf den Boden, und ihm wurde schwarz vor Augen.

Volker war auf die Begegnung mit der Wäscherin nie zu sprechen gekommen. Neman schien nichts davon zu wissen, und er hatte beschlossen, daß es klüger sei, die schweigsame Heilerin nicht zu fragen. Überhaupt vermied er alles, wovon er befürchtete, daß er damit die junge Frau erzürnen könnte. Statt dessen ließ er seinen Charme spielen und versuchte die Unnahbare zu verführen oder wenigstens für sich zu gewinnen. Niemals zuvor hatte er eine Frau getroffen, die so kalt war. Nie sah er sie von Herzen lachen, und wenn sie lächelte, blieb sie dabei doch stets melancholisch. Vergeblich versuchte er, sie dazu zu bringen, von sich zu erzählen. Er erfuhr lediglich, daß sie sich selbst für eine Göttin hielt und noch zwei Schwestern hatte.

Ihre einzige Schwäche war die Liebe für Geschichten aus fernen Ländern. Und so verbrachte Volker die vielen einsamen Stunden, die er allein auf der Insel war, damit, stets neue, farbenfrohe Erzählungen von fremden Ländern zu ersinnen. Er erzählte von den Lotusblütenessern, von denen Homer berichtet, und von jenem Volk kranichköpfiger Menschen, das der verbannte Herzog Ernst besuchte. Von den Heiligenlegenden der christlichen Kirche wollte Neman nichts wissen. Sie war zutiefst in ihrem Heidentum verwurzelt, und Volker gab es schnell auf, ihre Seele retten zu wollen, indem er sie zum wahren Glauben bekehrte. Oft, wenn er allein auf dem Grabhügel saß und in den Nebel starrte, brütete er darüber nach, was diese unnahbare Frau für ihn bedeutete. Ursprünglich hatten seine Bemühungen einzig das Ziel, mit ihr gemeinsam die Insel zu verlassen und so vielleicht eine Gelegenheit zur Flucht zu erhalten. Doch diese Gedanken traten mit der Zeit mehr und mehr in den Hintergrund. Sehnsüchtig fieberte er ihren Besuchen entgegen und genoß es, wenn sie vor ihm saß und mit großen Augen seinen Geschichten lauschte. Er war sich allerdings nicht sicher, ob es die Einsamkeit war, die ihn so fühlen ließ, oder ob er tatsächlich begann, sich in seine Lebensretterin zu verlieben. Im Grunde hielt er nichts von jener Form der Minne, die ihre Erfüllung in der Anbetung einer Dame fand. Eine Liebe, die nur im Geiste vollzogen wurde, war noch nie sein Ideal gewesen.

Seine Wunde war fast völlig verheilt, und endlose Tage waren verstrichen, seit er auf dem einsamen Eiland gestrandet war, als eines Nachmittags Neman in heller Aufregung zu ihm kam. Er saß im Eingang der Grabhöhle und starrte wie so oft in den wirbelnden Nebel der nahegelegenen Quelle, als sich ihre vertraute Gestalt aus dem weißen Dunst schälte. Es war das erste Mal, daß ihr das Haar, das sonst stets gekämmt und wohlgeordnet war, in wirren Strähnen ins Gesicht hing. Atemlos kam sie auf ihn zugelaufen.

»Der Streiter der Morrigan ist heute morgen gestorben. Er war nicht mehr in der Lage, das Beltaine-Feuer zu entzünden. Das ist ein böses Omen. Wenn das Licht, das die Dunkelheit vertreiben soll, nicht entzündet wird, dann müssen die Ernten auf den Feldern verrotten, und das Vieh wird unfruchtbar bleiben. Nach Sonnenuntergang werde ich mit meinen Jungfern dem Toten das letzte Geleit zu diesem Sidh geben, dem Hügel der toten Helden. Krieger werden bis zum Eingang des Grabes mit uns kommen, und es wird kein Versteck für dich geben, in dem du unentdeckt bleiben kannst.«

Volker stutzte einen Moment und sah sie fragend an. »Du willst mich also von hier fortbringen?« Einer der wenigen Fortschritte der letzten Wochen bestand darin, daß sie es duldete, daß er sie mit dem vertrauteren Du ansprach.

Die junge Frau schüttelte energisch den Kopf. »Nein! Ich habe lange über dich nachgedacht, und ich glaube, daß du tatsächlich jener Sänger bist, von dem die alten Geschichten erzählen. So wie es verheißen ist, hast du dich aus den Gräbern der toten Helden erhoben. Man sagt, daß der Sänger Unglück und Veränderung bringen wird. Dazu passen der Tod des Streiters der Morrigan und die nicht entzündeten Beltaine-Feuer. Es scheint, als sei ich lange blind für das Offensichtliche gewesen, und auch die anderen werden nichts begreifen können, wenn ich ihnen nicht zeige, was sie sehen wollen.«

Volker hatte keines ihrer Worte verstanden, doch setzte er eine ernste Miene auf und nickte zustimmend. Neman griff nach der Öllampe, die im Eingang der Grabhöhle stand, und winkte ihm zu. »Folge mir! Ich muß dich nun auf verbotenen Grund führen. Nur dort werden meine Jungfern in dir den erkennen können, der du wirklich bist.«

Der Spielmann hoffte, daß dies nicht der Fall sein würde, und folgte Neman. Zunächst glaubte er, sie wollte ihn nur ein Stück tiefer in den gewunden Gang führen, um ihm eine Nische zu zeigen, wo er vor den Blicken der anderen Priesterinnen verborgen sein würde, doch als ihr Weg sie immer weiter ins Innere der Erde brachte, begann er unruhig zu werden. Die Bilder seiner Alpträume standen ihm wieder lebhaft vor Augen. Die tanzenden Toten, die ihn ins Verderben ziehen wollten. Die Mauer aus lebendigem Gebein ...

»Wohin bringst du mich, Neman?«

»An den Ort deiner Fleischwerdung, Sänger. Du möchtest doch von hier entfliehen. Dies ist der Weg! Wenn du tust, was ich dir sage, so wirst du noch vor Sonnenaufgang der König meines Volkes sein. Sie wissen Sänger zu schätzen, doch mußt du ihnen in dieser Nacht als das erscheinen, was sie in dir sehen wollen, sonst bist du des Todes!«

Eine Weile gingen sie schweigend weiter. Das flackernde Licht der Lampe warf geisterhafte Schatten auf die Wände des Ganges. Überall gab es Nischen, in denen Skelette lagen. Hier und da schimmerte grün angelaufene Bronze und das Braun lange verrosteter Klingen. Es schienen nur Krieger in diesen Gräbern zu liegen, und allen war gemein, daß sie keinen Kopf hatten. Betrieben die Feen etwa auch mit ihren eigenen Helden diesen gräßlichen Trophäenkult? Volker hatte sich das in den letzten Wochen schon oft gefragt, doch wagte er es nicht, Neman darauf anzusprechen.

Warmer Schweiß lief dem Spielmann übers Gesicht. Es schien immer wärmer zu werden, je tiefer sie kamen. Oder war es seine Angst ...

Plötzlich blieb Neman unvermittelt stehen und hob die Lampe. Ein großer, grauer Stein verschloß den Gang. Es war der Fels, den Volker aus seinen Träumen kannte. Keuchend atmete der Spielmann aus. Er wünschte, er wäre wieder in jener verzweifelten Schlacht, in der er allein mit einer Handvoll Rittern den König verteidigt hatte. Jener laue Sommertag, an dem er dem Tod so nahe wie nie zuvor gewesen war, erschien ihm jetzt, in der Erinnerung, vergleichsweise angenehm. Er hatte das Gefühl, an der Pforte zur Hölle angelangt zu sein.

Neman drehte sich um und hielt ihm die Öllampe hin. »Halt das!« befahl sie knapp und wandte sich wieder dem Felsen zu. Ihre blassen, schlanken Hände glitten über die rauhe, mit fremdartigen Bildern geschmückte Oberfläche des Steins. Sie murmelte etwas in einer Sprache, die der Spielmann noch nie zuvor gehört hatte. Dann drückte sie gegen den Fels, und mit dumpfem Dröhnen rollte der gewaltige Stein zur Seite.

Volker starrte die zierliche Frau mit weit offenem Mund an. Es hätte seiner Meinung nach mindestens der Kraft eines Riesen bedurft, um diese Pforte zu öffnen. Doch die Heilerin machte kein Aufhebens darum. Ohne ein Wort nahm sie ihm die Lampe aus der Hand und trat in die niedrige Kammer hinter dem Tor.

Der Spielmann preßte die Lippen zusammen. Sie war nur ein Weib, und wie er war auch sie nur aus Fleisch und Blut. Wenn sie sich dort hineinwagte, dann würde er ihr folgen! Die Kammer, die er betrat, war vielleicht acht Schritt lang und höchstens fünf Schritt breit. Die Decke war so niedrig, daß er den Kopf einziehen mußte. Ein muffiger Geruch nach Staub und Verwesung lag in der Luft. Decke und Wände waren mit dicken, grob bearbeiteten Holzbalken verschalt. Die Kammer lag voller Gerümpel, das er in dem schwachen

Licht nicht recht zu erkennen vermochte. An einer der Wände lehnten hohe Karrenräder. Dicht daneben schien ein Thron aus gehämmerter Bronze zu stehen, dazu ein eigenartiges, schmales Bett, das auf einer Längsseite mit einer hohen, sanft geschwungenen Lehne versehen war. Zwischen dem Gerümpel lagen Skelette. Manchen hatte man Schwerter und Speere auf die letzte Reise mitgegeben. Auch ein großer Bronzeschild lehnte an einem hohen Kessel, dessen Rand mit Löwenfigürchen geschmückt war. Neman ging zu einem Ständer, in dem eine halb verkohlte Fackel steckte, und zündete sie mit dem Docht der Öllampe an. Dann wandte sie sich zu Volker um. »Zieh dich aus!«

Der Spielmann starrte sie fassungslos an. Im Grunde war es das, was er seit Wochen wollte, doch an diesem Ort und …

»Du kannst nicht in deinen Kleidern auferstehen. Man sieht ihnen zu deutlich an, daß sie aus der Welt jenseits des Nebels kommen.«

Volker räusperte sich. »Was soll ich hier unten? Ich meine, das ist kein sonderlich romantischer Ort, und es könnte vielleicht …«

»Was glaubst du eigentlich, was ich von dir will?« zischte die Heilerin gereizt.

»Nun, dein Befehl läßt doch wohl nichts an Deutlichkeit zu wünschen übrig …«

»Dann befolge ihn!«

Volker blickte ihr in die Augen. Das Gesicht der Heilerin war eine Maske. Zum ersten Mal in seinem Leben hatte er Angst vor einer Frau. Seine Hände glitten zur Schnalle seines Wehrgehänges. Er löste den Gürtel und ließ die Waffe zu Boden gleiten. Dann öffnete er sein von dunklem Blut verkrustetes Wams. Als nächstes streifte er die Tunika ab und ließ zuletzt seine Beinlinge zu Boden gleiten.

Neman zeigte auf seine leinene Bruech. »Ich meine alles, Spielmann. Keiner meiner Krieger trägt so etwas.«

Volker öffnete den Gürtel der knapp geschnittenen Leinenhose, und die Heilerin lächelte zufrieden. »Kommen wir nun zum nächsten Teil.« Sie nestelte ein kleines Gefäß mit einer breiten Öffnung aus einem der Lederbeutel an ihrem Gürtel. »Du mußt aussehen wie ein Kämpfer, der bereit ist, in die Schlacht zu ziehen.« Die Heilerin tauchte ihren rechten Zeigefinger in das Gefäß. Als sie ihn wieder hervorzog, war er mit einer blauen Paste verschmiert. Sie trat dicht vor Volker, so daß er jetzt ihren warmen Atem auf dem Gesicht spüren konnte. Er fühlte, wie sich regte, was die Bruech vor den Blicken Nemans hätte verbergen sollen. Ihr Zeigefinger strich sanft über seine linke Wange. Dann tauchte sie ihn erneut in das kleine Gefäß.

Volker räusperte sich leise. Sein Mund war staubtrocken. »Was ... was machst du da?«

»Ein großer Krieger muß auch die Zeichen eines Kriegers tragen. Ich habe das Rabensymbol auf deine Wange gemalt. Es besagt, daß du ein Auserwählter der Morrigan bist. Die Schlangenlinien und die Spirale darunter verraten den Kundigen, daß du bereits viele Feinde getötet hast. Doch das ist nicht genug. Ich werde dich noch weiter bemalen. Du weißt nicht, wie ein *Ritter* der Morrigan aussieht. Seine Haut ist wie eine Schriftrolle, auf der er seine Geschichte trägt. Die Narbe auf deiner Brust ist ein Teil davon, und auch die anderen Narben werde ich in deine Geschichte einbeziehen.«

Volker verschwieg ihr, daß er sehr wohl wußte, wie ein solcher *Ritter* aussah. Der Gedanke daran, nach dem Vorbild des nackten Kriegers hergerichtet zu werden, den er vor dem Trophäenbaum gesehen hatte, behagte ihm nicht. Den heidnischen Kulten zu nahe zu kommen mochte ihn sein

Seelenheil und seinen Platz im himmlischen Paradies kosten.

Als Neman endlich fertig war, hatte sie ihn von Kopf bis Fuß mit ihren Zeichen bemalt. Danach hob sie einen eigenartigen Bronzehelm aus einem Haufen von Knochen auf und reichte ihm das alte Rüstungsstück. Der Helm hatte breite Wangenklappen, und ein prächtiger Drache mit ausgebreiteten Flügeln erhob sich auf seinem Kamm. Es war eine meisterhafte Handwerksarbeit.

»Nimm das! Damit wirst du glaubwürdiger aussehen. Dein Schwert magst du behalten. Für einen Krieger ist es immer besser, die Waffe an seiner Seite zu tragen, mit der er vertraut ist. Das lederne Wehrgehänge ist deine einzige Kleidung.« Sie bückte sich und wischte mit der flachen Hand ein wenig Staub zusammen. Dann häufte sie ihn auf ihren Handteller und erhob sich. Für einige Herzschläge musterte sie ihn mit gerunzelter Stirn. Schließlich nickte sie. »Du siehst schon fast überzeugend aus.« Sie hob die flache Hand und blies ihm den Staub ins Gesicht.

Fluchend wedelte Volker den feinen Schmutz zur Seite. Seine Augen brannten wie Feuer. »Was soll das, verdammt?«

»Du sollst der Sänger sein, der sich aus den Gräbern der toten Helden erhoben hat. Es steht dir an, ein wenig mit Leichenstaub bedeckt zu sein. So siehst du glaubwürdiger aus.«

Volker schluckte. An die Herkunft des Staubes hatte er noch gar keinen Gedanken verschwendet.

»Du wirst dich zwischen den Gebeinen der Toten verstekken und warten. Wenn ich mit meinen Jungfern zurückkehre, um den Streiter der Morrigan hier zu seiner letzten Ruhe zu betten, dann paßt du einen günstigen Moment ab, um dich zu erheben. Versetze die Weiber in Angst und Schrekken! Sprich mit hohler Stimme und behaupte, du seiest auferstanden, um dein Volk vor großem Elend zu bewahren. Erzähl eine düstere Geschichte! Das kannst du ja recht gut...«

»Und was ist, wenn ich einen Fehler mache? Ich meine, ich weiß fast nichts über diesen Sänger.«

»Niemand weiß viel über ihn. Die Legende sagt nur, daß er kommen wird, um unserem Volk in großer Not beizustehen. Du sagtest, du hättest an Fürstenhöfen gespielt... Dies wird der wichtigste Auftritt deines Lebens. Wenn du nicht überzeugend bist, werde ich dich als Betrüger entlarven, und du wirst einen grausamen Tod sterben.«

»Ich könnte verraten, daß du mir das Leben gerettet hast.«

Das Gesicht der Heilerin blieb regungslos. »Niemand würde dir glauben. Ich bin die wiedergeborene Göttin. Mein Wort ist über jeden Zweifel erhaben. Ich werde deine Kleider und deinen Kettenpanzer im Sumpf versenken. Sie passen nicht zu deiner Rolle und dürfen nicht auf der Insel gefunden werden. Außerdem werde ich oben im Grab und auf der Insel alle Spuren beseitigen, die auf dich hindeuten könnten. So wirst du sicher sein.«

Volker überlegte einen Moment lang, ob er jetzt seine Begegnung mit Babd erwähnen sollte. Doch wenn die Wäscherin bis jetzt geschwiegen hatte, warum sollte er dann reden?

Neman hatte seine Kleider aufgehoben und war zum Eingang der Grabkammer getreten. »Lösche das Licht der Fakkel, wenn ich gegangen bin. Und...« Zum ersten Mal spielte der Hauch eines Lächelns um ihre Lippen. »Viel Glück! Ich würde dich nur ungern verlieren, mein schöner Fremder.«

Mit dumpfem Knirschen rollte der Türstein, der wie der

Mahlstein einer Mühle aussah, vor die Pforte der Totenkammer. Volker löschte das Licht und blieb allein mit seiner Angst und der Dunkelheit.

12. KAPITEL

Als Golo erwachte, hatte er das Gefühl, ein Stier müßte über ihn hinweggetrampelt sein. Jeder Knochen in seinem Leib schmerzte.

»Dem Himmel sei Dank, Herr! Ihr seid wieder bei Euch!« Das Gesicht eines jungen Knappen beugte sich über ihn. »Soll ich den Medicus des Bischofs rufen lassen?«

Golo versuchte stöhnend, sich zu erheben, gab aber auf halbem Weg wieder auf und ließ sich zurücksinken. Er lag in einem roten Zelt auf einer Bettstatt aus Kissen und Pelzen. Ob dem Knappen seine Betroffenheit ernst war? Vermutlich war er nur ein Heuchler. Golo wußte nur zu gut, wie Diener üblicherweise von ihren Herren dachten.

»Hol mir lieber einen Priester«, röchelte er leise.

Schlagartig wich dem Jungen alle Farbe aus dem Gesicht.

»Nein, Herr ... Ihr werdet doch nicht!« Der Knappe wollte schon zum Eingang des Zeltes laufen, als Golo ihn gerade noch an einem Zipfel seines Gewandes packen konnte.

»War nur ein Spaß ... Vergiß es. Mir geht es ... gut. Aber laß mich ... jetzt in Ruhe. Ich will allein sein.«

Der Junge blickte ihn einen Moment lang verwundert an, dann gehorchte er. Stöhnend richtete sich Golo auf. Es hatte ihn nicht so schlimm erwischt, wie er gedacht hatte. Schließlich war er nicht zum ersten Mal von einem Pferd gefallen. Seine Rüstung hatte den Sturz allerdings keineswegs angenehmer werden lassen. Ihm war jetzt klar, daß das Leben als Ritter nichts für ihn war. Sicher hatte es Spaß gemacht, die edlen Herren von ihren Rössern zu stoßen, doch welchen Preis hatte er dafür gezahlt! Er mußte an den Ritter im roten Waffenrock denken, den man tot vom Turnierplatz getragen hatte. Nein, so wollte er nicht enden! Auch wollte er nicht länger in die Intrige des Bischofs verwickelt sein. Das konnte nicht gutgehen, wenn er sich inmitten eines Heeres streitsüchtiger Normannen als Adliger ausgeben mußte. Irgendwann würde ihnen auffallen, daß er in Wahrheit nur ein Knecht war, und sie würden ihn in Stücke reißen.

Golo streifte den Waffenrock ab und kämpfte sich mühsam aus dem schweren Kettenhemd. Als er sich endlich entblößt hatte, betrachtete er sein Hinterteil. Durch den Sturz hatten sich dort dunkelrot die Ringe des Kettenhemdes abgemalt. Zu reiten würde in den nächsten Tagen die reine Hölle sein. Der Knappe humpelte zu der Kleidertruhe, die dicht neben dem Eingang stand. Dort suchte er einige schlichte Kleidungsstücke zusammen, in denen man ihn für einen Pagen halten mochte. Während des Durcheinanders des Turniers war die beste Gelegenheit zu fliehen. Er würde die Mauern von Saintes schon weit hinter sich gelassen haben, bevor der Bischof überhaupt bemerkte, daß er verschwunden war. Golo überprüfte den Sitz seiner neuen Kleider und war zufrieden.

Wenn Jehan de Thenac geglaubt hatte, er ließe sich einfach so herumschubsen, dann hatte er sich geirrt. Er würde jetzt seine Pferde holen und Aquitanien auf immer den Rükken kehren. Wenn er abwechselnd auf den beiden mächtigen Streitrossen ritt, dann würde er jedem Verfolger mit Leichtigkeit entkommen. Ein Leben lang zu lügen und auf die Gnade dieses tyrannischen Bischofs angewiesen zu sein, das war nichts für ihn! Er dachte wieder an Troyes und daran, wie er schon im nächsten Jahr eine Handvoll Knechte haben würde, die für ihn die Drecksarbeit auf seinem Gutshof erledigten. So wollte er sein Leben fristen!

Vorsichtig schob Golo die Plane am Eingang des Zeltes ein wenig zur Seite und spähte nach draußen. Es mußte später Nachmittag sein. Er hatte offenbar für eine ganze Weile das Bewußtsein verloren. Das Leben im Lager ging seinen gewohnten Gang. Knappen eilten im Auftrag ihrer Herren umher. Ein Stallbursche striegelte ein Pferd. Hier und dort lungerten ein paar Waffenknechte herum. Entschlossen trat Golo vor das Zelt. Er hatte seine kurzen Haare unter einer Kappe versteckt und humpelte, so schnell es ihm seine geschundenen Knochen erlaubten, zu den Pferdekoppeln. Nur vor dem Küchenzelt des Bischofs machte er kurz Halt, um sich ein frisches Brot und ein Stück Käse einzustekken.

Lanzenbrecher war inzwischen längst abgesattelt worden, und ein Knecht hatte ihm einen Hafersack umgehängt. Neben dem Schimmel waren das Schlachtroß Gwalchmais und die anderen Pferde angepflockt. Sein Vermögen wartete darauf, daß er es wieder in Besitz nahm! Golo wollte schon zu dem Pferdeknecht herübergehen, als zwei Soldaten in den

Waffenröcken des Bischofs erschienen. Die Krieger gingen geradewegs zu den Pferden. Sie tauschten ein paar Worte mit dem Knecht, der daraufhin nickte.

Was zum Henker mochte dort vor sich gehen? Golo hatte sich hinter ein Zelt zurückgezogen und beobachtete die drei. Sollte der Bischof etwa schon erfahren haben, daß er versuchte, aus dem Lager zu fliehen? Aber wer könnte ihn verraten habe? Etwa der junge Knappe aus seinem Zelt? Ob der Kerl am Ende beobachtet hatte, wie er verkleidet aus dem Zelt herausgekommen war? Golo leckte sich nervös die Lippen. Er mußte seine Pläne ändern! Vielleicht sollte er sich unter die Zuschauer des Turniers mischen und erst bei Nacht wiederkommen, um seine Pferde zu holen. Doch dann müßte er an den Wachen des Lagers vorbei, und das waren allesamt Männer des Bischofs, die ihn zumindest vom Sehen her kannten. Ärgerlich schüttelte er den Kopf. Ohne die Pferde hatte es keinen Sinn zu fliehen! Sie waren seine Zukunft!

Eine schwere Hand legte sich auf seine Schulter. »Herr von Zeilichtheim, habe ich Euch endlich gefunden!«

Erschrocken drehte Golo sich um. Er hatte sich immer noch nicht richtig an seinen falschen Namen gewöhnt, und manchmal passierte es ihm, daß er gar nicht reagierte, wenn er mit dem Adelstitel angesprochen wurde. Es war einer der Diener des Bischofs, der ihn aufgespürt hatte.

»Ich war bereits in Eurem Zelt. Es freut mich, Euch nach dem schweren Sturz so wohlauf zu sehen.«

Golo war sich nicht sicher, ob sein Gegenüber die letzte Bemerkung ironisch gemeint hatte. Zumindest verzog der Kerl keine Miene dabei. Jetzt waren auch noch die beiden Wachen beim Pferdeknecht auf ihn aufmerksam geworden und kamen herüber. Ob Jehan geahnt hatte, daß er fliehen wollte? Wie sonst hatten ihn diese Kerle so schnell gefunden? Und was mochte der Bischof von ihm wollen?

»Was für eine eigenartige Gewandung tragt Ihr nur? Ihr werdet Euch neu kleiden müssen, bevor Ihr vor den Herzog der Sumpflande tretet, Herr Golo.«

»Zu welchem Anlaß wünscht der Herr de Thenac mich denn zu sehen?« fragte der Knecht möglichst unverfänglich. »Nur wenn ich das weiß, vermag ich mich wirklich angemessen zu gewanden.«

»Der Herzog der Sumpflande pflegt mich nicht über seine Absichten aufzuklären«, entgegnete der Diener steif. »So wie es mir scheint, wird dies in Anbetracht der Ereignisse dieses Tages wohl ein Gespräch unter vier Augen werden.«

Golo schluckte. Also doch... Jehan hatte ihn beobachten lassen und wußte um seine Fluchtpläne. Der Knecht atmete tief durch. Nun galt es, die Haltung zu wahren und alles entschieden zu leugnen. Der Bischof war kein Mann, der Spaß verstand, wenn jemand versuchte, seine Pläne zu durchkreuzen.

»Ich wollte mich nur davon überzeugen, daß mein Schlachtroß im Turnier nicht verwundet worden ist«, murmelte Golo gepreßt.

»Natürlich«, entgegnete der Diener des Bischofs gelassen.

Klang ein Hauch von Ironie in seiner Stimme, oder bildete er sich das ein? Der Knecht spürte, wie ihm kalter Schweiß den Rücken hinablief. Solche Intrigenspiele waren nichts für ihn. Er liebte es, wenn die Dinge klar und unmißverständlich waren. »Können wir nun zu Eurem Zelt gehen, Herr? Der Herzog der Sumpflande besteht sehr dringlich darauf, Euch zu sehen.«

»Selbstverständlich!«

Die drei Männer geleiteten ihn bis zum Zelt, und während die beiden Waffenknechte draußen Posten bezogen, folgte der Diener Golo sogar bis ins Innere und ließ ihn auch, während er sich neu ankleidete, nicht aus den Augen.

»Wo soll ich den Herrn Herzog denn treffen?«

»In der kleinen Kapelle unten am Fluß. Er hat sich dort zum stillen Zwiegespräch mit dem Herrn eingefunden. Dort ist es ruhig. Niemand wird uns stören.«

Der Knecht schluckte. Genau das hatte er befürchtet. Er kannte den Ort, und für seinen Geschmack war es dort entschieden zu ruhig. Ein kleiner, sehr dichter Wald schirmte die Kapelle gegen den Turnierplatz ab. Sie stand auf einer Lichtung, die zwar nahe am Wasser lag, doch vom Fluß aus nicht einzusehen war. Ein Ort, wie geschaffen dazu, um ihn ermorden zu lassen. Golo griff nach seinem Schwert und gürtete es um seine Hüften. Er wußte zwar, daß er gegen Jehan und vermutlich auch gegen die beiden Waffenknechte nicht im Schwertkampf bestehen konnte, aber so blieb ihm zumindest die Illusion, sich verteidigen zu können. Er war sich sicher, daß der Bischof und seine Spießgesellen ihn dort auf der Lichtung ermorden würden. Seine Leiche würden sie in den Fluß werfen oder im Wald unter einem Haufen alten Laubes verbergen. Er hatte seine Schuldigkeit getan. Jehan brauchte ihn nun nicht mehr weiter. Ja, nach diesem Fluchtversuch bestand für den Bischof keinerlei Anlaß mehr, ihm zu vertrauen.

»Seid Ihr bereit, Herr?« Der Diener sah ihn fragend an.

Golo straffte sich und erwiderte den Blick. Dies war der letzte Weg, den er in seinem Leben machen würde. Er würde sich dabei nicht wie ein Feigling verhalten! »Gehen wir!« Seine Stimme klang nicht ganz so fest, wie er gehofft hatte.

Draußen vor dem Zelt schlossen sich ihnen sofort wieder die beiden Waffenknechte an. Für einen Beobachter, der nicht wußte, was geschah, mochte es so aussehen, als sei

Golo eine besonders wichtige Persönlichkeit, die von einer Ehrengarde eskortiert wurde.

Schnell hatten sie den Turnierplatz hinter sich gelassen. Es war später Nachmittag. Der Tag war ungewöhnlich heiß gewesen. Am Himmel gab es kaum Wolken. Der Sommer kündigte sich an. Die ausladenden Äste der hohen Buchen, die den schmalen Weg durch den Wald flankierten, spendeten angenehmen Schatten. Gierig sog Golo die würzige Waldluft ein und blickte den kleinen Vögeln nach, die durch das dichte Laubdach segelten. Ein Stück vor ihnen erhob sich eine Elster keckernd vom Waldweg. Warum hatte er nicht in seinem Zelt bleiben können? Hätte er diesen idiotischen Fluchtversuch nicht gewagt, hätte der Bischof sicher noch eine Zeitlang sein Spiel mit ihm getrieben. Golo seufzte. Ihm war ein wenig schwindelig, und sein Kopf brummte, als suchten Hunderte wütender Bienen nach einem Weg aus seinem Schädel heraus.

»Ist Euch nicht wohl, Herr?« Der Diener war stehengeblieben und musterte ihn besorgt.

»Das muß wohl der Sturz sein ... Ich glaube, ich habe mir ziemlich den Kopf angeschlagen.«

Der Mann nickte. »In der Kapelle ist es kühl. Das wird Euch sicher guttun. Ihr sitzt fest im Sattel. Beinahe hättet Ihr es geschafft, den Herren Berengar von Broceliande in den Staub zu schicken.«

Was nutzte ihm dieser zweifelhafte Ruhm, dachte Golo. Morgen schon würde niemand mehr davon sprechen. Der Knecht taumelte ein wenig. Mit einem raschen Schritt war der Diener an seiner Seite und stützte ihn. »Es ist nicht mehr weit.« Er gab den beiden Waffenknechten einen Wink, und sie nahmen Golo in ihre Mitte.

Dem Knecht war hundeelend. Er hatte keine Kraft mehr. Die Bäume schienen um ihn herum zu wirbeln ...

Halb benommen merkte er, wie er durch ein Portal gezerrt wurde. Es war hier dunkler und kühler.

»Ah, da erscheint ja endlich auch der ehrenwerte Herr von Zeilichtheim!« Jehans Gesicht erschien vor ihm. Der Bischof trug liturgische Gewänder und war auf das Prächtigste herausgeputzt. Flüchtig konnte Golo ein paar andere Gestalten hinter dem hohen Herren erkennen.

»Ihr habt Euch heute auf dem Turnier hervorgetan, mein lieber Freund. Mit dem Schwert mögt Ihr nicht der Beste sein, doch habt Ihr alle überzeugt, daß Ihr es versteht, mit der Lanze Hervorragendes zu leisten. Der Herr Berengar kam nach dem Gestech zu mir und erklärte, er sei froh, daß er nicht zu einem dritten Durchgang gegen Euch antreten mußte. Für diese herausragende Leistung habt Ihr Euch die Sporen der Ritterschaft verdient.« Der Bischof beugte sich ein wenig tiefer und flüsterte nun leise. »Wenn du erst einmal in aller Öffentlichkeit zum Ritter geschlagen bist, wird niemand mehr deinen Stand anzweifeln können. Die Zeremonie wird morgen im alten Römertheater stattfinden, und die ganze Armee wird zugegen sein, um deiner Schwertleite beizuwohnen. Danach wirst du noch einmal erzählen, auf welch heimtückische Weise diese Bastarde aus den Sümpfen deinen Freund Volker ermordet haben. Ist das klar?«

»Mir ist schlecht ...« murmelte Golo.

»Reiß dich zusammen! Mit dir werden noch zwei andere Edle in den Ritterstand erhoben. Zieh dich jetzt aus. Ihr werdet in den Fluß steigen und baden, um geläutert zu sein, wenn ihr morgen zum Ritter werdet. Nach dem Bad sollt ihr in frische Gewänder aus neuen Linnen gehüllt werden und über Nacht in dieser Kapelle wachen.«

»Ich kann nicht ...«

Der Bischof erhob sich. Er sprach nun wieder so laut, daß ihn alle in der Kapelle verstehen konnten. »Mich dünkt, der

Herr von Zeilichtheim hat sich noch nicht ganz von seinem Sturz erholt. Helft ihm, seine Kleider abzulegen!«

Volker kam es so vor, als habe er schon eine Ewigkeit zwischen den Gebeinen der toten Helden des Feenvolkes gelegen. Zeit genug jedenfalls, um von immer quälenderen Gedanken heimgesucht zu werden. Was würde geschehen, wenn er einen Fehler machte? Würde Neman wirklich zusehen, wie man ihn ermordete? Er hatte sein Schwert. Mit ein paar Priesterinnen müßte er doch fertigwerden ... Er dachte eine Weile darüber nach und kam so auf jenen Gedanken, der ihn wesentlich mehr ängstigte als die Aussicht, mit einem Schwert in der Hand einer Übermacht von Feinden gegenüber zu stehen. Was war, wenn Neman ihn hinters Licht geführt hatte? Vielleicht war sein Tod für sie schon längst beschlossene Sache? Womöglich hatte sein Sterben sogar schon begonnen. Er lag in einer Grabkammer, tief unter der Erde, die mit einem massigen Felsrad verschlossen war, von dem er nicht wußte, wie man es von der Stelle bewegte. Vielleicht hatte die Fee ihn betrogen! Was war, wenn der Streiter der Morrigan noch lebte und es niemals ein Begräbnis geben würde? Dann wäre er es, den sie in dieser Nacht zu Grabe gelegt hatte! Er würde hier unten verdursten.

Das konnte nicht sein! Er sollte so etwas nicht einmal denken! Warum sollte sie das tun? Vielleicht weil du wieder genesen bist und sie deine Lügengeschichten durchschaut hat, meldete sich eine Stimme in seinem Inneren. Jetzt bist du stark genug, um sie zu überwältigen, falls es dir in den Sinn kommen sollte, auf diesem Wege die Flucht zu versuchen.

Aber warum hätte sie ihn auf so umständliche Weise ermorden sollen? Warum eine so aufwendige Geschichte? Es hätte doch gereicht, das Essen zu vergiften, das sie ihm regelmäßig brachte.

Auch dafür gibt es einen ganz einfachen Grund, entgegnete die kalte Stimme des Zweifels. Hätte sie dich vergiftet, würde deine Leiche irgendwo auf der Insel herumliegen. Manchmal kommen auch andere Feengestalten hierher. Denk nur an die Wäscherin! Neman ist gezwungen, deine Leiche verschwinden zu lassen. Dich wegzutragen wäre schwere Arbeit ... Du weißt, sie ist zierlich gebaut. Also hat sie dich hierher gebracht, an einen Ort, an dem ein Toter mehr nicht auffallen wird. So mußte sie dich nicht tragen.

Sie ist nicht so, versuchte sich Volker einzureden. Er dachte an all die Stunden, die sie zusammen verbracht hatten. Gewiß, sie war anders als andere Frauen. Auf ihre Art scheu und zurückhaltend ... Oder war alles nur Kalkül gewesen? Hatte sie von Anfang an mit ihm gespielt? So wie sie hatte sich noch nie eine Frau seinem Charme widersetzt. Sie war unempfänglich für Schmeicheleien, und daß er recht attraktiv war, schien sie auch zu ignorieren. Hatte sie ihn also benutzt? Aber wozu?

Ein Geräusch schreckte den Spielmann aus seinen Gedanken. Es klang wie fernes Flötenspiel. Dann hörte er auch Trommeln. Volker verharrte still und lauschte. Bald schon konnte es keinen Zweifel daran geben, daß sich die Musik näherte. Neman hatte ihn nicht belogen! Der Leichenzug kam. Hoffentlich würde es gelingen, die Priesterinnen zu täuschen. Jetzt konnte er auch schrille Stimmen hören. Das Geschrei von Klageweibern.

Rumpelnd rollte der Verschlußstein am Eingang zur Seite. Flackerndes Fackellicht fiel in die Grabkammer. Zwei Frauen in weißen Gewändern traten ein und stießen merkwürdig trillernde Schreie aus. Die eine von ihnen trug eine Fackel, die andere eine flache Tonschale, aus der duftender Rauch aufstieg. Ihnen folgte eine Gruppe von sechs Frauen, die in weiße, bodenlange Gewänder gekleidet waren. Volker stockte der Atem. Eine der Totenträgerinnen war Gunbrid! Was hatten die Feen mit ihr gemacht? Wie hatten sie die Christin dazu gebracht, an einem heidnischen Ritual teilzunehmen?

Die sechs Priesterinnen trugen ein großes Leinentuch, in dem der Leichnam des Kriegers ruhte. Jetzt betrat auch Neman die Kammer. Wie die anderen Priesterinnen war sie in ein weißes Gewand von schlichtem Schnitt gehüllt. Doch trug sie dazu prächtigen Schmuck. Schwere, goldene Armreifen, eine breite, emaillierte Kette und goldene Haarnadeln, mit der eine komplizierte Frisur aus Zöpfen, frischen Blüten und kleinen Ästen zusammengehalten wurde. Ihre Wangen waren mit weißem Puder eingerieben, die Lippen mit dem Saft von Waldbeeren rot bemalt und die Augen von schmalen, mit Holzkohle gezogenen Linien gerahmt. Fasziniert starrte der Spielmann aus seinem Versteck zwischen den Gebeinen zu der Priesterin. Sie war von atemberaubender, barbarischer Schönheit.

Zwei Priesterinnen begannen, die Knochen von der bronzenen Liege auf ein weißes Leintuch zu räumen, das sie auf dem Boden ausgebreitet hatten. Offenbar sollte der Streiter der Morrigan diesen Ehrenplatz erhalten. Aus dem Gang hinter dem Felstor erklang noch immer Trommelschlag und Flötenspiel. Die Priesterinnen, welche die Gebeine umbetteten, murmelten leise Zauberformeln, während eine andere Frau Räucherwerk entzündet hatte und damit über den bleichen Knochen hin und her wedelte, so als wolle sie auf diese Weise den Geist des Verstorbenen besänftigen.

Als der letzte Knochen von der bronzenen Liege entfernt

war, begann Neman ein Lied in einer fremden Sprache anzustimmen, während die Priesterinnen den Körper des toten Kriegers auf seine letzte Ruhestatt hoben und dann das Leintuch unter ihm hinwegzogen. Der Mann war enthauptet worden. Sein Körper war ausgezehrt. Flüchtig konnte Volker die tiefe Wunde über der Hüfte sehen, die Arbotorix, dem Recken der Morrigan, den Tod gebracht haben mußte.

Ob jetzt der Zeitpunkt war, sich zu erheben? Gott allein wußte, wie lange die Priesterinnen noch in der Grabkammer bleiben würden. Wie mochte er dieses Schauspiel am eindrucksvollsten gestalten? Sollte er sich mit einem Schrei erheben? Nein! Er sollte ein Sänger sein ... Er erinnerte sich an einige Verse eines traurigen Liedes, das Neman einmal gesungen hatte. Er würde sie leicht ändern. Sein neues Leben sollte mit einem Lied beginnen. So ziemte es sich für einen Spielmann. Die ersten Worte hauchte er nur leise, doch dann wurde seine Stimme immer lauter.

»Das Mark in meinen Knochen schmerzt mich,
Neman!
Das Blut in meinen Adern ist eine bitterwilde Flut,
Neman!
Es ist dein Herz, das ruft und das ich höre,
Neman!«

Die Stimmen der Priesterinnen waren verstummt, und die jungen Frauen waren totenblaß, als Volker sich zwischen den Gebeinen erhob. In der Rechten hielt er sein Schwert, und er konnte an den Gesichtern der Frauen ablesen, daß jede ihn für einen Krieger hielt, der aus dem Totenreich zurückgekehrt war.

»Ist es der Wind im Wald,
ist es Brandung, die am Fels zerbricht,
oder spricht die Stimme deines Herzens zu mir,
Neman
und ruft mich aus dem Grab zurück.

Meine Göttin mit den weißen Brüsten,
meine Göttin mit dem kupfernen Haar
und den Lippen, so rot wie Vogelbeeren,
Neman!

Wo ist der Schwan, der weißer ist als du,
wo die Woge der See, die sich bewegt wie du,
Neman!

Kein Grab ist so tief,
keine Zeit so weit,
daß ich die Stimme deines Herzens nicht zu hören vermöchte,
Neman!«

Die wiedererstandene Göttin schritt an der Totenliege vorbei und trat vor ihn hin. Vorsichtig und langsam streckte sie die Hand aus und strich ihm über die Wange. »Bist du der Mann, den uns unsere Ahnen verheißen haben? Bist du der Sänger, der sich aus den Gebeinen der toten Helden erhebt?«

»Ich bin jener, den die Stimme seines Herzens aus dem Grab befreit!« Volker konnte sehen, wie sich eine steile Zornesfalte auf der Stirn der Hohepriesterin zeigte. Er sollte seine Worte mit mehr Bedacht wählen!

»Der Streiter der Morrigan ist von uns gegangen«, erklärte Neman mit fester Stimme. »Folge uns aus dem Grab, Sänger. Die Krieger von Tirfo Thuinn erwarten dich. Mögen sie entscheiden, ob du ihr neuer Herr sein magst. Folge mir!« Neman drehte sich um und trat zu der steinernen Pforte der Grabkammer. Volker fluchte innerlich. Sie hatte sich mit keinem Wort eine Blöße gegeben. Er war davon ausgegangen, mit seinem Auftritt nur ein paar Priesterinnen beeindrucken zu müssen. Er brauchte sich nur umzublicken, um zu sehen, daß ihm dies gelungen war. Mit den Kriegern war das etwas anderes. Sie würden ihn nicht zwischen den Knochen aufstehen sehen und würden gewiß sofort seinen Akzent bemerken. Volker war sich bewußt, daß er, so sehr er sich auch bemühen mochte, den merkwürdigen, altertümlichen Dialekt der Feen nicht nachahmen konnte. Wollte Neman ihn ans Messer liefern? Doch dann hätte sie schon hier unten gegen ihn sprechen können. Nein, sie war lediglich nicht bereit, auch nur das geringste Risiko einzugehen. Keinen Schritt würde sie ihm entgegenkommen. Entweder schaffte er es, die Krieger dort oben zu überzeugen, oder er war ein toter Mann, und die Frau, die ihn über Wochen gesundgepflegt hatte, würde zusehen, ohne nur mit der Wimper zu zucken.

Er folgte der wiedergeborenen Göttin in den langen Gang, der sie hinaus in die Nacht führen würde. Hinter ihm erklangen die leisen Schritte der anderen Priesterinnen. Volker ging mit hoch erhobenem Haupt und festem Schritt. Er durfte nach außen nicht die kleinste Schwäche zeigen. Jeder, der ihn sah, mußte davon überzeugt sein, daß er gekommen war, um zu herrschen, und nicht den geringsten Zweifel an seiner Bestimmung hegte!

Dem Spielmann war übel. Er fühlte sich so wie an jenem Tag, als er zum ersten Mal am Hof des Königs in Worms aufgetreten war. Sein Magen drohte zu rebellieren, seine Beine wollten ihm den Dienst versagen. Jedesmal, wenn er einen Auftritt hatte, der ihm besonders wichtig war, kehrte dieses

Gefühl zurück. Er hatte keine Erklärung dafür. Selbst wenn er völlig gesund war, fühlte er sich bei solchen Gelegenheiten wie ein Siecher, der dem Ende nahe war. Ein alter Troubadour hatte ihm einmal erklärt, dies sei die Bardenkrankheit, und es gebe kein Mittel dagegen. Der Mann hatte auch behauptet, sie sei ein gutes Zeichen, denn an dem Tag, an dem man sich zum ersten Mal nicht mehr so elend fühle und keine Angst mehr habe, vor seinen Zuhörern zu versagen, höre man auf, ein wirklicher Barde zu sein.

Volker verzog die Lippen zu einem zynischen Lächeln. Vielleicht war er schon sehr kurz davor, für immer von der Bardenkrankheit befreit zu werden. Was sie wohl mit seinem Kopf machen würden? Ob er auf einem Pfahl stecken würde? Vielleicht würde er von den wütenden Kriegern auch einfach nur in Stücke gerissen werden. Er seufzte. Er sollte diese Gedanken aus seinem Kopf verbannen. Sie raubten ihm nur Kraft!

Sie traten aus dem Eingang des Grabes. Die laue Luft des warmen Frühlingsabends war wie Balsam nach den Stunden in der stickigen Gruft. Doch das war der einzige Genuß! Der Rest erschien ihm mehr wie ein Alptraum. An den Flanken des Grabhügels und bis hinab zum Wasser standen Hunderte von Männern. Viele waren im Nebel verborgen, und man nahm nur das Licht ihrer Fackeln wahr. Die Krieger sahen aus, als hätten die Pforten der Hölle sie ausgespien. Alle erschienen sie Volker ungewöhnlich groß und kräftig. Sie hatten Schnauzbärte, deren Enden hochgezwirbelt oder zu dünnen Zöpfen geflochten waren. Viele waren nackt oder trugen nur Beinkleider. Ihre Körper waren mit blauen Tätowierungen geschmückt oder wenigstens mit blauer Farbe bemalt. Einige hatten etwas in ihre Haare geschmiert, so daß sie ihnen wie Stacheln vom Kopf abstanden. Fast alle Krieger waren mit langen Schwertern bewaffnet. Mit den bunt bemalten Schilden und ihren phantastischen Helmen sahen sie aus, als ob sie bereit seien, in die Schlacht zu ziehen.

Wie Pfeile trafen ihn die Blicke der Männer. Hilfesuchend blickte sich Volker nach Neman um, doch die Hohepriesterin war verschwunden. Wie eine eisige Hand griff die Angst nach ihm. Was zum Henker hatte das zu bedeuten? Eben erst hatte die Priesterin doch noch neben ihm gestanden! Nervös fuhr er sich mit der Zunge über die Lippen. Abgesehen vom Knistern der Fackeln und dem leisen Glukkern der Quellen war es totenstill. Volker wußte, daß er etwas sagen mußte. Nur noch wenige Herzschläge, und er hätte den Zeitpunkt verpaßt, an dem er die Dinge noch zu seinen Gunsten wenden konnte. Je länger das Schweigen andauerte, desto verzweifelter würde seine Lage.

»Dort, Macha ist zu uns gekommen!« schrie ein Mann nur ein paar Schritt von Volker entfernt und zeigte mit ausgestrecktem Arm auf etwas, das sich hinter Volkers Rücken befinden mußte. Erschrocken drehte sich der Spielmann um. Flankiert von zwei Fackelträgerinnen trat eine Frau, gehüllt in einen langen, schwarzen Umhang, aus dem Eingang des Grabes. Ihr Gesicht glich dem Nemans so sehr, als sei sie ihre Zwillingsschwester, doch waren ihre Züge härter. Ein grausames Lächeln spielte um ihre blutroten Lippen. Auch sie hatte weiß geschminkte Wagen, und um ihre Augen war so viel Ruß aufgetragen, daß es schien, als ruhten ihre Augäpfel in tiefen, schwarzen Höhlen. In ihrem Haar steckten zwei Rabenschwingen, und als sie mit ihren Armen den Umhang weit auseinandersteckte, sah es aus, als habe sie an Stelle menschlicher Glieder zwei Flügel. Volker schluckte. Im Fackellicht konnte er sie nicht richtig erkennen. Etwas stimmte mit dieser Frau nicht! Ihre Arme! Sie waren zu lang! So weit, wie Macha ihren Umhang auseinanderstreckte, mußten ihre Arme mindestens einen halben Schritt länger sein, als dies bei normalen Sterblichen der Fall war.

»Sag uns, wer du bist, Fremder!« ertönte die dunkle Stimme der Kriegergöttin.

Volker atmete tief ein. Neman hatte davon gesprochen, daß die Männer von Tirfo Thuinn Krieger und Barden seien. Er würde versuchen, ihre Herzen mit ein paar abgewandelten Strophen aus einem alten Kriegslied seiner Heimat zu gewinnen.

»Ich bin der Sturmwind,
der das Gras beugt!
Ich bin die Flamme,
die die Scheiterhaufen entzündet!
Ich bin der Schnitter,
der in die Reihen der Feinde fährt!
Ich bin der Sänger,
der sich aus den Gebeinen der Toten erhoben hat,
um an der Seite der wiedergeborenen Göttin zu stehen!
Ich bin der Todbringer
für jeden, der Zweifel im Herzen trägt!«

Gespannt beobachtete der Spielmann die Reaktion seiner Zuhörer. Viele der Krieger hatten ihre Waffen sinken lassen. Er schien sie mit seinen Worten erreicht zu haben. Doch in den Gesichtern mancher Männer konnte er noch immer die Zweifel lesen.

»Wie kommt es, daß du mit dem Dialekt der Leute jenseits der Nebel sprichst, wenn du unser Kriegerkönig sein willst? Wie willst du über uns herrschen, wenn du nicht einmal unsere Sprache beherrschst?« rief einer der Männer, und zustimmendes Gemurmel machte sich breit.

»Nicht euch zu beherrschen ist mein Ziel! Ihr seid freie

Männer! Doch wenn ich eure Feinde vernichten will, dann muß ich sie kennen, muß wissen, wie sie denken und welche Entscheidungen ihre Feldherren treffen werden. Ich muß in ihnen aufgehen können, um sie dann mit eurer Hilfe um so leichter zu besiegen. Mancher von euch wird ein Jäger sein, und wer auf die Pirsch geht, der wird wissen, daß derjenige der beste Jäger ist, der denken kann wie ein Hirsch oder ein Reh, und seine Beute erlegt, weil er schon im voraus weiß, wie sich die Tiere verhalten werden.«

»Und warum sollten die Krieger von jenseits der Sümpfe kommen und uns angreifen? Keiner kennt dort unsere Stadt, und jene, die am Rand des Moors leben, fürchten das Nachtvolk.«

»Sie werden kommen, weil sich die Zeiten geändert haben. Die Normannen herrschen in Aquitanien, und sie brachten die Priester des Zimmermannssohnes. Die Priester aber wollen die heiligen Haine fallen sehen, weil sie keine anderen Götter neben ihrem Herren akzeptieren werden.« Volker hoffte inständig, daß ihn diese Worte nicht ins ewige Fegefeuer bringen würden, doch wenn er hier lebend herauskommen wollte, mußte er die Barbarenkrieger mit seiner Rede überzeugen. »Als der Winter zu Ende ging, habt ihr die Burg eines normannischen Barons niedergebrannt, der eines eurer Heiligtümer geschändet hat. Die Normannen sind ein Volk von Eroberern, die auf ihren Schiffen aus einem kalten, unwirtlichen Land hoch im Norden gekommen sind. Sie werden es nicht dulden, daß einer der Ihren getötet wurde. Sie werden kommen und blutige Rache für den Baron nehmen.« Der Spielmann war sich zwar durchaus nicht sicher, daß König Eurich sich darum scherte, daß einer seiner Lehnsmänner ermordet worden war, doch konnten die Sumpfmänner nicht wissen, wie die Dinge in Aquitanien standen. Nach dem wenigen, was Volker von Neman über das Volk von Tirfo Thuinn erfahren hatte, lebten sie sehr zurückgezogen und interessierten sich nicht sonderlich für die Dinge, die jenseits der Nebelwand geschahen. Das galt jedenfalls so lange, wie sie nicht direkt betroffen waren, wie es bei Baron Rollos Versuch, den heiligen Hain zu schänden, geschehen war.

Unter den Kriegern erhob sich unruhiges Gemurmel. Es schien, als habe er eine Mehrheit der Männer mit seinen Worten überzeugt.

Macha war an Volkers Seite getreten. Mit großer Geste schwang sie ihren Mantel auf und umfing ihn mit ihrem weiten Umhang. Dann legte sie ihren Kopf an seine Brust und verharrte so einen Augenblick lang. Der Spielmann spürte, wie ihm das Herz bis zum Halse schlug. Nemans Schwester war ihm unheimlich. Eine Mauer von Kälte schien sie zu umgeben. Ihr Umhang aus schwarzer Wolle war mit Hunderten von Rabenfedern geschmückt, und ein süßlicher Verwesungsgeruch, wie ihn der Spielmann von Schlachtfeldern kannte, ging von ihr aus.

»Es schlägt das Herz eines Barden in seiner Brust«, verkündete die schwarze Macha schließlich mit lauter Stimme und entließ ihn aus ihrer unheimlichen Umarmung. »Neman hat mir berichtet, wie er sich vor den Augen der Priesterinnen aus den Gebeinen der toten Krieger erhoben hat. Vielleicht ist er der Sänger, von dem die alten Legenden künden. Ich werde ihn mit nach Galis nehmen. Soll dort die Morrigan über sein Schicksal entscheiden!«

Zwischen den Kriegern öffnete sich eine Gasse, die zum Ufer der Insel führte. Keiner der Männer wagte es, seine Stimme gegen den Entscheid der schwarzen Macha zu erheben.

»Folge mir!« murmelte die Rabenfrau halblaut und ging mit gemessenem Schritt zum Ufer hinab. Im Nebel eingehüllt wartete dort eine schwarze Barke. Undeutlich konnte Volker auch die Schemen anderer Boote erkennen.

Kaum war er an Bord gekommen, da wurde die Barke vom Ufer abgestoßen. Die Kraft von mehr als zwanzig Ruderern ließ sie schnell in die Finsternis gleiten.

Mit gemischten Gefühlen blickte Volker in den wirbelnden Nebel. Endlich war er der Gefangenschaft auf der Grabinsel entkommen. Doch was war Galis? Ein Dorf, eine Burg? Wohin würde ihn diese dunkle Hohepriesterin bringen?

13. KAPITEL

Seit dem Pfingstfest waren zwei Wochen vergangen, als der Bischof und seine Reiter das kleine Dorf bei der niedergebrannten Burg des Barons von Marans erreichten. Die Bauern und Fischer waren aufgeregt herbeigelaufen gekommen, als sich die gewaltige Reiterkolonne über den Knüppeldamm näherte. Jehan gab Befehl, vor der rußgeschwärzten Ruine das Heerlager aufzuschlagen. Um schneller in die Sümpfe vorzurücken, hatte er sein Heer zweigeteilt. Die Reiter und ein Troß aus berittenen Knechten und Packpferden waren auf dem Landweg vorgerückt, während sich die Fußsoldaten in Saintes eingeschifft hatten, um die Charente hinabzusegeln und dann vom Meer her in das Sumpfland vorzustoßen.

Schon vor dem Pfingsttag hatte der Bischof etliche Späher ausgeschickt, um die Stärke der feindlichen Truppen auszukundschaften. Die meisten von ihnen waren nicht zurückgekehrt. Einer jedoch hatte berichtet, eines Nachts eine große Versammlung von Kriegern mit Fackeln beobachtet zu haben.

Seitdem der Bischof diese Nachricht bekommen hatte, war er deutlich besserer Laune. Nun bestand Gewißheit, daß sie nicht nur gegen eine etwas größere Räuberbande ins Feld zogen. Was auch immer in den Nebeln der Sümpfe verborgen lag, es mußte eine lohnende Beute sein, wenn es von so vielen Kämpfern verteidigt wurde. Für ihn schien es nicht den geringsten Zweifel daran zu geben, daß der Feldzug ein Erfolg sein würde und er damit auf Dauer das Recht auf den Titel eines Herzogs erlangte. Mit den Ländereien, die er dazugewinnen würde, wäre er nach dem König der zweitmächtigste Mann in Aquitanien.

Golo konnte diese Euphorie nicht teilen. Mit jedem Schritt, der ihn tiefer in die Marschen brachte, waren Erinnerungen an seinen toten Herrn verbunden. Wohl tausendmal hatte er jene Nacht verflucht, die der Spielmann in der Kemenate der sächsischen Prinzessin verbracht hatte und die der Ausgang ihrer tragischen Reise geworden war. Jeden Abend schloß er seinen toten Herren in seine Gebete mit ein, und er hoffte aufrichtig, daß er für seine Art, mit den Weibern umzugehen, Vergebung gefunden hatte.

Die Sumpflandschaft hatte sich in den letzten Monaten sehr verändert. Überall wogte mannshohes Schilf im Wind und versperrte die Sicht. Der Knüppeldamm erschien ihm wie ein Hohlweg, und wann immer er an den Trophäenbaum und die bewaldete Halbinsel inmitten des Moors dachte, beschlich ihn ein ungutes Gefühl. Es würde nicht so einfach werden, die Feen zu besiegen, wie sich der Bischof das vorstellte. Sie waren keine Krieger aus Fleisch und Blut.

Mit Schrecken dachte Golo an den Tag, an dem Volker und Gwalchmai gestorben waren. Manchmal verfolgte ihn das gräßliche Geheul, das über den Sümpfen erklungen war, in seinen Träumen. Die beiden Ritter waren gute Kämpfer gewesen, doch hatten sie es nicht vermocht, den Streiter der Morrigan zu töten. Was geschah, wenn die Feen nicht durch Waffen verletzt werden konnten, die von Menschenhand geschmiedet waren? Die Bauern hatten erzählt, die Morrigan sei eine mächtige Zauberin. Vielleicht ließ sie das ganze Heer in Schlaf versinken, so daß die Feen ihnen nur noch die Kehlen durchschneiden mußten.

Golo schüttelte sich. Er sollte sich nicht von solch finsteren Gedanken mitreißen lassen. Man mochte über den Bischof denken, wie man wollte, eins war jedenfalls gewiß: Er war ein mächtiger Kirchenmann! Er würde seine Männer mit der Kraft seines Glaubens beschützen!

Der ehemalige Knecht hielt sich ganz in der Nähe des Bischofs. Jehan traute ihm nicht. Stets waren ein paar seiner Söldner an Golos Seite. Dabei hatte er den Gedanken an eine Flucht längst aufgegeben. Der Bischof war sein Gönner. Er hatte ihn in den Ritterstand erhoben, und wer weiß, mit welchen Ehren der Kirchenfürst ihn noch überschütten würde, wenn es tatsächlich gelang, das Königreich der Feen zu erobern.

Jehan ritt auf einem schwarzen Hengst durch das Lager und wies die Knechte an, wo welche Zelte aufzuschlagen waren. Er trug einen prächtigen roten Umhang und das goldbestickte Bischofsgewand. Dazu ein langes Kettenhemd. Er hatte für sich einen ganz besonderen Topfhelm fertigen lassen, auf dem eine holzgeschnitzte Mitra thronte. Ständig war ein Diener in seiner Nähe, der den Helm auf einem Kissen vor sich her trug, und der Bischof erschien in seinem Aufzug wie ein Mann, der stets bereit war, in die

Schlacht zu ziehen. Unter den Söldnern und Rittern war er sehr beliebt. Jeden Abend war er der letzte, der sich zur Ruhe legte, und morgens war er stets als erster wieder auf den Beinen. Es schien ganz so, als könne ihn nichts erschöpfen, und er hatte eine Aura, die außer Golo wohl niemanden im Heerzug daran zweifeln ließ, daß der Krieg gegen das Nachtvolk kurz und erfolgreich sein würde.

Jehan hatte seinen Dienern den Befehl gegeben, sein prächtiges Zelt direkt unter der Ruine des Bergfrieds aufschlagen zu lassen. Dann sprang er aus dem Sattel und trat in die zerstörte Burg. Prüfend blickte er sich um und gab dann Golo einen Wink, an seine Seite zu eilen.

»Wo waren die Köpfe des Barons und seiner Krieger aufgepflanzt?«

Der ehemalige Knecht wies auf die Weiden, die dicht beim Wasser standen. »Dort drüben, Herr. Wir haben sie hier nahe bei dem Festungsturm beerdigt.«

Der Bischof strich sich nachdenklich über sein kantiges Kinn und blickte auf das Moor hinaus. »Es soll der Heidenbrut genauso ergehen wie dem armen Baron Rollo. Jeden, den wir zu packen bekommen, werde ich enthaupten lassen. Wir werden alle paar Schritt entlang des Knüppeldamms einen Pfahl mit einem Kopf darauf aufstellen, damit die abergläubischen Bauern hier in der Gegend endlich lernen, daß nichts und niemand gegen die Ritter der Christenheit bestehen kann!«

Das Poltern eines Steins ließ Golo zu den Ruinen blicken. Hinter einer zerborstenen Mauer trat Jean, der Dorfälteste, hervor. Er trug einen schmutzigen Kittel und hielt einen alten Strohhut in der Hand. Mit gesenktem Haupt trat er vor den Bischof.

»Herr, ohne Euch belauschen zu wollen, wurde ich Zeuge Eurer Worte. Ihr dürft das nicht tun. Zieht Euch zurück, bevor Ihr den Zorn der alten Götter auf Euch ladet. Schon einmal hat die Morrigan ein ganzes Heer vernichtet, das gekommen war, um Ihr Volk zu versklaven. Nicht einer der Krieger kehrte aus den Sümpfen zurück.« Jean hob den Kopf und deutete auf Golo. »Hütet Euch vor diesem Mann! Er hat schon seinem letzten Herren das Verderben gebracht. Mag er jetzt auch die Gewandung eines Ritters tragen, so erkenne ich ihn dennoch wieder. Damals war er wie ein Knecht gewandet.«

»Schweig!« Der Bischof hatte den alten Fischer bei seinem Kittel gepackt. »Du warnst mich vor einem meiner Edlen und vor einer heidnischen Göttin! Bist du noch bei Sinnen, Mann? Ich bin der Bischof von Saintes! Gott selbst hat mich hierher geführt, damit ich das Heidentum in diesem Königreich vernichte! Es ist meine heilige Pflicht, dafür zu sorgen, daß solche Tölpel wie du endlich begreifen, daß die Götzen der Vergangenheit nicht vor Christus bestehen können.«

»Die Götter, von denen Ihr sprecht, Herr, sind so alt wie dieses Land. Sie haben die Römer, die Goten und die Franken kommen und vergehen sehen. Sie werden auch dann noch über die Sümpfe gebieten, wenn ihr Normannen nur noch eine ferne Erinnerung seid.«

»Das ist Ketzerei, du Lump!« Jehan wandte sich zu den beiden Waffenknechten, die ihn stets begleiteten. »Packt den Kerl! Wollen wir doch mal sehen, ob ihn seine alten Götter vor dem Zorn eines Kirchenfürsten bewahren können!«

Die zwei Krieger taten, wie ihnen geheißen. Der alte Fischer leistete keinen Widerstand. »Laßt das Heer zusammenrufen und bringt die Bauern aus dem Dorf herbei! Ich will an diesem Heiden ein Exempel statuieren.«

Golo trat dem Bischof in den Weg. »Laßt ihn, Herr! Er ist

doch nur ein verwirrter Alter. Er weiß nicht, was er redet.«

»Ich denke, daß du diese Sache zu leicht nimmst! Hast du nicht gehört, wie er mir gedroht hat? Ich kann seine Frechheiten nicht hinnehmen! Außerdem kennt er dich und weiß, wer du bist«, fügte er leiser hinzu. »Auch das ist ein Grund, warum er sterben muß. Es wäre nicht gut, wenn er durch das Lager liefe und jedem erzählen würde, daß du erst vor wenigen Wochen noch ein ungewaschener Pferdeknecht gewesen bist.«

Golo zuckte mit den Schultern. »Wer würde ihm schon glauben? Alle in diesem Lager haben gesehen, wie Ihr mich in Saintes zum Ritter geschlagen habt.«

Jehan lächelte abfällig. »Du bist naiv, mein junger Freund. Unter den Adligen gibt es jede Menge Neider, die keine Gelegenheit auslassen werden, meinen Namen zu beschmutzen. Zum Dreikönigsfest war ich nur ein Bischof und ein Graf, dessen Ländereien weit verstreut lagen. Jetzt bin ich ein Herzog, und wenn der Feldzug zu Ende ist, werde ich mehr Land als selbst der König besitzen. Glaubst du, das freut sie? Was denkst du, warum ich so viele Söldner angeworben habe? Ihnen kann ich eher trauen als der aquitanischen Ritterschaft. Jeder von diesen feinen Herren hofft darauf, daß ich in den Kämpfen fallen werde. Deshalb habe ich lieber meine Söldner um mich, wenn ich in die Schlacht ziehe. Sie haben nur so lange einen gefüllten Geldbeutel, wie ich lebe. Bei ihnen brauche ich nicht zu fürchten, daß mich in der Schlacht womöglich ein Dolchstoß in den Rükken trifft.«

Golo blickte zu den prächtigen Zelten des Heerlagers hinab. Die meisten der Ritter mochte er nicht sonderlich. Sie waren eingebildet und überheblich. Aber waren es wirklich Mörder? Ein Hornsignal erklang, und er konnte beobachten, wie sich eine Gruppe Bewaffneter auf den Weg zum Dorf machte.

Es dauerte nicht lange, bis sich das Heer vor den Ruinen der Burg versammelt hatte. Ein wenig abseits und umgeben von Berengars Rittern aus Armorika standen die Bauern und Fischer. Von einer der Zinnen der Burgmauer hing ein Seil herab, dessen Ende zu einer Schlinge geknüpft war. Der alte Jean stand auf einem Faß. Er war völlig ruhig. Zuversichtlich blickte er zum Moor, so als erwarte er, daß die Göttin selbst erscheinen werde, um ihn zu retten.

»Ich beschuldige Jean, den Fischer, der Ketzerei und der Götzenverehrung. Er hat den Namen des Königs und meine Ritterschaft beleidigt und weigerte sich, im Namen des Herren um Vergebung zu verbitten. Seine Reden beweisen, daß er ein Freund der Aufrührer in den Sümpfen ist. Da er keine Reue zeigt und sich weigert, den alten Göttern abzuschwören, verurteile ich ihn kraft der mir durch den König verliehenen Gerichtsgewalt in den Sumpflanden zum Tode durch den Strang. Wenn du noch etwas zu sagen hast, Jean, so sprich jetzt. Ich biete dir noch ein letztes Mal an, den alten Göttern abzuschwören. Bist du gefügig, so schenke ich dir dein Leben.«

Jean blickte zu den Dörflern und sprach so laut und deutlich, als sei er ein Mann in den besten Jahren und kein zahnloser Greis. »Ich habe keine Kinder und keine Enkel. Der Tod hat keine Schrecken für mich. Meine einzige Enkeltochter ist der Morrigan gefolgt. Sie ist die Herrin der Sümpfe. Vergeßt das nie, meine Freunde! Sie bestimmt über unser aller Wohlergehen, denn sie ist ewig, so wie die Sümpfe. Den Namen Jehan de Thenac wird bald schon niemand mehr kennen, denn er und die Seinen sind dem Untergang geweiht. Sie haben den Zorn der Göttin herausgefordert, und noch bevor der Sommer vorüber ist, werden die Raben der Morrigan ihnen ihr fauliges Fleisch von den Knochen picken.«

»Fahr zur Hölle, Ketzer!« Der Bischof schwang sich aus dem Sattel und trat das Faß zur Seite, auf dem der Alte stand. Mit einem Ruck straffte sich das Seil.

Golo, der nur wenige Schritt entfernt stand, konnte das trockene Knacken hören, mit dem das Genick des Fischers brach. Mit weit aufgerissenen Augen starrte der Tote über ihre Köpfe hinweg zum Sumpf. Das Seil pendelte leicht hin und her. Es war völlig still, als plötzlich in der Ruine des Bergfrieds ein schrilles Krächzen erklang. Ein großer Rabe flog auf und kreiste über ihren Köpfen.

»Tötet das Mistvieh!« brüllte der Bischof ärgerlich, doch keiner seiner Söldner hob seine Waffe. Golo schlug hastig ein Kreuzzeichen, und aus den Augenwinkeln konnte er sehen, wie es viele der Ritter und Söldner ihm gleichtaten.

Jehan war zu einem seiner Männer getreten und riß ihm den Bogen aus den Händen. Wütend zog er die Sehne der Waffe bis weit hinter sein Ohr zurück und schickte dem Raben einen Pfeil hinterher. Doch das Geschoß verfehlte sein Ziel. Noch einmal zog der schwarze Vogel einen Kreis über dem Heer und krächzte schrill, so als wolle er sie herausfordern. Dann flog er nach Westen, dorthin, wo der Wald mit dem Trophäenbaum lag.

Volker lehnte an der Brüstung der innersten Umwallung und blickte auf die Stadt hinab, die sich inmitten des Nebels verbarg. Zunächst hatte er geglaubt, er sei tatsächlich in eine andere Welt gelangt, jenes Reich der Feen, von dem die

Troubadoure berichteten, so fremd und andersartig erschien ihm hier alles. Doch nachdem er jetzt schon zwei Wochen unter dem Nachtvolk gelebt hatte, wußte er, daß auch sie nur ganz gewöhnliche Sterbliche waren. Jedenfalls die meisten von ihnen …

Die Stadt lag auf einem langgezogenen Hügel und war durch vier Mauerringe untergliedert. Die erste Schutzmauer, vor der ein tiefer, mit zugespitzten Pfählen gespickter Graben verlief, wand sich auf halber Höhe um den Hügel und beschirmte das Viertel der Bauern und Fischer. Ihre Häuser aus Holz und Lehm standen auf Terrassen, die künstlich angelegt worden waren. Die Dächer der einfachen Behausungen waren mit dem gelben Schilf der Sümpfe gedeckt. In den meisten dieser Häuser gab es nicht einmal eine gemauerte Feuerstelle. Der Boden bestand aus festgestampfter Erde. Die runden Häuser hatten nur einen einzigen Raum, in dessen Mitte oft eine Feuergrube lag, deren Rauch durch eine Öffnung im Dach abzog.

Die zweite Wallanlage umgab das abgeflachte Plateau, das die Hügelkrone bildete. Hier hatten die Handwerker ihre Häuser. Sie waren solider gebaut, aus Holz und Stein. Manche hatten sogar ein zweites Geschoß. Die Dächer waren aus Holzschindeln oder aus Sumpfgras.

Am hinteren Ende des Plateaus gab es eine Erhebung, auf der eine Art Burg lag. Einige auserwählte Krieger sowie die Priesterinnen und Priester lebten dort. Die Häuser in der Festung sahen sehr fremdartig aus. Es waren große, steinerne Kegel. Manche der Priesterinnen lebten auch in Höhlen, die in die Erde gegraben waren.

Auf dem höchsten Punkt des Hügels, noch einmal von einer eigenen Mauer umgeben, lag schließlich das Heiligtum der Morrigan. Die Bewohner von Galis benutzten den Namen anders als die abergläubischen Bauern am Rand der

Sümpfe. Für das Nachtvolk war Morrigan die Bezeichnung der Hohepriesterin, die den drei Göttinnen Macha, Babd und Neman diente. Eine solche Priesterin hatte er bislang aber noch nicht zu sehen bekommen. Überhaupt war der Tempelbezirk sehr eigenartig gestaltet. Es gab dort mehrere steinerne Tore, die völlig vereinzelt standen, ohne daß sie von Mauern umgeben waren. In die Pfeiler, welche die Abschlußsteine stützten, waren Nischen geschlagen, in denen Schädel lagen. Es waren die Köpfe der großen Helden des Nachtvolks und besonders ruhmreicher Gegner. Hinter den Toren lagen zwei Kreise aus aufrechtstehenden Steinen. Welche Bedeutung sie hatten, konnte Volker noch nicht erfahren. Einmal hatten sich dort nachts die Priesterinnen der Morrigan versammelt, doch ihm war es verboten gewesen, das Heiligtum zu betreten.

Vor drei Tagen war er in einer Vollmondnacht mit Neman vermählt worden. Es war eine heidnische Zeremonie, die für einen guten Christen natürlich nicht bindend war. Der Vollmond hatte hoch am Himmel gestanden, als die Priesterinnen ihn geholt hatten und hinauf zu dem Heiligtum brachten. Außer ihm war kein einziger Mann bei dieser Zeremonie zugegen gewesen. Anschließend hatte es in der tiefer gelegenen Burg ein großes Festessen gegeben, doch als Volker Neman in sein Gemach tragen wollte, hatte sie sich ihm verweigert. Sie hatte entschieden darauf bestanden, daß sie bestimmen würde, wann sie beide sich vereinten.

Volker hatte den Rest der Hochzeitsnacht damit verbracht, einen möglichst großen Teil der Vorräte an Met zu vernichten, und schließlich war er es, der in seine Kammer getragen werden mußte. Wo hatte man so etwas schon gehört! Daß die Braut das Recht hatte, sich in der Nacht ihrer Vermählung zu verweigern!

Etwas Gutes hatte dieses Fest jedoch, überlegte Volker. Seitdem war er von den Kriegern der Stadt akzeptiert. Er durfte sich frei bewegen und überall hingehen, außer in das Heiligtum oberhalb der Burg. Die Stadt des Nachtvolks lag in einem von hohen Deichen geschützten Gebiet inmitten der Sümpfe. Die heißen Quellen rings herum verbargen die Siedlung hinter Nebelwänden. Nördlich der Stadt erhob sich ein dichter, uralter Wald, der nach ein paar Meilen auch wieder in Sumpf überging. Dort sollte es angeblich noch eine zweite, kleinere Insel geben.

Seit zwei Tagen schon beobachtete Volker verstohlen die Priesterinnen. Bisher hatte er noch keine Gelegenheit gefunden, allein mit Gunbrid zu sprechen. Er fragte sich, womit man der Baronin gedroht haben mochte, damit sie sich dem Kult der Götzendienerinnen anschloß. Aber was immer es auch gewesen sein mochte, er würde sie hier herausholen. Vor einer Stunde war sie durch das nördliche Tor gegangen, um im Wald Kräuter zu sammeln. Man hatte ihr keine Bewachung mitgegeben, so als vertrauten die anderen Priesterinnen ihr, daß sie zurückkommen würde. Volker hatte sich auch nach Sklaven umgesehen, doch schien es, als seien die Bewohner, die man aus Marans entführt hatte, nicht als Sklaven, sondern als Diener und Knechte unter dem Nachtvolk aufgenommen worden. Sie wurden gut behandelt und erhielten reichlich zu essen.

Der Spielmann hatte mit einem der entführten Männer reden können. Das Gespräch hatte ergeben, daß die Entführten es als Ehre betrachteten, den Feen zu dienen. Auch hatte der junge Mann deutlich durchblicken lassen, daß es ihm hier besser ging als in der Leibeigenschaft eines normannischen Adligen. Sie dazu zu bewegen, sich gegen ihre neuen Herren aufzulehnen, war vollkommen aussichtslos.

Volker verließ seinen Platz auf der Mauer und ging zum Tor der Festung hinab. Es war jetzt genug Zeit verstrichen, seit Gunbrid in den Wald gegangen war. Niemand würde argwöhnen, daß er unterwegs war, um sie zu suchen, wenn er jetzt die Stadt verließ. Sollten die dummen Sumpfbauern hier glücklich werden! Bei Gunbrid standen die Dinge anders. Sie war eine Adlige, die Nichte des Königs Gunther. Sie würde bei Hofe allen nur erdenklichen Luxus genießen können. Gunbrid hier herauszuholen wäre eine edle und ritterliche Tat. Sicherlich hatte sie schon jede Hoffnung auf Rettung fahren lassen.

Der Spielmann war schon eine ganze Weile durch den Wald gestreift, als er schließlich das helle Kleid der Priesterin durch die Bäume schimmern sah. Gunbrid saß inmitten einer Lichtung auf einem Felsblock. Vor ihr lagen Kräuter ausgebreitet, die sie mit bunten Wollfäden zu kleinen Büscheln zusammenschnürte.

Der Spielmann hatte die Lichtung kaum betreten, als Gunbrid von ihrer Arbeit aufsah und ihn anlächelte. »Ich habe mich schon gefragt, wie lange es noch dauern würde, bis Ihr kommt, Volker von Alzey.«

»Ihr wußtet, daß ich komme?« Der Recke blieb verdutzt stehen. Dann lachte er. »Ihr habt mich vortrefflich getäuscht, Frau Gunbrid.«

»Es gehört schon mehr dazu, als sich mit blauen Linien zu bemalen und sich das Haar zu zerzausen, um die Schönheit jenes Mannes zu verbergen, in den wohl die Hälfte aller jungen Mädchen am Hof meines Onkels verliebt war. Ich habe Euch schon bei der Zeremonie der heiligen Hochzeit erkannt, Herr Volker, obwohl ich gestehen muß, daß ich zunächst meinen Augen nicht trauen mochte. Erst als Ihr ein Lied zum Klang der Laute gesungen habt, war ich mir ganz sicher, daß wirklich Ihr es wart.«

»Eure Worte schmeicheln mir, edle Dame, bin ich doch nur ein einfacher Rittersmann, wohingegen Ihr von königlichem Geblüt seid.«

Das Lächeln auf Gunbrids Antlitz erstarb. »Es ist nicht das Blut, das einen Menschen ausmacht. Allein seine Taten sind das Maß, nach dem man urteilen soll. Freilich sollte man dort auch noch nach dem Hörensagen und dem selbst Erlebten unterscheiden. Würde ich mich nach dem Ruf richten, den Ihr genießt, Herr Volker, dann wäre es meiner Reputation wohl kaum zuträglich, mich mit Euch allein auf einer einsamen Waldlichtung zu treffen.«

Der Spielmann räusperte sich verlegen. »Nun, wie Ihr schon sagt, die Leute reden viel ... Doch werde ich allen Gerüchten energisch entgegentreten, die besagen mögen, daß ich mich Euch auf unserer Reise zurück nach Worms in unziemlicher Weise genähert haben könnte. Es ist mir nichts mehr als Euer Wohlergehen am Herze gelegen und ...«

»Wenn Ihr die Wahrheit sprecht, Herr Volker, dann vergeßt Eure Reisepläne.«

»Was?« Der Ritter war inzwischen an Gunbrids Seite getreten und starrte die Edeldame verständnislos an. »Wie meint Ihr das?«

»Ich möchte diesen Ort nicht verlassen. Sicher hat man mich gegen meinen Willen hierher gebracht. In jener Nacht, als mein Gatte, Baron Rollo, getötet wurde, verfluchte ich die Feen und hätte sie alle getötet, hätte Gott mir die Macht dazu verliehen. Mit der Zeit jedoch lernte ich verstehen. Ihr müßt wissen, Herr Volker, daß Rollo ein grausamer Mann war und nicht Liebe uns zusammenführte, sondern der Wille meines Onkels Gunther, der nach einem festeren Bund mit den Normannen Aquitaniens suchte. So wurde ich zum Pfand seiner Politik. Auch Rollo hat mich nicht wirklich begehrt. Er nahm meinen Körper, und als er begann, meiner überdrüssig zu werden, gab er sich nicht einmal mehr die Mühe, seine Gespielinnen, die er als Mägde in unseren Haushalt aufnahm, vor mir zu verbergen. Er war rachsüchtig und grausam. Rollo machte große Pläne. Er wollte den Sumpf entwässern und die heiligen Haine des Nachtvolks zerstören. Die Morrigan ließ ihm eine Warnung zukommen, daß er sich auf einen gefährlichen Weg begeben habe. Doch Rollo lachte darüber. Drei Nächte später kamen sie. Ich weiß nicht, wie sie in die Burg gelangten. Geschrei weckte mich in der Nacht des Überfalls. Sie hatten es geschafft, das Tor zu öffnen. Aus dem Hof ertönte Schwerterklirren. Dann brach das Feuer aus. Sie schienen überall zu sein. Ein Mann kam und zerrte mich aus meinem Schlafgemach. Vor der Burg hatten sie das Gesinde zusammengetrieben. Es regnete, und trotzdem griffen die Flammen immer gieriger nach dem Gebälk des kleinen Palas und des Bergfrieds. Jemand gab mir einen Umhang. Wir wurden zum Ufer gebracht, wo etliche Boote lagen. Als wir schon eine Weile unterwegs waren, nötigte man mich, etwas aus einem alten Holzbecher zu trinken. Auch die Männer und Frauen des Gesindes mußten von diesem Trank kosten. Bald danach übermannte mich die Müdigkeit. Als ich wieder zu mir kam, war ich in dieser verwunschenen Stadt. Eine Frau fragte mich freundlich nach meinen Begabungen, und als ich erklärte, daß ich ein wenig in der Kräuterkunde bewandert sei, brachte man mich zu den Priesterinnen.«

Gunbrid griff nach einem der Kräuterbündel vor ihr und hielt es Volker hin. »Seht Ihr dies? Man nennt es Eisenkraut. Als Sud wirkt es gegen Fieber, und wenn man es im Rachen gurgelt, so reißt es den eitrigen Schorf von Wunden. Im Heiligtum wurde ich nach der heilenden Wirkung verschiedener Kräuter befragt, und man war offenbar sehr zufrieden mit meinen Antworten. Man bot mir an, mich unter die Priesterinnen aufzunehmen, wenn dies mein Wunsch sei. Damals war ich noch verbittert und voller Trauer. Man begegnete mir sehr freundlich und zurückhaltend. Die Priesterinnen der Morrigan ließen mir Zeit mit meinem Kummer. Auch zu den Männern und Frauen meines Gesindes war man sehr freundlich. Ein jeder wurde nach seinen Fähigkeiten gefragt und dann entsprechend seinen Begabungen eingesetzt. Nicht einen Tag lang gab man uns das Gefühl, Sklaven oder Gefangene zu sein. Ich glaube, die Krieger des Nachtvolkes haben uns nur deshalb mitgenommen, weil wir sie gesehen hatten. Wir sollten den Dorfbewohnern nicht erzählen können, daß die Feenritter der Sümpfe nur ganz normale Menschen sind. Einige von ihnen sind beim Kampf in der Burg sogar getötet worden. Wer immer ihnen mit einer Waffe in der Hand entgegentrat, den haben die Feenritter niedergemacht. Doch sie haben kein unschuldiges Blut vergossen.

Es vergingen einige Wochen, bis Zorn und Angst von mir abließen. Gewiß sind sie keine Christenmenschen, doch obwohl ich nun zu ihren Priesterinnen gehöre, gestatten sie mir weiterhin, zu meinem Gott zu beten. An manchen Abenden kommen sogar einige meiner alten Dienstmägde und zwei Stallburschen zu mir, um mit mir, so gut dies ohne Priester geht, die heilige Messe zu feiern. Dies, Herr Volker, sind die Gründe, warum ich die Stadt Galis und das kleine Reich des Nachtvolkes nicht mehr verlassen möchte. Ich habe hier meinen Seelenfrieden gefunden. Man hat mir eine Aufgabe gegeben und begegnet mir als Heilerin mit großer Achtung. Ich lerne von einigen der alten Priesterinnen, und auch sie nehmen Wissen von mir an.«

»Aber Ihr seid von edler Geburt! Wie könnt Ihr unter diesen Barbaren leben? Habt Ihr nicht Angst um die Reinheit Eurer Seele? Und was ist mit den Männern? Wer soll

Euch schützen, wenn es eine dieser Sumpfkreaturen nach Eurem Leib gelüstet?« Volker war außer sich. Insgeheim glaubte er, daß man Gunbrid ein Gift gegeben haben mußte, das ihren Verstand verwirrte. Vielleicht war sie auch in jener Nacht der Schrecken, als die Burg des Barons Rollo niedergebrannt wurde, wahnsinnig geworden?

Gunbrid neigte den Kopf und lächelte schelmisch. »Sagt, wenn ich mich irre, Herr Volker, aber ist es nicht so, daß Ihr durch die Zeremonie der heiligen Hochzeit mit Neman zu so etwas wie dem König dieser Barbaren geworden seid? Was also sollte ich befürchten?«

Der Spielmann machte eine ärgerliche Geste, als wolle er ihre Worte mit der Hand beiseite wischen. »Das war der einzige Weg für mich, hierher zu kommen. Sie halten mich für eine Gestalt aus alten Legenden. Doch das tut nichts zur Sache. Was ich will, ist, Euch zu retten und zu meinem Herren und König, Eurem Onkel, Gunther von Burgund, zurückzubringen!«

Gunbrids Gesicht verfinsterte sich. »Und warum wollt Ihr das tun? Ist es Ritterlichkeit? Oder steht hinter Eurem vermeintlichen Edelmut nicht allein die Absicht, in der Gunst meines Onkels zu steigen und den Geschichten um Euren Heldenmut eine weitere hinzuzufügen? Ich sage Euch noch einmal in aller Deutlichkeit, Herr Volker, ich wünsche nicht, diesen Ort zu verlassen. Der Hof von Worms wird mir nur Trauer und Schande einbringen. Egal wie freundlich man mich auch aufnimmt, hinter vorgehaltener Hand wird man mich stets die Frau nennen, die von den Feen geholt worden ist. Man wird mich meiden und mir Hexerei unterstellen, wenn ich mich weiterhin mit der Kräuterkunde beschäftige. Wißt Ihr nicht, wie die Menschen sind, Herr Volker? Was ich tun kann, ist, in meiner Kemenate zu sitzen und zu sticken oder kostbare Tücher zu weben. Eines Tages dann wird mein Onkel kommen und mir verkünden, er habe einen neuen Mann für mich gefunden. Einen zweiten Rollo vielleicht, einen Mann, der mich nicht liebt, sondern nur deshalb heiratet, weil er auf dieses Weise mit dem Königshof von Worms verbunden sein wird. Begreift Ihr nun, warum ich nicht mehr nach Worms zurückkehren kann? Ich werde niemandem verraten, daß Ihr beabsichtigt, die Hohepriesterin zu täuschen, um von hier zu fliehen, doch bitte ich Euch, macht mich nicht zum Opfer falsch verstandener Ritterlichkeit. Wenn Ihr mich von hier fortbringt, dann werdet Ihr mein Leben zerstören, und ich verspreche Euch, noch bevor wir den Hof von Worms erreichten, würde ich einen Weg finden, meinem Leben ein Ende zu bereiten, denn die Schande und die Heuchelei, die mich dort erwarten würden, vermag ich nicht zu ertragen.«

Volker starrte die Edeldame fassungslos an. Mit der einen oder anderen ihrer Befürchtungen würde sie womöglich recht behalten, doch als Nichte des Königs war es ihre Pflicht, nach Worms zurückzukehren. Aber jetzt wäre der falsche Zeitpunkt, ihr dies zu erläutern. Vielleicht hatten die Priesterinnen einen Zauber um sie gewoben, der Gunbrid Angst vor der Welt jenseits des Nebels machte. Es war gewiß das klügste, zunächst auf ihre Wünsche einzugehen.

So verbeugte sich Volker. »Eure Worte sind mir ein Befehl, Herrin. Niemals würde ich gegen Euren Willen handeln oder etwas tun, aus dem Euch Schaden erwachsen könnte.«

14. KAPITEL

Krachend fuhr die Axt tief ins helle Holz des riesigen Baums. Zwei Knechte hatten die Eiche so vorbereitet, daß nur noch wenige Axthiebe nötig waren, um den Baum stürzen zu lassen. Rauschend fing sich der Wind im Wipfel der Eiche. Der Baum begann sich zu neigen. Mit einem raschen Schritt zur Seite brachte sich der Bischof in Sicherheit.

Dann stürzte der Baumriese und tauchte in den Schlamm des Sumpfes. Triumphierend riß Jehan die Axt über den Kopf. »So wie hier werde ich den Aberglauben der Heiden überall ausrotten, wo ich ihn antreffe. Unser Freund, Golo von Zeilichtheim, hat mir erklärt, daß es üblich ist, die Königin des Nachtvolks zu fordern, indem man in das Horn bläst, das in dem Schrein vor der Eiche lag. Nun, was mich angeht, ich brenne darauf, diesen Götzendienern, die den

Baron von Marans ermordet haben, den Schädel einzuschlagen! Aber wie steht es mit euch? Habt ihr den Mut, mir zu folgen und den Dienern der Hölle ins Gesicht zu spucken, wenn sie aus den Sümpfen gekrochen kommen?«

Berengar von Broceliande, der Anführer der Ritter aus Armorika, trat vor die Front der Krieger und riß sein Schwert hoch. »Ich folge dir, Jehan. Selbst wenn du den Leibhaftigen persönlich an seinem Bart packen willst, werde ich an deiner Seite stehen und im Glauben an Gott mein Schwert führen, so wie es sich für einen christlichen Ritter geziemt. Wer mit mir ziehen will, der möge vortreten!«

Die Ritter aus Armorika waren die ersten, die der Aufforderung ihres Anführers folgten. Wie alle anderen beeilte sich auch Golo, nicht hinter der Gefolgschaft Berengars zurückzustehen. Mit blankem Schwert in den Händen stimmte er in das Jubelgeschrei ein, das sich allenthalben im Heerlager erhob.

Der Bischof breitete seine Arme aus. »Ich wußte, daß ich auf euren Mut vertrauen kann, meine Freunde. Doch die Schlacht, die es heute zu schlagen gilt, ist nicht wie die Kämpfe, die ihr kennt. Wir werden gegen Zauberer antreten und vielleicht sogar gegen Männer, die von Teufeln besessen sind. Nicht die Kraft unserer Schwerter wird dieses Gefecht entscheiden, sondern unser fester Glaube an Gott, denn keine höllische Macht ist stark genug und kein Zauber so niederträchtig, daß wahrer Glaube nicht zu triumphieren vermag. Die Frevler haben ihr Versteck irgendwo hier in den Sümpfen, keine zwanzig Meilen von der Via Turonensis, der großen Pilgerstraße, entfernt, die zum Grab des heiligen Jacobus von Compostella führt. So wollen wir unseren Feldzug unter den Schutz dieses Weggefährten Christi, des Apostels Jacobus, stellen und ihm zu Ehren ein gemeinsames Gebet anstimmen, das unseren Glauben stärken wird.«

Der Bischof kniete nieder und berührte mit seiner Stirn die Parierstange seines Schwertes, als sei sie der Querbalken eines Kreuzes. Dann begann er mit lauter Stimme ein altes Jakobspilgerlied zu singen.

»Herru Sanctiagu, got Sanctiagu
e ultreya e sus eia
Deus aia nos . . .

Herr Santiago, guter Santiago –
vorwärts, wohlan und aufwärts,
helfe uns Gott . . .«

Die anderen Ritter folgten seinem Beispiel, und bald hatten sich alle Krieger und Knechte des Heerlagers auf die Knie niedergelassen und sangen voller Inbrunst das Pilgerlied. Zum ersten Mal seit Tagen glaubte auch Golo wieder, daß der Bischof das Nachtvolk besiegen würde. Während das Lied, gesungen von mehr als fünfhundert rauhen Männerkehlen, zum Himmel stieg, vermeinte der frühere Knecht zu spüren, wie ihm seine Seele leichter wurde. Nie zuvor in seinem Leben hatte er sich Gott so nahe gefühlt.

Er hatte Bischof Jehan lange für einen machtbesessenen Mann gehalten, doch nun erkannte er das wahre Wesen des Adeligen. Jehan war von Gott auserwählt und hatte die Last einer gewaltigen Aufgabe zu tragen. Es war dem Bischof bestimmt, Aquitanien von den Heiden zu befreien, und vielleicht würde der Kirchenfürst danach die Ritter der Christenheit vereinen. Golo seufzte voller Verzückung. Auch sein eigenes Schicksal war fest mit dem Weg des Bischofs verwoben. Er, ein Unfreier, war zum Ritter aufgestiegen und durfte als einziger Burgunde an diesem großen Werk Anteil haben.

Golos Blick schweifte zu dem Scheiterhaufen, der inmitten der Lichtung vor dem gefällten Trophäenbaum brannte. Dort schwelten die Pfähle, auf denen die Köpfe all der Opfer des Nachtvolkes gesteckt hatten. Die Schädel waren in einem Gemeinschaftsgrab beigesetzt worden, und der Bischof hatte einige Handwerker, die dem Troß angehörten, damit beauftragt, dort ein großes Steinkreuz zu errichten.

Inzwischen war das Pilgerlied verklungen. Jehan de Thenac hatte sich erhoben und nahm einem der Männer, die in seiner Nähe standen, einen Wurfspieß ab. Dann hob er die Waffe hoch über den Kopf. »Hundert Jahre und länger haben die Heiden diese schöne Lichtung für ihre gottlosen Rituale genutzt. Diese Zeit ist nun für immer vorbei!« Er rammte den Speer mit aller Kraft vor sich in den Boden. »Dies soll der letzte Spieß sein, auf den hier ein Haupt gesteckt wird. Er ist dem Kopf der Zauberin vorbehalten, welche die Heiden Morrigan nennen. Und noch bevor der Sommer vorüber ist, werde ich diesen Eichenschaft mit ihrem Haupte krönen. Nun reicht mir das Horn, das wir in dem Schrein gefunden haben.«

Jehan winkte einem seiner Waffenknechte, und der Mann brachte das mit goldenen Bändern geschmückte Signalhorn. Ohne zu zögern, setzte er das Instrument an die Lippen. Golo hatte ihn vor der unseligen Wirkung dieses Horns gewarnt, und so waren alle Pferde aus dem Troß von der Lichtung fortgeführt worden.

Obwohl der ehemalige Knecht den gräßlichen Mißton schon kannte, ließ ihn auch diesmal der Ruf des Signalhorns erschauern. Gespannt wartete er, ob auch diesmal ein Unwetter vom Meer aufziehen würde. Doch der Himmel blieb klar. Nur weit im Moor konnte man eine blasse Nebelwand erkennen. Wohl jeder auf der Lichtung blickte gespannt nach Westen, und manche der Ritter hatten ein Gebet auf den Lippen. Wie lange würde es wohl dauern, bis die Heerscharen der Morrigan in ihren Booten das Ufer erreichten? Mit dem Hornstoß war die dunkle Göttin herausgefordert. Von nun an würde es kein Zurück mehr geben.

Vielleicht war der Bischof zu leichtfertig gewesen. Nur ein Drittel seines Heeres war bereits versammelt. Die anderen Männer würden auf den flachen Schiffen der Nordmänner durch die Marschen kommen. Doch bislang hatten sie von ihnen noch keine Nachricht erhalten.

Ein leichter Ostwind trieb den Dampf, der aus den heißen Quellen aufstieg, über die große Insel und hüllte Galis in dichten Nebel. Seit Tagen hatte Volker Neman nicht mehr gesehen. Nur die kriegerische Macha hatte das Heiligtum über der Burg verlassen, um mit ihm und den Anführern unter den Kriegern der Stadt zu sprechen. Am Morgen war ein Späher mit beunruhigenden Nachrichten aus den Sümpfen gekommen. Angeblich marschierte ein großes Heer über die Knüppeldämme, und es schien, als sei das Ziel dieser Ritter die verborgene Stadt.

Volker blickte zu dem Heiligtum. Es lag auf dem nördlichsten Ausläufer des Hügels. Der Kamm hatte dort einen leichten Höcker, und auf dessen Spitze lag der ummauerte Kultplatz. Wenn man nicht den schmalen Weg nahm, der dort hinaufführte, mußte man ein paar Schritt die Böschung erklimmen und dann die Mauer aus groben, unbehauenen Steinen hinaufklettern. Ein letztes Mal musterte der Spielmann den Platz inmitten der Festungsanlage, doch im Nebel war niemand zu sehen. Dann schlich er zur Böschung. Er hatte nun lange genug auf Neman gewartet. Er würde herausfinden, wo die Priesterin steckte. Vielleicht hatte Macha sie beseitigt, um an Einfluß zu gewinnen. Die Rabenpriesterin brannte gewiß darauf, gegen die Ritter dort draußen auf dem Knüppeldämmen in die Schlacht zu ziehen.

An der Böschung sah er sich erneut um. Für einen Moment glaubte er, ein verdächtiges Geräusch im Nebel gehört zu haben. Ganz so wie eine Ledersohle, die über einen vorstehenden Stein des Pflasters geschrammt war. Doch jetzt war alles still. Vielleicht war es nur ein Mann, der den Platz überquert hatte, um einen der Wachtposten am Tor abzulösen. Volker wartete noch einen Augenblick, dann begann er die steile, grasbewachsene Böschung hinaufzuklettern. Durch den Nebel war das Gras naß und rutschig geworden. Es schien dem Spielmann eine Ewigkeit zu dauern, bis er endlich den Fuß der Mauer erreichte. Oben aus dem Heiligtum erklangen Trommelschlag und Flötenspiel. Irgend etwas ging dort vor sich. Doch das war nur gut so! Die Priesterinnen waren jetzt abgelenkt, und er hatte es leichter einzudringen. Wachen brauchte er nicht zu befürchten. Dort oben wurden während der Zeremonien, welche die Morrigan abhielt, keine Männer geduldet.

Die Mauer zu erklettern war kaum schwerer, als die Böschung hinaufzukommen. Man hatte keinen Mörtel benutzt, sondern die Steine einfach nur aufeinandergeschichtet. Hier und dort ragten die Enden von Balken aus dem Mauerwerk und boten gute Griffe. Schließlich erreichte der Spielmann die Brüstung und versteckte sich auf dem Wehrgang. Sein Schwert hatte er in seinem Gemach zurückgelassen. Die Scheide wäre nur klappernd gegen das Mauerwerk geschlagen und hätte ihn verraten. Als einzige Waffe trug er einen schmalen Dolch bei sich.

Geduckt schlich er an der Brüstung entlang, bis er eine Rampe erreichte, die zum Innenhof hinabführte. Die Musik klang mittlerweile lauter und bedrohlicher. Wartend verharrte der Spielmann an der Rampe. Der Nebel war so dicht, daß man keine zehn Schritt weit sehen konnte. Die doppelt mannshohen Steine, die dort unten standen, erschienen nur noch als verschwommene, graue Schemen. Es schien sich etwas zwischen ihnen zu bewegen.

Volker wartete noch einen Augenblick, bis er meinte, daß niemand in seine Richtung kam. Dann ging er die Rampe hinunter und lief über den Hof bis hin zum Steinkreis. Mit klopfendem Herzen preßte er sich gegen den kalten Fels und spähte um die Ecke. Innerhalb des Steinkreises waren Feuerbecken aufgestellt worden, und der Duft schwelender Kräuter zog mit dem Nebel. Die flachen Metallbecken ruhten auf hüfthohen, dreibeinigen Ständern. Hinter jeder Feuerstelle war eine Priesterin plaziert, die in unregelmäßigen Abständen Räucherwerk auf die glühenden Kohlen warf. Die Frauen trugen lange, dunkle Gewänder und weite graue Umhänge, die sie fast mit Rauch und Nebel verschmelzen ließen.

Wenn er sehen wollte, was im inneren Steinkreis vor sich ging, würde er sich weiter nach vorne wagen müssen. Zögernd nagte der Ritter an seiner Unterlippe. Er war hierher gekommen, um Neman zu sehen. Angeblich würde sie während des Rituals tanzen. Wenn er jetzt wieder zurückging, hätte er genausogut unten in der Festung bleiben können! Der Nebel würde ihn schon schützen. Noch einmal spähte er um die Ecke des Felsblocks, und als er sicher war, daß keine der Priesterinnen in seine Richtung blickte, eilte er mit einigen schnellen Schritten zum inneren Steinkreis.

Von dort konnte er die Musikantinnen beobachten. Sie standen auf den Innenseiten der Felsblöcke und spielten für eine Frau, die in wirbelnden Kreisen über den Platz in der Mitte des Heiligtums tanzte. Es war Neman! Sie trug ein weißes Gewand und drehte sich so schnell, daß ihr weit geschnittener Rock wie ein Wagenrad von ihren Hüften abstand. Das rotblonde Haar leuchtete wie eine Flamme um ihr blasses Gesicht. Sie schien in Trance zu sein. Ihre Augen blickten starr ins Leere. Schweiß rann ihr über die Stirn. Zweimal kam sie so dicht an Volkers Versteck vorbei, daß er sie mit ausgestrecktem Arm hätte greifen können.

Plötzlich verstummten alle Instrumente, und Neman blieb wie versteinert stehen. Ganz leise erklang in der Ferne ein Horn. Die Ritter ... Sie mußten zum Trophäenbaum gezogen sein! Die Tänzerin stieß einen wimmernden Laut aus und ging in die Knie. Zwei Priesterinnen eilten zu ihr und legten einen weiten, schwarzen Umhang über ihre Schultern. Dann traten sie hastig zurück.

Neman schien von Krämpfen geschüttelt zu sein. Zunächst hörte man noch ein Schluchzen. Sie zog den Mantel enger um ihre Schultern. Mit einem wütenden Schrei erhob sie sich und breitete den Umhang aus, als sei er ein schwarzes Flügelpaar. »Sie haben mich gefordert! Ich werde ihre Köpfe holen, und meine Raben werden ihnen das faulige Fleisch von den Rippen picken!« Die Hohepriesterin blickte in Volkers Richtung, und der Spielmann trat erschrocken einen Schritt zurück. Neman hatte sich verändert. Ihr Gesicht wirkte noch blasser und hatte einen grausamen Zug angenommen. Ihre Augen funkelten und schienen tiefer in den Schädel gesunken zu sein. Auch wirkte ihr Gesicht jetzt länger ... Was war das für ein böser Zauber? Blut tropfte von ihren Lippen auf ihr weißes Gewand. Macha sah der Tänzerin Neman zwar noch ähnlich, und doch stand dort ein anderer Mensch in dem Steinkreis. Selbst ihre Stimme war dunkler geworden.

»Ruft die Krieger zusammen und bringt mir meine Waffen! Wir wollen den Tod in das Heerlager der Eindringlinge tragen.«

Volker duckte sich und schlich zum äußeren Steinkreis zurück. Er mußte von hier verschwinden! Die Priesterinnen würden nach ihm suchen. Auch er gehörte jetzt zum Rat, und vielleicht würde seine Stimme in der Versammlung der Krieger sogar den Ausschlag geben. Wenn die Kunde der Boten tatsächlich stimmte und ein ganzes Heer am Rand der Sümpfe aufmarschiert war, dann wäre es Wahnsinn, die Festung zu verlassen und anzugreifen. Gegen Hunderte ausgebildeter und bestens bewaffneter Ritter könnten die wilden Krieger aus den Sümpfen niemals bestehen. Sie würden von den Normannen niedergemäht wie der Sommerroggen vom Schnitter.

Hastig eilte er die Rampe hinauf. Hinter ihm hallten Schritte durch den Nebel. Ohne sich umzublicken, lief er zur Brüstung der Mauer und kletterte über sie hinweg. Seine Füße tasteten über die Wand und suchten nach einem Halt. Endlich fühlte er eine Fuge zwischen den Bruchsteinen, die breit genug war, um seinen Fuß halb hineinzuschieben. Er ließ die Brüstung los und tastete nach einem neuen Griff an der Wand. Den linken Fuß setzte er auf einen der Holzbalken, die aus der Mauer ragten. So arbeitete er sich langsam tiefer. Der Abstieg kam ihm wie eine Ewigkeit vor, und er hoffte inständig, daß sich niemand über die Brüstung beugen würde, um an der Mauer hinabzublicken.

Der Wind hatte gedreht und kam jetzt vom Meer. Schon wurden die Nebelschwaden, zwischen denen die Stadt des Nachtvolks verborgen lag, lichter. Er mußte schneller vorankommen. Nicht mehr lange, und man könnte ihn vom Hof der Burg aus sehen. Die grasbewachsene Hügelflanke lag nur noch zwei Schritt tiefer. Entschlossen stieß er sich von der

Wand ab, landete federnd auf dem Rasen und rollte sich überschlagend die Böschung hinab, bis die steinerne Rückwand eines Lagerhauses seinen Sturz bremste. Benommen versuchte er, wieder auf die Beine zu kommen, als neben ihm eine Stimme erklang.

»Wißt Ihr nun, was Euch keine Ruhe ließ?«

Volker kniff die Augen zusammen, um die grellen Lichtpunkte zu vertreiben, die vor ihm durch die Luft zu tanzen schienen. Neben ihm stand ein Mann mit schulterlangem, weißen Haar und einem kurz geschorenen Vollbart. Er trug ein weißes Gewand und einen roten Umhang, der an der Schulter von einer goldenen Schlangenfibel zusammengehalten wurde. Der Spielmann hatte ihn schon mehrmals in der Burg gesehen. Er gehörte zu einer kleinen Gruppe von Priestern, die den Dienerinnen der Macha untergeordnet zu sein schienen.

Fieberhaft überlegte Volker, wie er dem Alten erklären konnte, was er an der Mauer gemacht hatte, ohne dabei preiszugeben, daß er heimlich in das Heiligtum eingedrungen war.

»Ich ... ich war an der Mauer und hörte von oben seltsame Geräusche. Wie das Schnauben eines Tieres. Ich dachte, die Priesterinnen seien vielleicht ...«

Der Priester schnitt ihm mit einer ärgerlichen Geste das Wort ab. »Ich glaube nicht, daß du der Sänger bist, von dem unsere Legenden kunden, und die Art, wie du sprichst, deutet darauf hin, daß du aus einem der Königreiche aus dem Osten kommst. Glaube nicht, daß ich nicht wüßte, was in der Welt geschieht. Ich habe mit den neuen Dienern gesprochen, und manchmal verlasse ich auch die Sümpfe ... Ich weiß, mit welchem Feuereifer die Diener des neuen Gottes die alten Heiligtümer zerstören. Oft haben sie sogar die Frechheit, ihre Kirchen auf den Ruinen der alten Tempel zu errichten, obwohl sie gar nicht mehr wissen, warum diese Orte ausgesucht worden sind und welche Kräfte der Kundige dort zu wecken vermag. Doch lassen wir das ... Ich möchte von dir wissen, was du gesehen hast!«

Der Spielmann hatte den Eindruck, daß der Alte genau wußte, was sich oben im Heiligtum ereignet hatte. Wahrscheinlich wollte der Priester ihn auf die Probe stellen, um zu sehen, ob er ihn belügen würde. Oder täuschte er sich in dem Kerl? Volker musterte den Alten, doch nichts deutete darauf hin, was der Priester dachte. Ruhig erwiderte er den Blick des Spielmanns. Nun gut, er würde ihm erzählen, was er gesehen hatte!

Als Volker seine Geschichte beendet hatte, schüttelte der Alte den Kopf. »Es war kein Zauber, den du beobachtet hast. Es ist das wahre Wesen der Morrigan. Sie benötigt keine Magie, um zu Macha zu werden. Sie trägt die Rabengöttin in sich.«

Der Spielmann seufzte. Der Alte hatte seine Sinne nicht recht beisammen. Vielleicht hätte er ihn doch belügen sollen. »Ich rede nicht von der Morrigan. Neman hat getanzt. Sie ist durch böse Magie verzaubert worden. Ich glaube, es war der Mantel Machas, der sie behext hat. Sie verwandelte sich erst, als ihr der Mantel mit den Rabenfedern gebracht wurde.«

Der Priester lächelte dünn. »Ich weiß. Du mußt es mir nicht noch einmal erzählen. Neman ist die Morrigan. Morrigan ist nicht nur ein Name. Es ist der Titel, den die Hohepriesterin führt. So wie die Christen dort draußen ihren obersten Priester Papst nennen. Die Morrigan vereint die drei Göttinnen in sich. Sie ist Macha, Babd und Neman. Man kann auch anders herum sagen, die drei Göttinnen seien in Wirklichkeit eins, die Morrigan.«

Volker starrte den Alten an. Seine Worte waren ihm ein

Rätsel. »Woher weißt du das? Ist es dir nicht genauso wie allen anderen Männern verboten, den Ritualen der Priesterinnen beizuwohnen? Und wie kann eine Frau in drei zerfallen? Ich möchte dich nicht beleidigen, alter Mann, doch ich kann in deinen Worten keinen Sinn entdecken. Macha will den Kriegsrat zusammenrufen. Ich muß jetzt gehen.«

Der Spielmann wollte gehen, doch der Alte griff nach seinem Arm. Für einen Mann mit weißem Haar hatte er noch erstaunlich viel Kraft. »Bleib! Niemand geht, bevor Ambiorix seine Rede beendet hat. Ich bin der Barde von Tirfo Thuinn. Ich kenne die Geschichte meines Volkes vom Anbeginn der Zeiten bis zum heutigen Tag, und es ist meine Aufgabe, sie lebendig zu erhalten. Fast alle Geheimnisse dieses Landes sind in meiner Erinnerung lebendig. Zwanzig Sommer hat mein Lehrer mich unterrichtet, bis ich jede dieser Geschichten auswendig dahersagen konnte, ohne auch nur ein Wort der Überlieferung zu vergessen oder zu verändern. Du gehörst nicht zu uns, deshalb kann ich dir dein schlechtes Benehmen dieses Mal noch nachsehen. Doch merke dir, wenn der Barde spricht, schweigt selbst die Morrigan. Sogar wenn sie anderer Meinung ist, wartet sie, bis er seine Rede beendet hat, um ihm dann zu widersprechen.«

»Dann sag, was du mir zu sagen hast!« Volker hatte Mühe, seinen Zorn zu unterdrücken. Es gab nun Wichtigeres zu tun, als diesem verrückten Kerl zuzuhören! Wenn er nicht an der Versammlung des Kriegsrates teilnahm, würde Macha bestimmen, was geschehen würde, und er konnte sich nicht vorstellen, daß die Rabengöttin wußte, wie man einem Ritterheer zu begegnen hatte.

»Ich sehe dir an, daß du mir nicht glaubst, daß die Morrigan die drei Göttinnen in sich vereint. Dabei trägst auch du zwei einander widerstrebende Seelen in deiner Brust. Du bist ebensosehr ein Sänger wie ein Krieger.«

»Ich sehe nicht, was du mir damit sagen willst«, entgegnete Volker gereizt. »Es ist kein Widerspruch in dem, was ich bin. Beides ist ein Teil von mir, so wie eine Münze zwei verschiedene Seiten hat und trotzdem eins ist. Außerdem verändere ich nicht mein Gesicht, wenn man mir einen schwarzen Mantel über meine Schultern legt.«

»Du magst mir erzählen, daß du eins mit dir bist, Sänger, doch im Grunde weißt auch du, daß dies nicht stimmt. Bist du nie im Zweifel mit dir? Fragst du dich niemals, welches der bessere Weg ist? Wenn du das Haus eines Adligen besuchst, weißt du, daß man dort sowohl den Barden als auch den Krieger empfangen wird. Doch man wird sie unterschiedlich behandeln. Liebt der Herr des Hauses Lieder und Geschichten, so wird der Barde der König des Abends sein, wohingegen man den Krieger nur höflich aufnimmt, weil es die Gesetze der Gastfreundschaft verlangen. Doch was ist, wenn der fremde Herr Musik nicht zu schätzen weiß? Dann wird der Barde am Herdfeuer beim Gesinde sitzen, wohingegen man einem Krieger vielleicht Respekt gezollt hätte und den Ehrenplatz an der rechten Seite des Hausherren eingeräumt hätte. Du mußt dich also entscheiden, wer du sein willst, wenn du in ein fremdes Haus kommst. Als Krieger wirst du dich vollkommen anders benehmen, ja, du wirst sogar anders sprechen als ein Barde. Auf gewisse Weise haftet dir jedoch ein Makel an. So sehr du dich auch in die Rolle des Barden begibst, wirst du doch immer wissen, daß du auch als Krieger hättest kommen können. Umgekehrt ist es natürlich genauso. Die Morrigan ist anders. Sie ist das Gefäß der drei Göttinnen. Wenn Macha in sie einfährt, dann ist sie nur noch Macha. Sie hat dann die Erinnerung an alles andere verloren, und deshalb verändern sich sogar ihre Gesichtszüge und ihr Stimme. Das gleiche gilt für Babd und Neman. Nur in den Augenblicken, in denen sich die Morrigan keiner der drei Göttinnen hingegeben hat, ist sie unvollkommen, denn dann kennt auch sie den Zweifel. Dann vermag sie sich zu erinnern, wer Gwen war...«

Volker seufzte. Wenn der Alte tatsächlich ein Barde war, dann hatte er einen verdammt üblen Lehrmeister gehabt. Seine Art, Geschichten zu erzählen, war ebenso verwirrend wie langatmig. »Wer zum Henker ist Gwen?«

»Meine Tochter. Die alte Morrigan hat sie unter den Mädchen der Stadt auserwählt, um ihre Nachfolgerin zu werden. Lange Jahre ist sie von den Priesterinnen auf dieses Amt vorbereitet worden. Sie mußte lernen, sich selbst zu vergessen, um zum Gefäß für die Göttinnen werden zu können. Man hat ihr schwere Prüfungen auferlegt und ihr Zaubertränke gegeben, die sie verändert haben. Das alles diente dazu, die Gwen, die sie einst war, in ihr zu töten. Als Kind habe ich sie einmal auf eine meiner Reisen, die mich auf die andere Seite des Nebels geführt hat, mitgenommen. Wir waren in Niort, und dort haben wir in einer Schenke einen Märchenerzähler getroffen. Die ganze Nacht lang hat die kleine Gwen ihm zugehört. Sie konnte gar nicht genug bekommen von seinen Geschichten über Prinzessinnen, ferne Königreiche, Drachen und Prinzen. Ich habe den Märchenerzähler reichlich entlohnt, als er am nächsten Morgen weitergezogen ist. Nie zuvor und nie wieder danach habe ich meine Tochter so glücklich gesehen ...«

Der alte Mann kämpfte mit den Tränen. Seine Lippen bebten, und es schien eine Ewigkeit zu vergehen, bis er sich wieder gefaßt hatte. »Meine Gwen ist jetzt schon viele Jahre tot ...«

»Aber sie ist doch die Morrigan. Wenn die Göttinnen nicht in ihr sind, dann muß sie sich doch an dich erinnern und an ihre Kindheit.«

»Nein, Sänger.« Der Priester schniefte leise und preßte

die Lippen zusammen. »Damit sie vollkommen sein konnte, hat ihr die alte Hohepriesterin alles genommen. Gwen ist tot ... Es ist eine große Ehre, wenn ein Mädchen auserwählt wird, zur Morrigan zu werden. Verstehe mich nicht falsch ... Es war schon immer so, daß es eine Hohepriesterin gegeben hat. Aber die alte Morrigan hat ihr Werk an meiner Tochter besonders gründlich verrichtet. Gwen ist nur noch das Gefäß. Wenn keine der Göttinnen in ihr ist, sitzt sie nur reglos in ihrer Kammer und starrt vor sich hin. Wenn ich zu ihr spreche, scheint sie mich nicht zu hören. Die Priesterinnen müssen sie füttern, so als sei sie ein kleines Kind. Sie kann nicht einmal mehr einen Löffel zum Mund führen, meine Gwen ...«

Volker schaute betroffen zu Boden. Der Alte tat ihm leid, und doch war jetzt keine Zeit, sich seine Geschichte anzuhören. Der Kriegsrat hatte sich gewiß bereits im Langhaus der Burg versammelt, und sie würden einen Angriffsplan beschließen, ohne ihn gehört zu haben!

»Neman ist die einzige, die meiner Gwen wenigstens ein wenig ähnelt. Sie hat mir von dir erzählt. Sie liebt deine Geschichten, auch wenn ich glaube, daß du sie über deine Herkunft belogen hast.«

»Du weißt also, daß ich nicht der ...«

Der Priester lächelte. »Ich weiß, wie Neman dich zu dem Sänger gemacht hat, der sich aus den Gräbern der toten Helden erhebt. Es war ihr Entschluß, daß du es sein solltest. Sie ist eine Göttin. Sie wird wissen, was sie tut. Sie wollte dich hier haben, deshalb hat sie dich aus dem Grab geholt und die heilige Hochzeit mit dir gefeiert. Ich glaube, sie liebt dich. Nicht daß ich begreifen könnte, worauf sich diese Liebe begründet, doch was wissen Menschen schon von Göttern? Weil ich der Barde bin und wissen muß, was wirklich war, wenn ich die Geschichte unseres Volkes weitererzählen will, hat sie mir die Wahrheit gesagt. Macha mag dich nicht. Sie hält dich für einen Betrüger. Nimm dich vor ihr in acht! Vielleicht würde sie dich sogar töten. Babd bist du gleichgültig ...« Der Priester lächelte zynisch. »Doch achte darauf, daß Babd niemals eines deiner Gewänder wäscht. Wenn du sie dabei siehst, weißt du, daß der Tag gekommen ist, an dem du sterben wirst. Sei ständig auf der Hut! Wenn du mit einer der Göttinnen zusammen bist, darfst du dich keinen Atemzug lang sicher fühlen. Innerhalb eines Lidschlages könnte Neman den Leib der Morrigan verlassen, und vielleicht tritt Macha an ihre Stelle. Das war es, was du dort oben im Heiligtum beobachtet hast.«

Der Spielmann konnte dem Alten nicht glauben. Welches Ziel mochte der Priester mit dieser Geschichte verfolgen? Ob er es wagen sollte, ihn offen darauf anzusprechen? Es blieb nicht mehr viel Zeit. Vielleicht war es klüger, auf Intrigen und Spiegelfechterei zu verzichten? »Was willst du von mir, Ambiorix? Warum erzählst du mir das alles?«

»Weil du meine Tochter in deinen Armen halten wirst, wenn Neman sich entschließt, sich dir hinzugeben. Ihr Leib ist das einzige, was von Gwen noch übriggeblieben ist ... Sei zärtlich zu ihr ...« Der Alte stockte. Für einen Moment lang schien er um seine Fassung zu ringen. Dann sprach er leise, aber sehr eindringlich weiter. »Du gehörst nicht hierher, Sänger. Ich habe dich beobachtet, wie du einer der Frauen, die sie aus der Burg des Normannen mitgebracht haben, in den Wald gefolgt bist. Ist sie der Grund dafür, daß du gekommen bist? Sie heißt Gunbrid, nicht wahr? Ist sie dein Weib?«

Volker schüttelte den Kopf. Ambiorix hatte ihn also tatsächlich durchschaut. »Gunbrid ist die Nichte meines Königs, Gunther von Burgund. Es ist wahr, ich wollte sie in ihre Heimat zurückbringen, aber sie hat beschlossen, bei den Priesterinnen zu bleiben.«

»Gehe zurück zu deinem König, Sänger! Hier ist kein Ort für dich. Glaube mir, Macha wird dich töten. Nutze die nächste Gelegenheit zur Flucht. Du kannst unsere Welt nicht verstehen. Ich sehe dir an, daß du meinen Worten kaum Glauben schenken magst, und doch sind sie wahr.«

Der Spielmann blickte Ambiorix lange in die Augen. Der Alte hielt ihm stand. Was für ein Spiel trieb der Priester? War er wirklich ein Freund? Oder versuchte Ambiorix, ihn zu einem Fehler zu verleiten? Als Volker gehen wollte, hielt der alte Mann ihn noch einmal zurück. »Wundere dich nicht über das, was im Kriegsrat gesprochen werden wird. Wir müssen die Fremden noch draußen im Sumpf angreifen. Wir haben keine andere Wahl!«

»Das ist Irrsinn! Warum sollten wir den Vorteil einer gut befestigten Stellung aufgeben? Wenn Macha diesen Befehl gibt, werden viele Männer aus der Stadt mit ihrem Leben dafür zahlen müssen.«

Der Alte schüttelte ärgerlich den Kopf. »Du begreifst wirklich gar nichts. Wenn sie bis vor unsere Mauern kommen, dann ist unser Geheimnis verloren. Selbst ein Sieg würde uns dann nichts mehr nutzen. Sie dürfen nicht erfahren, wo unsere Stadt liegt. Kommen sie hierher, und nur einem gelingt die Flucht, dann ist die Legende zerstört, daß kein Sterblicher das Reich des Nachtvolks betreten und wieder verlassen kann. Sie würden erkennen, was wir wirklich sind. Menschen, so wie sie. Sie würden wiederkehren, uns ihren Gott bringen und uns unterwerfen. Um unsere Freiheit zu behalten, müssen wir sie angreifen, bevor sie in den Nebel kommen. Ganz gleich, wie groß unsere Aussichten auf einen Erfolg sind!«

Volker musterte Ambiorix mißtrauisch. Er hatte gesagt, kein Sterblicher dürfe diese Stadt betreten und wieder verlassen. Dennoch hatte er ihm zuvor zur Flucht geraten. Es wäre wohl töricht zu glauben, daß er lebend den Rand der

Sümpfe erreichen konnte. Vermutlich würden ihm ein paar Bogenschützen folgen, sobald er die Stadt verließ. Doch vielleicht gab es noch einen anderen Weg. Der Spielmann lächelte höflich. »Ich danke dir für deinen Rat und werde ihn beherzigen.«

Der Alte erwiderte sein Lächeln, doch wirkte es maskenhaft und nicht aufrichtig. »Du bist ein Mann meiner Zunft, Sänger. Ich bin verpflichtet, dir zu helfen.«

15. KAPITEL

Auf dem Rückweg von Berengars Zelt blieb Golo an einem der großen Signalfeuer stehen, die am Ufer der Waldinseln entfacht worden waren. Sie sollten der Flotte, die vielleicht schon in dieser Nacht ankommen würde, den Weg durch die Sümpfe weisen. Mehr als dreißig Drachenschiffe sollten Nachschub an Lebensmitteln, Waffen und Truppen bringen. Golo starrte in das gewaltige Feuer, das mit dem Holz des uralten Trophäenbaums gespeist wurde. Wie kleine Sterne stoben Funken aus der Spitze der Flamme und stiegen zum Nachthimmel auf.

Den ganzen Tag über hatten sie darauf gewartet, daß die Feen aus dem Sumpf kamen. Doch sie schienen zu ahnen, daß der Bischof ihnen eine Falle stellen wollte. Kein Boot hatte sich auf dem Wasser gezeigt, und es war auch kein Sturm losgebrochen wie an jenem Morgen, an dem er mit Volker und Gwalchmai hierhergekommen war. Es schien, als würde die Macht des Bischofs über die Zauberkraft des Nachtvolks triumphieren. Dennoch hatte Jehan de Thenac doppelte Wachen für die Nacht eingeteilt. Ob er wohl mit einem Angriff rechnete? Die großen Feuer waren auch eine Provokation. Sie mußten auf viele Meilen im Sumpf zu sehen sein.

Die Flammen warfen breite Streifen aus rotgoldenem Licht auf das Wasser. Golo dachte an das Abendessen mit Berengar. Die Diener des Anführers der Ritter aus Armorika hatte gefüllte Wachteln und einen erlesenen Rotwein aufgetischt. Während des Mahls hatte er mit Berengar noch einmal über das Pfingstturnier gesprochen, und der Recke hatte ihn lachend für seine Kunst im Umgang mit der Lanze gelobt. Der ehemalige Knecht seufzte. Langsam begann ihm das Leben als Ritter zu gefallen. Der Bischof hatte ihm am Nachmittag ein Rittergut hier in den Sümpfen versprochen. Vielleicht würde er sogar Vogt über die eroberten Ländereien in den Sümpfen werden. Um seine Zukunft brauchte er sich keine Sorgen mehr zu machen! Jehan de Thenac würde ihn gewiß gut versorgen.

Golo blickte zum Wasser. Er glaubte, außerhalb des Lichtkreises eine Bewegung gesehen zu haben. Ob die Schiffe sie schon gefunden hatten? Er kniff die Augen zusammen und spähte angestrengt in die Finsternis. Einige dünne Baumstämme trieben im Wasser. Dahinter konnte er schwach ein paar Kugeln, so groß wie Kohlköpfe, erkennen. Aber ... Er fluchte. Das waren Schwimmer! Nur ein paar Schritt entfernt ertönte ein unterdrückter Schrei. Dicht neben dem Feuer war ein nackter Krieger aus dem Wasser gestiegen und hatte einem Wächter mit einem breiten Messer die Kehle durchgeschnitten. Golo machte einen Satz zurück und zog sein Schwert. Die Feen waren also doch noch gekommen!

Hinter ihm ertönten Alarmrufe. Feuerkugeln fielen wie Sternschnuppen aus dem Nachthimmel. Zwei Zelte gingen in Flammen auf. Jetzt konnte er auch am Waldrand nackte Krieger sehen. Sie kamen von allen Seiten! Nur ein paar Schritte entfernt trat Berengar vor sein Zelt. Er trug einen langen Reiterschild und hatte ein blankes Schwert in der Hand.

»Männer aus Armorika, zu mir!« brüllte er über den Schlachtlärm hinweg und riß das Banner aus der Erde, das vor seinem Quartier aufgepflanzt war. Ringsherum kamen jetzt Krieger aus den Zelten gestürmt. Doch nur die wenigsten hatten die Zeit gefunden, ihre Brünne anzulegen. Die meisten waren halbnackt und so wie Berengar nur mit Schwert und Schild bewaffnet.

Dicht neben Golo schlug ein Pfeil in die Erde. Es war Zeit zu verschwinden. Die Schwimmer, die er beobachtet hatte, waren keine zehn Schritt mehr vom Ufer entfernt. Er drehte sich um und stand vor einem baumlangen, nackten Krieger, der sein Schwert zum Schlag erhoben hatte. Mit einem Sprung versuchte er, sich in Deckung zu bringen, doch die Scheide seines Schwertes verfing sich zwischen seinen Beinen, so daß er strauchelte. Der Sturz rettete ihm das Leben. Nur einen Finger breit verfehlte ihn die Klinge des Barbaren. Noch im Fallen riß Golo sein Schwert hoch und stieß es seinem Gegner in den Bauch. So leicht wie ein Fleischmesser durch ein Bratenstück schnitt der Stahl durch das ungeschützte Fleisch. Der nackte Krieger stieß einen Schrei aus, der in einem Gurgeln erstickte. Blut tropfte ihm von den Lippen. Er versuchte den Arm zu heben und noch einmal anzugreifen.

Golo fluchte. Er mußte seine Waffe wieder freibekommen! Die Bewegungen des Kriegers waren so langsam, als machten sie eine Fechtübung, bei der er seinem Schüler einen neuen Schlag zeigte. Golo erinnerte sich daran, wie ihm der Bischof einmal erklärt hatte, was zu tun war, wenn man einem Feind die Klinge in den Leib gestoßen hatte. Er drehte die Waffe leicht zur Seite und riß sie dann mit aller Kraft zurück. Sein Feind schien versteinert zu sein. Er hatte das Schwert jetzt hoch über den Kopf gehoben, und Golo wollte parieren, doch es kam kein Angriff. Der nackte Krieger starrte ihn mit seinen grauen Augen an. Er bewegte die Lippen, als wolle er etwas sagen, dann brach er in die Knie und kippte vornüber in den aufgewühlten Uferschlamm. Dem jungen Ritter war übel. Er hatte sich den Krieg anders vorgestellt. Golo hatte geglaubt, ein Kampf auf Leben und Tod sei ein langes Kräftemessen zwischen zwei Recken, in dem schließlich der Stärkere oder der Geschicktere triumphierte. Das hier ging so schnell. Wäre ihm nicht die Schwertscheide zwischen die Beine geschlagen, dann würde er jetzt sterbend im Schlamm liegen.

Ein Schwimmer erreichte ein paar Schritt entfernt das Ufer und zog sein Schwert aus einem Ledergurt, den er über den Rücken trug. Der Kerl war am ganzen Körper tätowiert und hatte seine Haare auf der Mitte des Kopfes zu einem Zopf zusammengebunden.

Golo begann zu laufen. Auf sich allein gestellt würde er in diesem Getümmel nicht lange überleben. Er duckte sich und lief zwischen den Zelten hindurch auf Berengar zu. An seiner Seite war er in Sicherheit. Der Ritter wußte, wie man Schlachten überlebte! Ein paar Recken hatten sich schon um ihn geschart.

»Hierher, Golo!« erklang eine laute Stimme, seitlich vom ihm. »Wir werden diese Heidenbrut in den Sumpf zurücktreiben.« Es war Jehan, der ihn gerufen hatte. Der Bischof schritt aufrecht, anscheinend ohne Angst, durch das Getümmel. Er trug weder einen Schild noch sein Panzerhemd. Ob er wohl glaubte, der Heiland würde ihn vor Pfeilen beschützen?

»Begebt Euch in Deckung, Herr!« Golo bückte sich nach einem Toten und zog ihm den Schild vom Arm.

»Das sind doch nur dahergelaufene Strauchdiebe! Ihnen in einer Rüstung entgegenzutreten hieße, ihnen zuviel der Ehre anzutun. Komm schon her, Junge, wir werden sie lehren, was es heißt, sich gegen Christenmenschen aufzulehnen.« Ein Pfeil verfehlte den Bischof um eine Handbreit, doch Jehan schien das nicht zu bemerken. Er wandte sich zum Wald und fluchte gotteslästerlich. Man mußte wohl ein Kirchenmann sein, um bei solchen Worten nicht um sein Seelenheil bangen zu müssen.

»Kommt her, ihr bocksbeinigen Satansbuhlen. Ich werde jedem, der dem Gottseibeiuns den Arsch geküßt hat, sein Gemächt abreißen und es ihm in den Rachen stopfen, bis er daran erstickt. Wo steckt ihr? Ich war es, der ins Horn gestoßen hat! Kämpft mit mir, ihr Feiglinge!«

Wohl ein halbes Dutzend Pfeile schlug rund um den Bischof in den Boden. Ein Ritter, der zu Jehan laufen wollte, um den Kirchenfürsten mit seinem Schild abzuschirmen, wurde von einem Geschoß ins Auge getroffen und ging zu Boden. Doch Jehan schien wie durch ein Wunder gegen die Pfeile der Heiden gefeit zu sein. Als ein zweiter Ritter, der an die Seite des Heerführers eilen wollte, von einem Speer durchbohrt wurde, entschied Golo für sich, daß es klüger wäre, sich in der Schlacht nicht in Jehans Nähe aufzuhalten.

Hinter seinen Schild geduckt, rannte er zu Berengar. Um den Recken hatten sich inzwischen mindestens zwanzig Ritter gesammelt und einen Kreis gebildet, so daß der Feind sie nicht im Rücken angreifen konnte. In ihrer Mitte wehte trotzig Berengars Banner. »Hierher, von Zeilichtheim!« Der großgewachsene Krieger winkte ihn an seine Seite, und eine Lücke öffnete sich in der Mauer der Schilde. »Gut, dich lebend zu sehen, mein Freund! Ich fürchte, wir haben diese Bastarde unterschätzt. Sie müssen an die hundert Bogenschützen dort drüben im Wald haben. Wenn wir es nicht schaffen, unter denen aufzuräumen, dann werden wir alle uns den Sonnenuntergang von Pfahlspitzen aus ansehen. Diese Hundesöhne haben den Zeitpunkt für ihren Angriff verdammt gut abgepaßt.«

Golo wollte ihm etwas antworten, doch klapperten ihm die Zähne so sehr, daß er kein Wort herausbrachte.

»Im leichten Marschtritt zum Wald«, rief Berengar, und der Schildkreis begann sich in Bewegung zu setzen.

Der Ritter verpaßte Golo einen sanften Stoß in die Rippen. »Bleib neben mir, Freund! In seiner ersten Schlacht ist es wichtig, einen erfahrenen Kämpen an seiner Seite zu haben. Ich pass' auf dich auf.«

Der ehemalige Knecht nickte dankbar. Den Schild schützend vor die Brust gehoben, bemühte er sich, im Gleichschritt mit den anderen Rittern zu bleiben. Rings um sie brannte bereits die Hälfte des Lagers. Es war taghell auf der Lichtung, der Wald aber erschien wie eine drohende, schwarze Mauer. Ein dumpfes Donnern ertönte vor ihnen. Golo spürte, wie der Boden unter seinen Füßen erbebte.

»Bei der Jungfrau Maria!« zischte Berengar. Dann brüllte er los. »Runter, duckt euch hinter eure Schilde und haltet die Formation, sonst sind wir alle tot!«

Jetzt konnte Golo den Ursprung des Lärms erkennen. Die Heiden hatten die Pferde aus ihrem Pferch am Wald befreit und trieben sie ihnen entgegen. Wie eine Meereswoge kamen die großen Schlachtrösser auf sie zugestürmt. Golo stieß die Spitze seines Schildes vor sich in den Boden und kauerte sich nieder. Die vorderste Front der Pferde war jetzt keine zehn Schritt mehr entfernt. Ein schwarzer Hengst kam direkt auf ihn zu galoppiert. Wiehernd warf er den Kopf in den Nacken und wich zur Seite aus, als er bis auf zehn Schritt heran war. So wie eine Woge vor einem Fels im Strom, so teilte sich die Front der Pferde, um dem Schildwall auszuweichen. Doch der Platz war zu eng. Schon wurden die Männer an den äußeren Enden der lebenden Mauer niedergetrampelt. Immer später wichen die Pferde zur Seite. Dann setzte der erste Hengst über ihn hinweg. Golo konnte sehen, wie dem Mann zu seiner Linken von einem Huf der Schädel zerschmettert wurde. Einige Herzschläge lang schien die Welt nur noch aus dampfenden Pferdeleibern und aufgewirbeltem Schlamm zu bestehen. Dann war der Spuk vorbei. Doch es blieb keine Zeit zum Atemholen, denn den Hengsten folgten die Barbaren. Heulend wie Wölfe fielen die nackten Krieger über sie her.

»Auf die Beine«, befahl Berengar mit ruhiger Stimme. »Schließt die Lücken im Wall. Rückt zusammen, und dann schickt mir diese Bastarde in die Hölle!«

Golo hatte das Gefühl, in einem Alptraum gefangen zu sein. Dicht wie Hagelschlag prasselten die Schwerthiebe der Barbaren auf ihre Schilde. Jetzt bewährten sich die harten Schwertübungen, die ihm der Bischof aufgezwungen hatte. Ohne nachzudenken, schlug er über den Schildrand hinweg auf die Feinde ein. Ein Speer verletzte ihn an der Wange unter seinem linken Auge, und ein Dolch schnitt ihm in den Oberschenkel. Doch der junge Ritter fühlte keinen Schmerz. Wie eine Viper zuckte sein Schwert den Feinden entgegen, und schließlich zogen sich die Wilden zurück. Kaum war diese Gefahr überstanden, da hagelten wieder Pfeile auf sie herab. Verzweifelt kauerte sich Golo hinter seinen Schild. Er war überzeugt davon, daß er keine Stunde mehr zu leben hatte. Etwas Warmes lief ihm die Beine hinab. Ungläubig blickte er an sich hinab. Er konnte das Wasser nicht mehr halten!

Berengar, der neben ihm kauerte, folgte seinem Blick und grinste. »Mach dir nichts draus! In meiner ersten Schlacht hab' ich mir ins Kettenhemd geschissen. Das ist mindestens der Hälfte der Männer hier passiert. Was glaubst du, wie mein Waffenknecht geflucht hat, als der sich abends um die Sauerei kümmern mußte!«

Golo lächelte verlegen. »Werden wir alle sterben müssen in dieser Nacht?« fragte er leise.

Berengar schüttelte den Kopf. »Unsinn! Die Nacktärsche haben sich gerade eine ganz schön blutige Nase geholt, als sie gegen unseren Schildwall angestürmt sind. Ich bin sicher, wir haben das Schlimmste überstanden.« Hinter ihnen erklang das Rufen vieler Hörner im Nebel. Die Barbaren schienen vom Wasser her Verstärkung zu bekommen. Jetzt war alles vorbei!

Zwischen den brennenden Zelten formierten sich die Krieger des Nachtvolks zu einem neuen Angriff. Einen Moment lang glaubte Golo, einen Mann zwischen ihnen zu sehen, der Volker ähnelte. Er schien die Krieger zurückhalten zu wollen. Der ehemalige Knecht lächelte. Was für ein Unsinn, sich den Herrn von Alzey als nackten Barbaren vorzustellen!

Eine Frau mit einem schwarzen Umhang war zwischen den Feenkämpfern erschienen. Sie wies mit ihrem Schwert auf den Schildwall, und die Barbaren stürmten los. Golo flüsterte ein stummes Gebet. Auch in ihrem Rücken erklangen jetzt laute Kriegsschreie.

»Das sind unsere!« erklang eine schrille Stimme. Ungläubig blickte Golo über die Schulter. Ein schlanker Drachenhals schob sich aus dem Nebel am Ufer. Dann erschien ein dunkler Bootsleib. Männer mit langen Bärten und bunt bemalten Rundschilden sprangen ins Wasser und kamen auf sie zugelaufen. Es waren die Nordmänner, die der Bischof in seinen Sold genommen hatte! Sie waren gerettet!

Ein Hagel von Pfeilen prasselte gegen den Schildwall. Dann rückte die zweite Angriffswelle der Barbaren heran. Mit neuem Mut hob Golo sein Schwert. Sie würden nicht mehr lange durchhalten müssen!

»Du hattest recht, wir werden es schaffen, Berengar!« Der Ritter aus Armorika antwortete nicht. Der Knecht blickte hastig nach rechts. Die Angreifer hatten ihre Formation fast erreicht. Erschrocken erkannte Golo, daß neben ihm eine Lücke in den Wall gerissen war. Berengar lag, halb von seinem Schild bedeckt, am Boden. Ein rot gefiederter Pfeil ragte aus seiner Kehle. Mit einem weiten Schritt trat ein anderer Ritter über den toten Recken hinweg und schloß die Lücke im Schildwall. Dann begann erneut das Gemetzel.

»Greift an! Wir werden sie zu den Schiffen zurücktreiben.« Macha selbst stand in der vordersten Schlachtreihe und feuerte ihre Krieger an. Doch ihr Kampf war aussichtslos. Volker packte die wiedererstandene Göttin an der Schulter und zog sie zurück. »Wir müssen hier fort. Sie sind uns um das Doppelte überlegen, und sie sind besser ausgerüstet. Wir können diese Schlacht nicht mehr gewinnen.«

»Verräter«, zischte Macha wütend. »Was weißt du schon von den Kriegern des Sumpfvolkes?«

»Nur was ich sehe, und das genügt! Blick dich um! Deine Krieger sterben wie die Fliegen. Wenn du noch jemanden nach Galis zurückbringen willst, dann gib endlich Befehl zum Rückzug, sonst überläßt du die Stadt wehrlos den Normannen.«

Macha schüttelte den Kopf. »Das Nachtvolk ist noch niemals besiegt worden. Auch wenn wir uns zurückziehen, werden wir vernichtet werden und ...«

Volker holte mit der Waffe aus und schlug Macha mit der flachen Seite seines Schwertes vor die Schläfe. Die Rabengöttin strauchelte, und er fing sie in seinen Armen auf. »Du hast es nicht anders gewollt, törichte Närrin«, flüsterte der Spielmann. Hastig blickte er sich um. Keiner der Männer schien bemerkt zu haben, was er getan hatte, oder sie waren klug genug zu schweigen. Volker war davon überzeugt, daß jeder der Krieger Macha bis in den Tod gefolgt wäre, doch sie mußten wissen, daß es ein sinnloses Opfer war. Nun hatte er das Kommando. Schließlich war er während der heiligen Hochzeit zum König gekürt worden.

»Zurück zu den Booten. Die Göttin ist verletzt. Wir müssen sie nach Galis bringen!« Der Ritter hatte Mühe, mit seiner Stimme den Schlachtenlärm zu übertönen. Seit der Feind Verstärkung erhalten hatte, hatten sich die Seiten verkehrt. Jetzt waren sie es, die in die Defensive gedrängt waren. Noch hielt die lockere Schlachtreihe gegen die wütenden Angriffe der Normannen, doch Schritt um Schritt wichen die Krieger des Nachtvolks zum Wald hin zurück.

Ihre Lage wurde mit jedem Augenblick aussichtloser. Wenn er den Befehl gab, die Schlachtlinie aufzulösen und zu den Booten zu fliehen, dann würde mindestens die Hälfte der Krieger auf der Flucht niedergemetzelt. Er mußte die Formation der Normannen zerstreuen. Nur dann konnten seine Männer einen halbwegs geordneten Rückzug antreten.

Volker winkte einen jungen Krieger herbei. »Nimm dir ein paar Krieger und schaffe Macha zu einem der Boote! Die Göttin muß vor den Feinden gerettet werden.«

Der junge Mann nickte stumm. Tränen rannen ihm übers Gesicht, als er Macha auf den Arm nahm und geschützt durch zwei Schildträger zum Wald zurücklief. Auf der anderen Seite der Halbinsel lagen die Boote versteckt, auf denen die kleine Armee des Nachtvolks von Galis her übergesetzt war. Volker betete stumm, daß sich keines der normannischen Drachenboote dorthin verirrt hatte. Es war nur eine Handvoll Knaben und alter Männer zur Bewachung zurückgeblieben. Die Nordmänner würden leichtes Spiel mit ihnen haben. Er sollte lieber erst gar nicht daran denken! Wenn sie die Boote verloren, gab es keine Möglichkeit zum Rückzug mehr.

Fluchend griff Volker nach dem Horn an seinem Gürtel. Abgesehen von dem breiten Wehrgehänge um seine Hüften war auch er nackt und mit magischen Zeichen bemalt, wie die übrigen Kämpfer des Nachtvolks. Er würde jetzt das Zeichen geben. Wenigstens hatten diese Narren beim Kriegsrat in diesem Punkt auf ihn gehört. Es waren einige Hornsignale ausgemacht worden, die alle Krieger kannten. Dies war die einzige Möglichkeit, die Truppen im dichten Schlachtgetümmel noch zu lenken.

Dreimal erklang der Ruf seines Horns, dann hob Volker sein Schwert und drängte sich erneut in die vorderste Schlachtreihe. Es war absurd, daß er als christlicher Ritter hier auf seiten der Heiden gegen ein christliches Heer focht. Im Grunde stand er auf der falschen Seite. Nur Gunbrid zuliebe war er in diese Schlacht gezogen. Nach dem Kriegsrat war die Nichte seines Königs in seine Gemächer gekommen und hatte ihm in aller Deutlichkeit geschildert, was geschehen würde, wenn er sie nicht *verteidigte*. Gunbrid hatte schon immer eine scharfe Zunge gehabt und ihre Argumente wie Pfeile auf ihn abgeschossen! Natürlich wußte Volker, was geschehen würde, wenn ein christliches Heer eine heidnische Stadt eroberte. Es würde vergewaltigt, gemordet und gebrandschatzt. Und er war zu ihrem Schutz hier.

Der Spielmann wich dem Angriff eines Axtkämpfers aus und traf den Mann mit seinem Schwert knapp oberhalb des Knies in den Schenkel. Volker bemühte sich, keinen der christlichen Kämpfer zu töten. Niemals hätte er sich träumen lassen, daß diese Reise damit enden würde, daß er gezwungen war, gegen die rechtmäßigen Herren Aquitaniens zu kämpfen. Doch als Ritter Gunthers mußte er dessen Nichte beschützen, und das konnte er nur, indem er verhinderte, daß diese Bastarde die Mauern von Galis erreichten. Verzweifelt hatte er im Kriegsrat versucht, Macha von einem direkten Angriff auf das Ritterheer abzuhalten. Doch die Rabengöttin hatte sich durchgesetzt. Noch nie hatten ihre Krieger eine Niederlage erlitten, und sie folgten ihr blind.

Endlich erklang vom Wald her das Geräusch donnernder Hufe. Bei ihrem Angriff war nur ein Teil der Schlachtrösser in das Lager der Normannen getrieben worden. Mit seinem Hornsignal hatte er den Befehl erteilt, auch die restlichen Pferde auf die Lichtung zu treiben. Nur so bestand Hoffnung, die Reihen der Feinde durcheinanderzubringen. Volker duckte sich unter dem Angriff eines hünenhaften Normannen, der zweihändig eine riesige Axt führte. Hastig blickte er hinter sich. Schon konnte er die ersten Pferde zwischen den Bäumen erkennen. Zuerst würden die Tiere durch die Schlachtreihe des Nachtvolks brechen. Volker hoffte, daß nicht allzuviele seiner Männer unter den Hufen der Schlachtrösser sterben würden. Ohne schwere Kettenhemden waren sie wendiger als die Normannen und konnten den Pferden leichter ausweichen.

Der Axtkämpfer, der eben noch auf ihn eingedroschen hatte, ließ nun seine Waffe fallen und wandte sich zur Flucht. Noch bevor die Hengste die Lichtung erreichten, zerfielen die Schlachtreihen des Nachtvolks und der Christenritter. Volker stieß sein Schwert in die Scheide zurück und drehte sich zu den Pferden um. Mit einem Hechtsprung wich er einem grauen Hengst aus und griff dann in die Mähne eines Rappen, um sich auf den Rücken des Pferdes zu ziehen. Hier oben war er am sichersten. Flach über den Hals des Pferdes gebeugt, zog er sein Horn aus dem Gürtel und gab das Signal zum Rückzug.

So wie eine Lawine, die einen Bergwald niederreißt, zersprengten die Pferde die Reihen der Normannen. Auf der engen Lichtung war nur wenig Platz zum Ausweichen. Schreiend liefen die Krieger und Söldner durcheinander. Durch die Männer von den Schiffen hatte sich die Anzahl der Soldaten, die auf der Lichtung zusammengepfercht waren, mindestens verdoppelt. Wie aufgescheuchte Hühner rannten die Normannen herum, und es war sicher kaum einer unter ihnen, der jetzt daran dachte, die flüchtenden Heiden zu verfolgen.

Volker hieb seinem Hengst die Fersen in die Flanken und versuchte, das Pferd zum Rand des Lagers hin zu lenken. Er mußte sehen, daß er von hier fortkam. Wenn die Pferde erst einmal begannen, sich zu beruhigen, dann sollte er besser nicht mehr inmitten des feindlichen Heerlagers sein.

Obwohl der Spielmann ein ausgezeichneter Reiter war, hatte er mit dem scheuenden Hengst einige Mühe. Ohne Sattel und Zaumzeug hatte er noch nie zuvor in seinem Leben ein Pferd geritten. Ganz zu schweigen davon, daß er natürlich auch noch niemals nackt auf einem Hengst gesessen hatte. Für ein Heldenlied bei Hof wäre diese Schlacht gewiß nicht geeignet, obwohl einige Damen Gefallen an solchen Geschichten finden würden.

16. KAPITEL

Staunend und ein wenig verwundert betrachtete Golo die Stadt des Nachtvolks. Die Späher des Bischofs hatten sie auf einer Insel inmitten der Sümpfe entdeckt, und drei Tage nach der Schlacht am Trophäenbaum landete das christliche Heer auf dem Eiland. Der junge Ritter hatte himmelhohe, marmorne Türme erwartet, goldene Dächer und seidene Banner, die von den Zinnen flatterten. Doch es gab nichts von alledem. Drei mächtige Mauern aus Bruchstein umgürteten die Stadt auf dem Hügel. Die Dächer der Hütten waren aus Schilf oder Holzschindeln. Rings um die Stadt breiteten sich Äcker aus, durchzogen von einem komplizierten System von Kanälen und Deichen. Nichts erschien ihm hier zauberhaft. Es gab keine Feen! Diese Stadt war zweifellos von ganz normalen Sterblichen erbaut. So dachte jeder

Soldat im Heer des Bischofs, und gierig starrten die Männer nach den Mauern. Jehan de Thenac hatte ihnen Gold und Silber versprochen, das sich angeblich in den Tempeln der Heiden zuhauf türmte. Auch waren die Männer entschlossen, Rache für den Überfall auf das Lager zu nehmen. Mehr als zweihundert Mann hatten in jener Nacht den Tod gefunden, und es gab noch einmal so viele Verwundete.

Mit der Niederlage schien der Wille zum Widerstand unter den Sumpfleuten gebrochen zu sein. Fast unbehelligt hatte das Heer des Bischofs den Sumpf durchquert, und auch während das Lager vor den Mauern der Stadt errichtet wurde, gab es keinen Widerstand. Die hohen Wälle schienen verlassen, und abgesehen von den weißen Rauchsäulen der Torffeuer, die über den Dächern fast senkrecht in den Himmel stiegen, gab es nicht das geringste Lebenszeichen.

Die Byzantiner, die der Bischof in seinen Sold genommen hatte, waren den ganzen Nachmittag über damit beschäftigt gewesen, zwei große Katapulte aus vorgefertigten Holzteilen zusammenzusetzen. Wie die Löffel eines Riesen sahen die langen Arme der Geschütze aus. Die Kellen am Ende der hölzernen Arme waren mit dicken Eisenblechen verkleidet und schimmerten matt in der Sonne. Golo, der mit einigen anderen Rittern zum Schutz der Katapulte abkommandiert war, beobachtete neugierig die Fortschritte, die die Arbeit der Griechen machte. Statt Felsbrocken schafften sie nun etliche kleine Kisten heran.

Erst als die Geschütze fertig zusammengebaut waren und die Byzantiner Gelehrten sie jeweils dreimal abfeuern ließen, ohne jedoch ein Geschoß auf ihre hölzernen Löffel zu legen, wurde die erste der Kisten geöffnet. Sie enthielt einen bauchigen, fast runden Tonkrug, der mit einer Manschette aus geflochtenem Stroh umgeben war. Auch die Kiste selbst hatte man mit goldgelbem Stroh ausgepolstert, so als seien die Tongefäße von ungeheurem Wert und dürften auf gar keinem Fall zerbrechen.

Zwischen den beiden Katapulten war eine eiserne Schüssel auf einem Dreibein aufgestellt worden, in der glühende Kohlen glommen. Zwei kleine Fässer wurden herangerollt, und man hebelte ihre Deckel auf. Sie waren bis zum Rand mit einem schwarzen, übel stinkenden, zähflüssigen Schlamm gefüllt. Einer der Byzantiner, ein älterer Mann mit grauen Bartstoppeln auf den Wangen, gab ein Kommando, und zwei seiner Waffenknechte plazierten auf den Wurflöffeln der Katapulte je einen dieser merkwürdigen Tonkrüge.

»Die wollen die Heiden hinter ihren Wällen wohl mit griechischem Wein vergiften«, spottete einer der normannischen Ritter. Golo schmunzelte. Indessen traten zwei der Männer, die den Aufbau der Geschütze beaufsichtigt hatten, an die beiden Fässer mit der stinkenden Flüssigkeit. Sie tauchten grobe Pinsel in den schwarzen Schlamm und bestrichen dann die Strohmanschetten um die Krüge damit. Anschließend traten sie hastig zurück und warfen dem Mann mit den Bartstoppeln einen erwartungsvollen Blick zu. Dieser nickte, trat an die Feuerschale und entzündete dort eine Fackel. Dann hielt er die Flammen an einen der Krüge, und augenblicklich griff die Glut auf den Schlamm über. Dicker, öliger Rauch stieg auf. Der Grieche brüllte einen Befehl, und einer der Waffenknechte riß einen Hebel an der Seite des Geschützes herum. Der Katapultarm schnellte hoch und schleuderte den Krug in die Luft. Das Geschoß war jetzt von einem dichten Flammenmantel umhüllt und zog einen langen Schweif aus dunklem Rauch hinter sich her. Nach kurzem Flug senkte es sich auf die Stadt herab und verschwand zwischen den Häusern. Fast im nächsten Augenblick reckte sich eine Flammenzunge zwischen den schilfgedeckten Häuserdächern empor. Das Feuer griff auf die Dachgiebel über.

Der Geschützmeister drehte sich zu den normannischen Rittern um und grinste überheblich. »Wie Ihr seht, meine Herren, brennt griechischer Wein nicht nur in der Kehle.«

Seine Waffenknechte machten sich bereits an den Winden zu schaffen, mit denen das Geschütz erneut gespannt wurde. Einige Herzschläge lang genoß der Byzantiner ihr Staunen, dann wandte er sich zu seinen Geschützen um und steckte das nächste Geschoß in Brand. Eine zweite glühende Feuerkugel stieg in den Himmel und flog der Stadt entgegen.

In der Hölle konnte es nicht schlimmer sein, dachte Volker, während er dafür sorgte, daß seine Krieger die Stadt unterhalb der Burg räumten. Mehr als zwei Dutzend Brände gab es bereits. Das Feuer, das die Normannen in die Stadt schleuderten, ließ sich mit Wasser nicht löschen. Der Spielmann hatte so etwas noch nie zuvor gesehen. Die Flammen brannten sogar auf nacktem Stein und Pfützen. Woher sonst als aus der Hölle konnte solches Feuer kommen!

»Treibt das Vieh aus den Ställen«, rief er einer Gruppe junger Krieger zu, die voller Entsetzen in die Flammen starrten. Sie waren noch Knaben, und wahrscheinlich hatte noch keiner von ihnen mehr als fünfzehn Sommer gesehen. Volker fluchte. Die Lage der Stadt war verzweifelt! Er hatte nicht genug Kämpfer, um den ersten der drei Wallringe lückenlos zu besetzen. Wenn die Normannen von mehreren Seiten gleichzeitig angriffen, würden sie mit Sicherheit schon bei ihrem ersten Sturm die Verteidigungslinie durchbrechen.

Seit der Niederlage am Trophäenbaum hatten die Krieger des Nachtvolks ihn als Anführer akzeptiert, doch wann immer Macha erschien, galten seine Befehle nichts mehr. Willig folgten sie den Worten der Rabengöttin, auch wenn offensichtlich war, daß sie die Lage der Stadt nicht richtig einzuschätzen vermochte. Hätte dieses törichte Weib nur auf ihn gehört und den Angriff auf die Normannen nach dem Anfangserfolg sofort abgebrochen! Dann stünden sie jetzt nicht so schlecht da!

Sie war es auch, die befohlen hatte, den vordersten Wall zu verteidigen, obwohl es offensichtlich war, daß sie dazu nicht genug Männer hatten. Volker hatte zwanzig der besten Kämpfer zu einer Gruppe zusammengefaßt und sie ein Stück hinter den Wällen plaziert. Wann immer die Normannen an einem Mauerabschnitt durchbrachen, sollte diese Elitetruppe in die Bresche stürmen, um die Angreifer wieder zurückzudrängen. Doch auch das wäre nur ein Tropfen auf einen heißen Stein. Draußen vor den Mauern hatten über tausend Feinde ihr Lager aufgeschlagen, und Volker hatte nicht einmal mehr hundert brauchbare Kämpfer. Selbst nachdem die Knaben und alten Männer bewaffnet worden waren, stieg die Zahl der Verteidiger kaum über zweihundert. Auch wenn die Männer des Nachtvolks wie die Löwen kämpften und jeder von ihnen zwei oder drei Normannen erschlagen würde, war ihre Stadt verloren. Es gab keine Hoffnung mehr. Das einzige, was sie jetzt noch retten konnte, war ein Wunder. Doch durften Heiden in der Welt Gottes mit solcher Gnade rechnen?

Volker war allein auf einer der Straßen der brennenden Unterstadt. Alle Zivilisten mußten hier unten verschwinden. Manche wollten nicht einsehen, daß der Kampf gegen das Feuer aussichtslos war. Andere versuchten verzweifelt, ihre Habe zu retten. Zu allem Unglück war der Wind auch noch aufgefrischt und ließ die Flammen von Dach zu Dach springen.

Volker schlug sich den Umhang vors Gesicht. Dichter Qualm trieb durch die engen Straßen. Seit der Niederlage in den Sümpfen trug er wieder normale Kleidung und scherte sich einen Teufel um den Brauch des Nachtvolks, nackt in die Schlacht zu ziehen.

Zwischen dem treibenden Rauch sah er ein kleines Mädchen. Sie hielt etwas eng gegen die Brust gepreßt und schien die Orientierung verloren zu haben. Ein pfeifendes Geräusch übertönte das Fauchen der Flammen. Am Himmel war ein glühender Punkt zu sehen.

»Lauf in ein Haus! Schnell!« Volker duckte sich in einen Türeingang. Das Mädchen schien ihn nicht gehört zu haben. Benommen taumelte es durch den Rauch. Keine drei Schritt hinter ihr schlug eines der teuflischen Geschosse auf den Boden und zerschellte. Flüssiges Feuer sprühte über den Weg aus festgetretenem Lehm. Flammen leckten an den Hauswänden empor. Ein gellender Schrei erklang. Volker sprang aus seiner Deckung. Das Mädchen kam ihm entgegengerannt, das Gesicht von Schmerz und Schrecken verzerrt. Etwas von dem flüssigen Feuer war auf ihren Rücken gespritzt. Jetzt erkannte Volker, was sie so fest gegen ihre Brust drückte. Es war eine kleine Puppe aus Stroh.

Der Spielmann riß sich den Umhang von den Schultern. »Du mußt dich auf den Boden werfen!« Das Mädchen hörte ihn nicht. Es lief auf ihn zu und umklammerte schreiend seine Beine. Verzweifelt versuchte Volker, mit seinem Umhang die Flammen auf ihrem Rücken zu ersticken. Bald war das Feuer verloschen; und er riß ihr die schwelenden Reste ihres Kleidchens vom Leib und nahm sie in die Arme. Die Kleine hatte aufgehört zu schreien. Sanft strich Volker ihr über das versengte Haar. »Es wird alles wieder gut, meine Prinzessin.

Ich bringe dich zu den Priesterinnen. Die werden deine Schmerzen wegzaubern und nach deinen Eltern suchen.«

Er blickte dem Mädchen ins Gesicht. Ihre Wangen waren rußverschmiert. Ihre großen, braunen Augen waren starr vor Entsetzen. Der Spielmann wischte ihr die Tränen von den Wangen. Er konnte spüren, wie das Blut aus den Wunden auf ihrem Rücken seinen Umhang durchtränkte. »Ich werde dich ganz vorsichtig halten. Wenn ich dir weh tue, dann sagst du es mir, ja ...«

Eine Hand griff von hinten nach Volkers Schulter. »Sie kann dich nicht mehr hören, Sänger.« Erschrocken drehte sich der Spielmann um. Neman stand hinter ihm. »Was weißt du schon?« grollte er. »Du kannst zaubern! Hilf ihr, so wie du mir in der Höhle geholfen hast.«

Sie blickte ihn mitleidig an. Dann nickte sie. »Leg das Kind auf den Boden.«

Volker gehorchte. Die Arme des Mädchens hingen schlaff herab. Er griff nach ihren zierlichen Händen und rieb sie mit seinen groben Fingern. »Die wiedergeborene Göttin ist gekommen, um dir zu helfen«, flüsterte er. Sein Umhang war verrutscht, so daß er ihren zarten Körper sehen konnte. Ihre Haut war makellos weiß. Nirgends war auch nur die kleinste Brandblase zu sehen.

Neman kniete neben der Kleinen nieder. Vorsichtig strich sie ihr über das versengte Haar. Dann drehte sie das Kind behutsam auf die Seite. Der ganze Rücken des Mädchens war eine einzige Wunde. Hautfetzen klebten an dem blutdurchtränkten Umhang. »Glaubst du mir jetzt, daß sie tot ist? Keine Macht dieser Welt kann sie mehr zum Leben erwecken.«

Volker schluckte. Es war, als säße ihm ein faustgroßer Kloß in der Kehle.

Neman streckte ihm ihre Hand entgegen. »Komm mit

mir! Du hast alles getan, was in deiner Macht stand. Ich weiß, daß du in den letzten drei Tagen fast nicht mehr geschlafen hast. Du mußt jetzt ruhen. Die Normannen werden heute nicht mehr angreifen. Wenn sie die Stadt erobern wollen, werden sie warten, bis die Flammen verloschen sind.«

»Es ist alles verloren.«

Die junge Frau schüttelte energisch den Kopf. »Nein, Macha weiß, wie wir siegen werden. Sie hat mir verraten, daß sie einen Plan hat. Sie sagt, daß man die, die das Feuer bringen, nur durch das Wasser besiegen kann.«

Volker nickte müde. Er hatte nicht mehr die Kraft zu widersprechen. Was nutzte es auch? Er hatte in den Sümpfen gesehen, was von Machas Plänen zu halten war. Die Rabengöttin wußte nicht, wann eine Schlacht verloren war. Sie würde die ganze Stadt opfern ...

Er griff nach der Hand der Totenklägerin. Neman führte ihn durch die rauchverhangenen Straßen zur Königsburg hinauf. Hunderte Menschen drängten sich auf dem Innenhof der Festung, dennoch war es unheimlich still. Schweigend machten sie der Göttin Platz. Volker konnte die Angst in den Augen der Männer und Frauen sehen. Sie wußten, daß es keine Hoffnung mehr gab.

Neman brachte ihn in sein Gemach. Es war ein kleiner Raum ohne Fenster. Zwei kleine Öllämpchen, die in Wandnischen standen, vertrieben die Finsternis. Hier war es angenehm kühl. Volker hatte das Gefühl, seine Glieder seien so schwer wie Blei. Müde ließ er sich auf seinem Lager aus Pelzen und bestickten Tüchern nieder. Das Zimmer war nur kärglich eingerichtet. Es gab einen großen Tisch, auf dem ein Krug und eine flache Wasserschüssel standen. Unter den Tisch waren zwei mit Schnitzereien geschmückte Stühle geschoben. Die schmale Nordwand wurde von einem breitem Kamin eingenommen, in dem kein Feuer glomm.

Erschöpft ließ sich der Spielmann auf die Felle zurücksinken. Was für Possen trieb das Schicksal mit ihm? Vor ein paar Wochen erst war er zum König eines wunderlichen Barbarenvolkes geworden, und morgen würde er inmitten seiner brennenden Königsburg sterben. Was für ein Heldenlied hätte man aus dieser Geschichte machen können! Er schmunzelte und blickte zu Neman. Die Göttin hatte ihren Umhang über den Tisch geworfen. Sie öffnete die beiden Fibeln, die ihr Kleid an den Schultern zusammenhielten. Der dünne Stoff glitt zu Boden. Volker war wie gebannt von ihrem Anblick. Seit Wochen waren sie verheiratet, doch sie hatte nie an seiner Seite gelegen. Ihr Körper war vollkommen. Schlank, aber nicht hager, die Brüste wohl gerundet, doch nicht zu üppig, ihre Haut so weiß wie Milch. Wie rotes Gold schimmerte ihr Haar, das ihr weit auf die Schultern hinabfiel. Nur die blaubraune Schwellung an ihrer Schläfe, dort, wo sie während der Schlacht in den Sümpfen sein Schwert getroffen hatte, erinnerte daran, daß sie auch Macha, die grausame Kriegerin, sein konnte. Sie lächelte scheu und trat an sein Lager. »Reicht deine Kraft noch, um dich zu entkleiden, oder soll ich dir helfen?«

Der Spielmann starrte sie mit großen Augen an. Dann nickte er. Neman lachte leise. »Was soll das heißen? Brauchst du nun Hilfe oder nicht?«

Volker räusperte sich. Sein Mund war staubtrocken, und zum ersten Mal in seinem Leben wußte er nicht recht, was er sagen sollte. Er hatte nicht mehr daran geglaubt, daß sie jemals in seinen Armen liegen würde, und je unerreichbarer sie für ihn schien, desto mehr hatte er sich in Neman verliebt. Sie beugte sich jetzt über ihn und begann mit geschickten Fingern die Lederbänder an seinem Wams zu lösen.

Zärtlich strich er ihr durch das Haar. Es war so weich wie

Seide. Er zog Neman zu sich hinab und küßte sie lange und leidenschaftlich. Warme Wellen schienen seinen Leib zu umspülen. Er fühlte sich so leicht, als würde er wie eine Feder auf einem Wasserlauf treiben.

Die Hohepriesterin löste sich aus seiner Umklammerung. Ihre Hände glitten zu seiner Bruech, öffneten die Bänder der Beinlinge und streiften das leinene Kleidungsstück zurück. Jede ihrer Berührungen ließ ihn auf wohlige Art erschauern. Volker hatte schon viele erfahrene Liebhaberinnen gehabt, doch bei keiner hatte er so gefühlt. Es war fast, als sei er zum ersten Mal mit einer Frau beisammen.

Mit kundiger Hand fuhr sie seine Schenkel hinauf. Er richtete sich auf und streichelte sanft über ihre Brüste. Neman stöhnte leise. Sie hockte sich auf seine Schenkel. Er spürte ihre Wärme. »Liebe mich«, hauchte sie leise. »Vielleicht wird dies unsere einzige Nacht sein, mein Sänger.« Ihr Blick war plötzlich traurig.

Volker strich ihr über die Lippen. »Sprich nicht davon! Es gibt Nächte, die mehr als ein Leben wert sind.« Sanft zog er ihren Kopf hinab und küßte sie. Als er in sie eindrang, schien sein ganzer Leib in Flammen zu stehen. Neman bäumte sich auf und ließ sich wieder auf seine Schenkel hinabsinken ...

Zweimal liebten sie sich in dieser Nacht, bis Volker erschöpft in den Armen der Priesterin einschlief.

17. KAPITEL

Es war noch dunkel, als Golo unsanft aus dem Schlaf gerüttelt wurde. »Es ist soweit«, flüsterte eine Stimme dicht an seinem Ohr.

Müde streckte der junge Ritter seine Glieder und schlug die klamme Decke zur Seite. Die Feuchtigkeit war aus den Sümpfen ins Lager hinaufgezogen. Golo rieb sich mit den Händen über die Arme, bis ihm ein wenig wärmer wurde. Dann tastete er in der Finsternis nach seinen Kleidern und der Rüstung.

Er war noch nicht ganz angekleidet, als die Plane des Zelts zurückgeschlagen wurde und eine Gestalt mit einer Blendlaterne eintrat. Bischof Jehan! Der grauhaarige Normanne lächelte spöttisch. »Heute werden wir beide zu Ende bringen, was in einer Schenke begonnen hat. Wenn die Sonne untergeht, werde ich der Herrscher dieser Sumpfstadt sein.

Du hast mir einen guten Dienst erwiesen, Golo, und dafür sollst du belohnt sein. Du darfst in der Schlacht heute an meiner Seite kämpfen. Ich lasse zwei meiner Getreuen bei dir. Sie werden dich zu mir bringen, sobald du fertig gerüstet bist. Wenn du dich bei der Erstürmung der Wälle bewährst und mir zeigst, daß das Zeug zu einem richtigen Ritter in dir steckt, dann werde ich dich zum Vogt dieser Stadt machen. In meinem Namen sollst du hier draußen in den Sümpfen herrschen. Ein beachtlicher Aufstieg für einen Pferdeknecht, nicht wahr?«

Golo nickte ergeben. »Ich danke Euch, Herr. Eure Großzügigkeit wird nur noch von Eurem Mut und Eurer Schwertkunst übertroffen.«

Eine steile Falte zeigte sich auf der Stirn des Bischofs. »Mach keine Späße mit mir, Knecht! Ich habe noch zu tun. Beeile dich! In einer Stunde wird der Angriff beginnen. Ich hoffe, daß der Nebel dem Heidenpack unsere Truppenbewegungen verbergen wird und wir dieses Gesindel überraschen.« Jehan wandte sich ab. Einer der Leibwächter des Bischofs schlug die Zeltplane zurück, und der Normanne verschwand in der Finsternis. Die beiden Söldner, die er zurückgelassen hatte, waren unrasierte Schläger. Offensichtlich hatten sie Gefallen daran, daß man ihnen ansah, daß sie bezahlte Mörder waren. Golo schluckte. Warum hatte der Bischof diese Kerle zu ihm abkommandiert und keinen Ritter? Ob Jehan plante, ihn während des Angriffs ermorden zu lassen? Immerhin war er, Golo, der einzige, der außer dem Bischof wußte, daß er kein Edelknappe, sondern nur ein Bauernsohn war und daß Jehan seinem König eine handfeste Lügengeschichte vorgetragen hatte, als sie beide den Tod Volkers beklagt hatten.

Golo musterte seine beiden Wächter mißtrauisch. Er sollte aufpassen, daß keiner von diesen Kerlen in seinen

Rücken gelangte, wenn die Schlacht erst einmal begonnen hatte.

❧

Verschlafen tastete Volker über den Platz an seiner Seite. Er wollte Nemans Haar zerwühlen, ihren zarten Hals küssen und ... Halb benommen richtete er sich auf. Sie war nicht mehr da!

Ein leises Geräusch ließ ihn herumfahren. Schlagartig war er jetzt hellwach. Jemand stand neben dem Tisch. Die Dochte der Öllampen glommen nur noch schwach, und er konnte die Gestalt nur undeutlich erkennen. Es war eine Frau mit langem Haar. Sie schien seine Beinlinge in Händen zu halten und machte sich an der flachen Wasserschüssel zu schaffen.

»Neman«, flüsterte Volker. »Was machst du dort? Komm in meine Arme zurück ...«

Die Gestalt am Tisch drehte sich zu ihm um. »Meine Schwester hat uns verlassen.« Die Stimme der Frau klang zu dunkel! Jetzt konnte Volker ihr Gesicht besser erkennen.

Es war Babd, die Wäscherin! Mit Schrecken dachte der Spielmann an all die Geschichten, die er über die Unglücksbotin gehört hatte. Sah ein Krieger sie am Morgen einer Schlacht, so hieß dies, daß er sterben würde.

»Deine Beinlinge sind jetzt sauber, Sänger.« Babd legte die beiden Kleidungsstücke auf den Tisch neben die Schüssel und strich sie glatt. »Es wird ein heißer Tag werden. Die Normannen wappnen sich bereits zur Schlacht.«

»Neman, bitte komm zurück ...« Volker starrte die Frau verzweifelt an. Er hoffte, der Geist der Todesbotin, oder was auch immer in den Leib der Morrigan gefahren war, würde vielleicht von ihr ablassen. Es war grausam, in das so vertraute Gesicht zu sehen und eine gefühllose, kalte Stimme von den Lippen klingen zu hören, die er vor wenigen Stunden erst geküßt hatte.

»Ich muß nun gehen. Wir sehen uns wieder, Sänger.«

Volker fröstelte es in dem kühlen, fensterlosen Raum. Die Todesbotin hatte recht. Jeder Krieger des Nachtvolks würde ihr am Ende seines Weges begegnen. Wen sie wohl noch alles besuchen würde?

Der Spielmann erhob sich von seinem Lager und begann sich anzukleiden. Er war ein Christ. Für ihn hatten die düsteren Legenden des Nachtvolks keine Bedeutung, und die Götter des Feenvolkes hatten keine Macht über ihn. Trotzdem unterließ er es, die Beinlinge anzulegen, die die Todesbotin berührt hatte.

Die Krieger hatten Befehl erhalten, keine Fackeln oder Laternen zu entzünden und sich im Schutz des dichten Nebels schweigend den Mauern zu nähern. Bischof Jehan hatte sein Heer in zehn Gruppen unterteilt. Die Verletzten und ein Teil der Knechte blieben im Lager zurück. Sie sollten dort die Feuer schüren und soviel Lärm machen wie eine ganze Armee, die ihr Frühstück einnahm und sich auf einen neuen Belagerungstag vorbereitete.

Die hunnischen Bogenschützen und die Schleuderer von den Balearen waren als Späher vorausgeschickt worden. Sobald der Angriff auf die Mauern begann, würden sie den Rittern und Lanzenträgern Deckung geben, indem sie jeden beschossen, der sich auf den Mauern zeigte. Acht Einheiten von Fußkämpfern würden die Mauern zur gleichen Zeit von acht verschiedenen Seiten angreifen. Jehan und seine Berater gingen davon aus, daß die Feen nicht mehr genügend Krieger hatten, um die ganze Mauer zu bemannen, so daß es ein leichtes sein würde, in die Stadt einzudringen, wenn man an vielen Orten zugleich angriff.

Sobald eine Gruppe innerhalb der Wälle Fuß gefaßt hatte, sollte sie versuchen, sich bis zum Stadttor durchzuschlagen, um es für die Reiter zu öffnen, die als Reserve in der Nähe des Lagers warteten.

Golo war von seinen Wächtern zur Einheit des Bischofs eskortiert worden. Der Trupp bestand fast ausschließlich aus Rittern. Sie sollten nahe dem Stadttor angreifen, und Jehan erwartete nicht weniger, als daß seine Männer die ersten wären, die auf der Mauer der feindlichen Stadt stehen würden.

Die aufgehende Sonne tauchte den Nebel in ein unheimliches, rotes Licht. Irgendwo in den Sümpfen erhob sich laut schnatternd eine Ente zum Himmel. Golo hatte gemeinsam mit drei anderen Rittern eine Leiter geschultert. Allein ihre Gruppe führte zehn Sturmleitern mit sich, und auch die anderen Abteilungen waren mit Wurfankern und Leitern ausgerüstet. Dem jungen Ritter war übel. Außer ein paar Bissen alten Brots hatte er nichts herunterbekommen. Mißtrauisch blickte er zu seinen beiden Aufpassern, die ein wenig seitlich von ihm gingen. Vielleicht bildete er sich ja alles nur ein, und die zwei Männer waren wirklich zu seinem Schutz abgestellt? Er wünschte sich, Berengar würde noch leben. Mit dem Ritter aus Armorika an seiner Seite würde er sich jetzt sicherer fühlen.

Dunkel erhob sich vor ihnen die Stadtmauer aus dem Nebel. Der Bischof zog sein Schwert und hob den Arm. Die Kolonne der Krieger kam zum Stehen. Offenbar hatten die Verteidiger sie immer noch nicht bemerkt. Der Nebel, der die Stadt für Jahrhunderte vor neugierigen Blicken bewahrt hatte, würde ihr heute morgen zum Verhängnis werden.

Jehan schien sich noch ein letztes Mal mit seinen Beratern zu besprechen. Quälend langsam ging die Zeit dahin. Würde nur endlich der Angriff beginnen! Golo hatte das Gefühl, er müsse sich jeden Moment erbrechen. Verstohlen blickte er zu den anderen Kriegern hinüber. Einige hatten sich auf den Acker gesetzt und dösten vor sich hin. Andere wirkten unruhig und prüften immer wieder ihre Waffen. Ein verrutschendes Kettenhemd oder ein offener Kinnriemen an einem Helm konnten im Gefecht den Tod bedeuten.

Endlich winkte der Bischof nach seinem Hornisten. Das Angriffssignal erklang. Fast augenblicklich ertönten auch rechts und links von ihnen Kriegshörner im Nebel. Dann war das Signal auf allen Seiten der Stadt zu hören.

Jehan hob sein Schwert zum Himmel. »Tod den Heiden«, rief er mit tönender Stimme. Die Ritter und Söldner nahmen seinen Schlachtruf auf. Dann begannen mehr als tausend Krieger den Angriff auf die Stadt.

»Sag das noch einmal«, fauchte Volker wütend.

Der junge Krieger wagte es nicht mehr, ihm in die Augen zu sehen. »Die zwanzig Kämpfer, die Ihr als Reserve abgestellt habt, sind nicht mehr da, mein König. Macha ist diese Nacht gekommen und hat den Männern den Befehl gegeben, die Stadt zu verlassen. Ich weiß auch nicht, wo sie jetzt sind und was sie tun.«

Der Spielmann faßte sich an den Kopf. Das gab es nicht! Wenn er es nicht besser gewußt hätte, würde er sagen, daß Macha es den Angreifern leichter machen wollte, über die

Mauern zu kommen. Was zum Teufel sollte dieser sinnlose Befehl? Ohne die Verstärkung würde er den ersten Mauerring nicht einmal eine halbe Stunde halten können.

»Komm mit mir! Wir sind jetzt die Reserve!« Volker hatte sich eines der wenigen Pferde besorgt, die es in der Stadt gab. Auf einer Insel inmitten der Sümpfe brauchte man keine Reittiere. So gab es nur wenige Arbeitspferde, die im Ackerbau benutzt wurden oder schwere Karren ziehen mußten. Auch für den jungen Krieger war ein Hengst vorhanden. Sie würden in der Nähe des Tores bleiben. Dort war bereits ein wilder Kampf entbrannt, und vermutlich hatten die Normannen hier ihre besten Truppen zusammengezogen.

In regelmäßigen Abständen hinter der Mauer hatte er Frauen plaziert, die als Botenläuferinnen dienen sollten und die Aufgabe hatten, Verwundete aus dem Kampfbereich fortzubringen. Viele der schmalen Gassen des Stadtviertels waren mit Barrikaden unpassierbar gemacht. So würden die Eroberer, selbst wenn die erste Verteidigungslinie gefallen war, nicht schnell bis zur zweiten Mauer vorrücken können. Die Verteidiger hingegen kannten genau die wenigen Fluchtwege, die noch offen waren. An einigen Stellen lehnten lange Leitern an der zweiten Mauer, so daß die Flüchtlinge nicht zum einzigen Tor laufen mußten, um in den höher gelegenen Stadtteil zu gelangen. Die Leitern wurden jedoch von zuverlässigen Männern und Frauen bewacht, und sie würden sofort hochgezogen, sobald sich die Normannen dem zweiten Wallring näherten. Ruhig blickte der Spielmann zum Mauerkranz am Tor. In den letzten drei Tagen hatte er alles, was menschenmöglich war, getan, um die Stadt zur Verteidigung vorzubereiten.

Ganze Karrenladungen von Steinen waren auf den Mauern plaziert worden, um sie auf die Angreifer herabzuschleudern. Es gab Stangen und Gabeln, mit denen die Leitern zurückgestoßen werden konnten, und Beile, mit denen man die Seile von Wurfankern durchtrennen würde. Sicher würden sie den Normannen hohe Verluste beibringen, doch daß sie die Angreifer aufhalten könnten, glaubte der Spielmann nicht.

»Los, hinauf mit dir! Tu etwas für Land und Titel! Ich werde hinter dir die Leiter hinaufkommen.« Jehan wies mit dem Schwert zur Mauerkrone. Zweimal schon hatten ein paar Ritter auf der Mauer Fuß gefaßt und waren wieder zurückgedrängt worden. Der Nebel hatte sich nun ein wenig gelichtet und verhüllte kaum noch den grausamen Anblick des Schlachtfelds. Am Fuß der Mauer lagen Männer mit zerschmetterten Gliedern. Zwischen ihnen ragten wie Gerippe die Reste zerbrochener Leitern auf.

Ein wahrer Hagel von Steinen schlug den Angreifern entgegen. Golo hielt schützend seinen Helm über den Kopf. Der schwere Topfhelm behinderte seine Sicht, doch im Augenblick war er sogar dankbar, nicht zu wissen, wer ihn rechts und links auf der Mauer erwarten würde. Hinter den angreifenden Rittern waren zwei Dutzend Bogenschützen in Stellung gegangen, um die Verteidiger oben auf der Mauer in Deckung zu zwingen.

Zögernd umklammerte Golo die Sprossen der Leiter. Nur ein kleines Stück neben ihm lag der Ritter, der den letzten Angriff angeführt hatte. Sein Kopf war in einem unnatürlichen Winkel verdreht. Der Krieger war schon fast auf der Mauer angekommen gewesen, als man seine Leiter mit einer Forke zurückgestoßen hatte.

»Für Burgund!« brüllte Golo aus vollem Halse. Es tat gut zu schreien. So konnte er seine Angst verdrängen. Ein letztes Mal prüfte er den Sitz der Lederschlinge am Griff seines Schwertes. Sie würde dafür sorgen, daß die Waffe von seinem Handgelenk hinabhing. Mit einer kleinen Drehung hätte er das Schwert wieder in der Hand. Das war besser, als die Waffe erst noch ziehen zu müssen, wenn er oben auf der Mauer ankam. So behielt er die Rechte frei, um sich an den Sprossen der Leiter festzuhalten, während er nach oben stürmte. Mit der Linken hielt er sich schützend den Wappenschild über den Kopf. So schnell er konnte, kletterte er die Leiter hinauf.

Neben ihm ertönten gellende Schreie und dann das Bersten von Holz. Eine der Leitern mußte gestürzt sein. Er würde jetzt nicht nach links sehen! Starr hielt er den Blick auf die Mauer vor ihm geheftet und zog sich von Sprosse zu Sprosse weiter die Leiter hinauf. Ein Stein prallte auf seinen Schild und glitt zur Seite ab. Dann erschien ein Stück blauer Himmel über ihm. Er hatte es fast geschafft!

Mit der Rechten griff er nach dem Mauerkamm und zog sich hoch. Plötzlich stand wie aus dem Nichts ein Krieger vor ihm. Genaugenommen war es noch ein Knabe. Vielleicht war er fünfzehn Sommer alt, vielleicht auch noch jünger. Er holte mit einer Axt aus, um ihm den Schädel zu zerschmettern. Golo stieß sich von der Mauer ab und duckte sich zugleich hinter seinen Schild. Er prallte gegen den Jungen, und sie beide stürzten zu Boden.

Golo rollte sich zur Seite, und dicht neben ihn stieß klirrend ein Speer auf die steinernen Bodenplatten des Wehrgangs.

»Fahrt zur Hölle, ihr Teufel!« ertönte der tiefe Baß des Bischofs. Golo sah den Jungen, der ihn angegriffen hatte, mit zerschmettertem Gesicht zu Boden stürzen.

Mit Mühe kam der ehemalige Knecht wieder auf die Beine. Das verdammte Kettenhemd machte ihn langsam. Jetzt wünschte Golo sich, er hätte härter mit Jehans Waffenmeister geübt. Noch zwei weitere Ritter waren auf die Mauer gekommen. Schild an Schild schirmten sie das Ende der Leiter ab. Links von ihnen versuchten zwei Männer die Leiter mit einer langen Stange von der Mauer wegzustoßen.

»Mir nach!« Jehan hatte seinen Streitkolben hoch über den Kopf erhoben und griff die Krieger zu ihrer Linken an. Ein Pfeil schlug krachend in Golos Schild. Der junge Ritter fluchte leise. Er kam von der anderen Seite der Mauer. Einer ihrer eigenen Männer mußte ihn abgeschossen haben.

Die beiden bunt bemalten Krieger ließen jetzt die Stange fallen und zogen ihre Schwerter. Golo wartete den Angriff seines Feindes ab. In dem Moment, als die Klinge seines Gegners auf seinen Schild niederfuhr, trieb er dem Mann sein Schwert in den ungedeckten Bauch.

»Gut gemacht, Junge! Ich sehe, aus dir wird noch ein Mann und ...« Der Bischof brach mitten im Satz ab und wandte sich zur Brüstung. »Bei allen Heiligen! Diese Hundesöhne! Sie müssen die Dämme durchstochen haben!«

Golo folgte dem Blick des Kirchenfürsten. Es war windstill, und der Nebel war vom erstarkenden Sonnenlicht fast aufgelöst. Zum ersten Mal an diesem Morgen konnte man hundert Schritt weit sehen, und was der junge Ritter sah, ließ ihm fast das Herz erstarren. Breite Ströme von braunschwarzem Wasser ergossen sich über die Felder unterhalb der Mauer. Schon kippten die ersten Zelte des Heerlagers. Die Reiterreserve kam auf die Stadt zugaloppiert. Einige Pferde scheuten und warfen ihre Reiter ab. Den Männern, die im Lager zurückgeblieben waren, reichte das Wasser schon bis zu den Hüften.

Der Bischof verpaßte Golo einen Stoß mit dem Ellenbogen. »Wir müssen runter zum Tor. Nur wer es bis in die Stadt schafft, ist vor den Fluten sicher!« Jehan wies auf eine breite Rampe, die auf der Rückseite der Mauer verlief.

Hinter ihnen wurden die Verteidiger langsam von der Mauer zurückgedrängt. Auch unter den Kriegern des Nachtvolks schien Verwirrung zu herrschen.

Jehan schlug eine junge Frau nieder, die sich ihnen auf der Rampe mit einem Speer in der Hand entgegenstellte. Offenbar waren die Sumpfleute entschlossen, ihre Stadt bis zum letzten Blutstropfen zu verteidigen. Ohne auf weiteren Widerstand zu treffen, erreichten sie die schmale Straße, die auf der Rückseite der Mauer verlief. Das Tor war nur noch zwanzig Schritt entfernt.

Keuchend rannten die beiden am Wall entlang. Golo hatte das Gefühl, sich jeden Schritt abzwingen zu müssen. Fast hatten sie das Tor erreicht, als hinter ihnen Hufschlag ertönte. Der junge Ritter biß sich auf die Lippen und versuchte, noch schneller zu laufen. Es waren nur noch sieben oder acht Schritt bis zum Tor. Zwei breite Querbalken verriegelten die hohe, eichene Pforte.

»Mach du das Tor auf«, rief hinter ihm Jehan. »Ich übernehme den Reiter!«

Ohne sich umzusehen, warf sich Golo gegen die Torflügel. Mit der Schulter stemmte er den ersten Querbalken hoch. Von draußen konnte er Rufe hören. Braunes Wasser sickerte unter dem Tor hindurch. Ein Pfeil streifte klirrend sein Kettenhemd. Dicht neben seinem Hals schlug ein zweites Geschoß ein. Mit ausgestreckten Armen griff der junge Ritter nach dem zweiten Querbalken. Einen Augenblick lang schien es, als wolle sich das schwere Kantholz nicht von der Stelle bewegen. Immer lauter tönte das Geschrei vor dem Tor. Jetzt war auch das Wiehern von Pferden zu hören.

Endlich gab der Querbalken nach, rutschte aus seiner

Verankerung und schlug krachend zu Boden. Hastig sprang Golo zur Seite. Quietschend schwangen die Torflügel auf, und ein Strom von Flüchtlingen ergoß sich in die Stadt.

18. KAPITEL

Unter ihm schloß sich das Tor. Nachdenklich blickte Volker auf die kleine Schar der Überlebenden, die zu den Normannen hinabstieg. Es waren weniger als zweihundert. Die meisten waren Frauen, Kinder oder alte Männer. Der Anführer der Belagerer hatte ihnen ihr Leben versprochen, wenn sie sich taufen ließen. Sie sollten unter seinen Leibeigenen aufgenommen werden …

Neman hatte den Männern und Frauen zugeredet zu gehen. Schließlich hatte sie es ihnen befohlen. Alle, die in der Festung zurückgeblieben waren, erwartete der Tod. Keine der Priesterinnen hatte ihrem Glauben abschwören wollen. Auch eine Handvoll Krieger, die zu stolz war, um sich zu ergeben, harrte noch aus. Der einzige unter den Männern, den Volker kannte, war Ambiorix, der Vater der Morrigan.

Der alte Mann hatte sein weißes Gewand abgelegt und trug wie die anderen Krieger Hosen aus buntem Stoff. Sein Oberkörper war mit blauen Linien und Spiralen bemalt. Ambiorix stützte sich auf einen Speer und blickte zu den braunen Fluten hinab, die die Felder bedeckten.

Volker seufzte. Einen Augenblick lang hatte er das Schicksal der Stadt in Händen gehalten. Es wäre nicht schwer gewesen, die beiden Ritter, die von der Rampe gesprungen waren, niederzureiten. Doch der Kerl, der sich ihm in den Weg gestellt hatte, trug eine geschnitzte Mitra als Schmuck auf seinem Topfhelm. Waffenrock und Schild des Mannes waren von purpurner Farbe, und als Wappen hatte er ein goldenes Kreuz geführt. Der Ritter mußte ein Bischof gewesen sein. Ein Hirt der Christenheit! Volker hatte gegen ihn nicht das Schwert ziehen können. Er hätte damit alles verraten, was er an dem Tag geschworen hatte, als Gunther ihn zum Ritter geschlagen hatte. Es war seine Aufgabe, gute Christen vor den Schwertern der Heiden zu schützen.

Der Spielmann blickte zu Gunbrid, die bei den Priesterinnen stand. Als Lehnsmann Gunthers hatte er einen Eid abgelegt, jederzeit für die Familie des Königs zu kämpfen. Und dann war da noch Neman. Wenn sie den Normannen in die Hände fiel, würde sie auf einem Scheiterhaufen enden. Wie auch immer er sich entschied, er würde auf jeden Fall gegen eines der Gebote des Rittertums verstoßen.

Aus der Stadt erklang ein Horn. Die Krieger der Normannen begannen, sich zum letzten Sturm zu sammeln. Wahrscheinlich würden die da unten ihn nicht mehr sonderlich freundlich aufnehmen, wenn er jetzt noch durch das Tor kam. Damit war die Entscheidung gefallen. Er drehte sich zu den anderen um. »Wir sollten zum Heiligtum hinaufgehen.

Die Hügelböschung und der Wall sind zu hoch, um dort mit Leitern hinaufzukommen. Hinter dem Tor gibt es einen Hohlweg. Selbst wenn sie die Torflügel zertrümmert haben, werden wir uns dort noch eine Weile gegen die Übermacht halten können.«

Die älteste der Priesterinnen trat ihm entgegen. »Neman hat mir gesagt, wer du bist. Du mußt nicht an unserer Seite sterben, fremder Krieger. Es gibt aus dem Heiligtum einen Fluchtweg. Wenn du dich verbirgst, bis die Sonne untergegangen ist, wirst du entkommen können.«

Volker starrte die Frau ungläubig an. »Wir alle werden entkommen können. Vielleicht schaffen wir es, die Normannen noch bis nach Sonnenuntergang aufzuhalten. Das sind noch höchstens zwei Stunden, und ich habe dort oben eine kleine Überraschung für sie vorbereitet, die sie noch für eine Weile aufhalten wird.«

»Wir Priesterinnen können nicht gehen, denn die Morrigan hat beschlossen zu bleiben.«

»Was soll das heißen? Ich rede mit Neman! Sie wird niemals wollen, daß ihr alle ...«

Die alte Priesterin zeigte zur anderen Seite des Platzes. Dort trat Macha aus dem Eingang des Langhauses. Sie trug ein hüftlanges Kettenhemd und war mit zwei Kurzschwertern bewaffnet. Von ihren Schultern wehte ein langer, schwarzer Umhang.

Der Hohlweg, der hinter dem Tor zum Heiligtum durch die Hügelflanke schnitt, war so schmal, daß drei Kämpfer ihn leicht verteidigen konnten. Sie waren zu sechst. In der Mitte der vordersten Reihe stand Macha, rechts von ihr der weißhaarige Ambiorix und zu ihrer Linken Volker. Die letzten drei Krieger, die noch eine Waffe führen konnten, bildeten hinter ihnen eine zweite Reihe.

Volker blickte zu dem jungen Mann, der auf dem Wall oberhalb des Tores stand. Zu seinen Füßen lag ein rundes Tongefäß mit einer halb zerrissenen Manschette aus geflochtenem Stroh. Das Geschoß war auf eines der Schilfdächer geprallt und nicht zerbrochen. Heute sollten die Normannen lernen, was es hieß, wenn flüssiges Feuer vom Himmel fiel! Der junge Mann hielt eine Fackel bereit, um das Geschoß in Brand zu setzen, sobald die Angreifer unter ihm durch das Tor brachen.

Die schweren Eichenpforten erbebten unter den Stößen eines Rammbocks, den die Belagerer aus einem halb verkohlten Giebelbalken gefertigt hatten. Schon begann das Holz zu splittern. Volker leckte sich nervös über die Lippen und umklammerte sein Schwert fester. Es war noch eine Stunde bis Sonnenuntergang.

Plötzlich zersplitterte das Tor. Die Bohlen und Querhölzer fielen in den Torweg. »Tod den Heiden!« erscholl der Schlachtruf der Normannen, als sie über die Trümmer hinwegsetzten und den Hohlweg stürmten.

Volker blickte zu dem Krieger bei dem Tongefäß und erbleichte. Den Mann hatte ein Speer in die Brust getroffen. Kopfüber fiel er von der Mauer zwischen die Angreifer. Jetzt war alles vorbei!

Volker hob sein Schwert. Mit dem Mut der Verzweiflung hieb er auf die anstürmende Übermacht ein. So oft er einen Gegner niederstreckte, füllte sich augenblicklich wieder die Lücke in den Reihen der Angreifer. Schließlich zerschmetterte ein Axthieb seinen Schild. Der Spielmann warf die beiden nutzlosen Hälften zur Seite und packte sein Schwert nun mit beiden Händen.

Macha an seiner Seite kämpfte, als habe sie den Teufel im Leib. Noch nie zuvor hatte er jemanden mit zwei Schwertern gleichzeitig fechten sehen. Wie Hagelschlag prasselten ihre Hiebe auf die Angreifer. Ihre Klingen durchschnitten Kettenhemden, Schilde und Helme, als seien sie nur dünnes Pergament. Sie war wahrlich eine Kriegsgöttin. Ein Dutzend Männer mußten schon unter ihren Klingen gefallen sein, als sie ein Speer in den Oberschenkel traf. Ihr Bein knickte zur Seite, und eine Schwertklinge durchbrach ihre Deckung und bohrte sich tief in ihre Brust. Sofort sprang einer der Krieger aus der zweiten Reihe vor, um die Lücke zu schließen, doch sein Geschick reichte bei weitem nicht an das Machas heran. Er führte nur ein paar Hiebe, bis ihm ein Streitkolben den Schädel zerschmetterte.

Aus den Augenwinkeln sah Volker eine weiß gewandete Gestalt auf der Mauer. Es war Gunbrid! Sie trug in der Rechten eine Fackel. Mit einem Tritt schickte sie das runde Tongefäß die Mauer hinab. Klirrend zerbrach es zwischen den Angreifern. Für einen Herzschlag lang verstummte der Schlachtlärm. Ein Normanne schleuderte seine Axt nach der Burgundin, doch die Waffe verfehlte sie. »Für Macha!« rief die Priesterin und schleuderte die Fackel in das zerborstene Tor. Fauchend schlugen die Flammen bis zur Mauerkrone hinauf. Die Hitze nahm Volker den Atem. Erschrokken wich er zurück.

Schreiend versuchten die Normannen, durch das Tor zu entkommen. Einige von ihnen starben binnen eines Herzschlags in der Gluthitze, andere wanden sich schreiend am Boden und erlitten Qualen wie im Fegefeuer, bevor sie starben. Nur drei Krieger entkamen unverletzt der Flammenhölle. Sie warfen ihre Waffen zu Boden und baten um Gnade, doch Ambiorix und die beiden verbliebenen Kämpfer stachen sie ungerührt nieder.

Müde ließ Volker sein Schwert sinken. Ein letztes Mal hatten sie gesiegt. Es würde mindestens eine Stunde dauern, bis die Flammen verloschen und die Normannen noch einmal angreifen konnten.

Die Priesterinnen hatten Macha zu den stehenden Steinen in der Mitte des Heiligtums getragen. Volker ging zu ihnen hinauf und beobachtete, wie sie den tiefen Schnitt am Bein abbanden und versuchten, die Brustwunde zu versorgen. Noch immer steckte das Schwert des Normannen im Leib der Rabengöttin.

»Wir können es nicht herausziehen«, erklärte die alte Priesterin Volker. »Wenn wir es tun, lebt sie nur noch wenige Atemzüge lang. Lassen wir es jedoch stecken, wird sie einen oder zwei Tage lang schreckliche Schmerzen leiden und dann sterben. Das einzige, was wir noch tun können, ist, sie nach Tire Nam Beo, auf die Insel der Lebenden, zu bringen. Heute nacht wird der Vollmond hoch am Himmel stehen. Dann heben sich die Nebel, und der Weg dorthin wird für ein paar Stunden offenstehen.«

»Wo liegt diese Insel? Ist es sehr weit bis dorthin?«

Die Alte schüttelte den Kopf. »Weit ist es nicht, Spielmann, und doch ist die Insel unerreichbar für dich. Nur Priesterinnen können den Weg finden, und selbst wir können die Gestade von Tire Nam Beo nur betreten, wenn das alte Volk es wünscht. Wir werden den Durchgang nehmen, den unsere Vorfahren durch den Hügel getrieben haben. Sie wußten, daß einmal der Tag kommen würde, an dem wir dem Sumpf das Land zurückgeben müßten, das wir ihm abgetrotzt hatten. Am Ende des Tunnels gibt es eine Höhle, in der einige flache Boote liegen. Wir müssen eine verborgene Felspforte aufstoßen und werden dann an der Westseite des Hügels dicht über dem Wasser hervorkommen. Die Nacht und der Nebel schützen uns vor den

Normannen, jedenfalls solange hier oben noch gekämpft wird.«

Volker nickte. »Ich habe verstanden. Nimm die Morrigan und bring sie in Sicherheit. Solange auch nur ein Funken Leben in meinem Leib ist, werde ich den Hohlweg verteidigen.«

»Du bist es würdig, unser König zu sein, Sänger.«

»Läßt du mich einen Moment mit ihr allein?« Der Spielmann blickte zur Hohenpriesterin. Die Flammen im Hohlweg warfen flackernde Schatten auf ihr Gesicht. Die Alte gab den Frauen einen Wink, sich zurückzuziehen, dann trat auch sie in den Kreis der stehenden Steine.

Volker kniete nieder und strich der Priesterin sanft eine blutverschmierte Haarsträhne aus dem Gesicht. »Auf Wiedersehen, meine schöne Harfnerin«, flüsterte er leise. »Wohin deine Priesterinnen dich auch bringen mögen, ich werde dir eines Tages folgen.«

Die bleichen Lider der Göttin zitterten. Dann schlug sie die Augen auf, und Volker wußte, daß es Neman war, die nun vor ihm lag. »Ich habe mein Volk verraten, weil ich dich liebte. Schon seit dem ersten Augenblick in der Grabhöhle ... Ich hätte dich nicht hierher bringen dürfen. Du bist nur mit mir gekommen ... weil du fliehen wolltest ...«

Der Spielmann schluckte. »Ja, so war es. Ich habe dich über meine Herkunft belogen und ...« Er griff nach ihrer Hand und drückte sie sanft. »Meine Gefühle zu dir haben sich geändert. Ich bin hiergeblieben und habe an der Seite deines Volkes gekämpft, weil ich dich liebte. Bei dem, was gestern nacht zwischen uns war, gab es keine Lüge mehr.«

Nemans Lippen bebten, als wolle sie noch etwas antworten, doch sie hatte keine Kraft mehr, um zu sprechen. Ihre Züge entspannten sich, und sie sah plötzlich viel jünger aus, so als wären die Jahre wie welkes Laub von ihr gefallen. Die kleinen Falten um ihre Augen waren verschwunden und auch die Grübchen in ihren Mundwinkeln.

Die alte Priesterin kehrte zurück. »Es ist Zeit für uns zu gehen, mein König.« Sie beugte sich zur Morrigan herab und zuckte erschrocken zusammen. Langsam strich sie der Hohepriesterin mit ihrer Hand über die Stirn. Dann schüttelte sie den Kopf.

»Ist sie ...« Volker brachte das Wort nicht über seine Lippen.

»Nein.« Die Stimme der Alten klang wie das Krächzen eines Raben. »Die Göttinnen haben sie verlassen. Sie ist jetzt nur noch Gwen.«

»Werdet ihr sie trotzdem mit euch nehmen und versuchen, sie zu heilen?«

»Du würdest sonst nicht kämpfen, nicht wahr, Sänger?«

Volker lächelte kalt.

»Du willst dein Leben gegen das ihre tauschen? Schade, daß du ein Christ bist. Unsere Götter hätten Gefallen an dir gefunden. Ich schwöre bei meinem Herzen, daß ich Gwen nach Tire Nam Beo bringen werde, um dort ihr Leben zu retten.«

Die Flammen im Torweg waren fast verloschen. Außer Volker und Ambiorix waren nur noch zwei Krieger zurückgeblieben, um den Zugang zum Heiligtum zu verteidigen.

Gelassen blickte der Spielmann zu den Kriegern, die sich hinter dem Tor zu einem neuen Angriff formierten. In einer Stunde würde er tot sein, doch wenigstens starb er mit der Gewißheit, daß die Priesterinnen entkommen waren.

»Ich bin mir jetzt sicher, daß Neman sich nicht geirrt hat«, sagte Ambiorix halblaut.

Volker sah den alten Mann verwundert an. »Was meinst du damit?«

»Ich glaube jetzt, daß du wirklich der Sänger bist, den uns unsere Ahnen verheißen haben. Der Krieger und Barde, der aus den Gebeinen unserer toten Helden auferstanden ist.«

Dieser alte Narr. Er wußte doch, daß dies nur eine Geschichte war, und als Barde mußte er auch wissen, wie solche Geschichten entstanden. Trotzdem lächelte Volker. »Danke, mein Freund. Du willst es mir ersparen, als ein Lügner zu sterben, nicht wahr?«

Ambiorix schüttelte energisch den Kopf. »Ich sehe hier keinen Lügner. Neben mir steht nur ein Krieger und Barde! Mit einem Lügner an meiner Seite würde ich nicht in meine letzte Schlacht ziehen und ...« Vor dem Tor ertönte ein Hornsignal. Ein einzelner Krieger trat in den Hohlweg.

»Mein Herr, Jehan de Thenac, Herzog der Sumpflande und Bischof von Saintes, ist von eurem Mut beeindruckt. Er bietet euch einen ehrenvollen Abzug, wenn ihr euch jetzt ergebt. Ihr seid nur noch zu viert, und es gibt für euch keine Hoffnung mehr auf einen Sieg.«

»Richte deinem Herren aus, daß es uns unsere Ehre verbietet, vor einem wie ihm die Waffen zu strecken«, höhnte Ambiorix. »Außerdem glaube ich nicht, daß er über genug Krieger gebietet, um diesen Hohlweg zu erobern.«

Wortlos zog sich der Unterhändler zurück und machte einer Schar Speerträger Platz, die durch das Tor drängten.

Diesmal stand Volker in der Mitte des Hohlwegs. Er kannte den Namen des Mannes nicht, der zu seiner Rechten kämpfte, doch es war ein tapferer Krieger. Zweimal wichen ihre Gegner zurück, bis ihn schließlich beim dritten Angriff ein Speer in den Unterleib traf. Mit einem wilden Schrei auf den Lippen stürzte er sich in den Wall von Speerspitzen und gab so seinem Kameraden Gelegenheit, die Lücke, die durch seinen Tod entstand, zu schließen.

Volker blutete bereits aus vielen Wunden, als sich die Speerträger zurückzogen und einer Gruppe normannischer Ritter den Weg freigaben. Ambiorix hob seinen Schild und begann ein altes Schlachtlied zu singen. In vorderster Linie der Ritter stand ein Krieger, dessen Wappenschild ein goldenes Kreuz auf purpurnem Grund zeigte.

Der Spielmann fluchte leise. Er hatte kaum noch die Kraft, sein Schwert zu heben. Er hätte den Bischof heute morgen töten sollen, als er Gelegenheit dazu gehabt hatte.

Etwas Schweres traf Volker am Kopf. Als er zu Boden ging, sah er, wie ein Ritter Ambiorix ein Schwert in den Bauch rammte, dann versank die Welt in ein Chaos aus Schreien, Waffengeklirr und einer einsamen Stimme, die ein altes Lied sang.

»Liebe ist wie ein Dunst, der vom Wind verzehrt wird.
Hüte sich ein jeder vor diesem Wind . . .«

19. KAPITEL

Kurz vor Morgengrauen hatten die Plünderer die letzte Bastion der Heiden wieder verlassen. Man hatte eine der Breschen im Damm verbreitert und die Drachenschiffe bis vor die Stadt gebracht.

Golo starrte den Männern nach, die all die Silberteller, goldenen Masken und seltsamen Kultgerätschaften davontrugen, die man im Heiligtum gefunden hatte. Trotz der reichen Beute schäumte der Bischof vor Zorn, weil die Priesterinnen auf unerklärliche Weise entkommen waren. Schließlich ließ Jehan von zwei Vertrauten die Leiche einer Frau heranschaffen, die bei den Kämpfen in der Stadt gefallen war, schnitt ihr den Kopf ab und ließ ihn auf eine Stange stecken. Dann behauptete er, dies sei das Haupt der Hohenpriesterin, die König Eurich verhöhnt und herausgefordert habe.

Als die Plünderer außer Sicht waren, trat Jehan an Golos Seite und legte dem jungen Ritter seinen Arm um die Schultern. »Was denkst du, mein Freund? Du schaust so finster drein.«

»Ich freue mich, daß die Kämpfe zu Ende sind und wir gesiegt haben. Doch stimmt mich traurig, wie viele tapfere Männer aus unserem Heer heute den Tod gefunden haben.«

»Du bist zu sentimental. Die meisten meiner Männer, die heute gestorben sind, waren Söldner. Der Tod ist ihr Geschäft ... Jeder von ihnen, der heute verreckt ist, erspart mir eine beträchtliche Summe Geld. In drei Tagen wäre die nächste Soldzahlung fällig gewesen. Ich werde ihnen ihren Mut entlohnen, indem ich sie bis zum Christfest in meine Gebete mit einbeziehe. So wird trotz all der Untaten, die sie begangen haben, ihr Seelenheil gerettet werden. Ich finde, daß dies eine sehr großzügige Entlohnung durch mich ist.«

»Gewiß, Herr.« Golo konnte dem Bischof nicht in die Augen blicken. Er verabscheute den zynischen Kirchenfürsten, doch hatte er zugleich auch Angst vor ihm.

»Kommen wir nun zu deiner Belohnung!« Jehan gab den beiden Männern, die sich bislang im Hintergrund gehalten hatten, einen Wink. Es waren die zwei Halsabschneider, die ihm schon den ganzen Tag über gefolgt waren.

Der junge Ritter wich ein Stück zurück. »Ihr seid zu großmütig, Herr. Ich erwarte keine Belohnung für meine Dienste.« Golos Hand zuckte zum Schwert, doch schon hatten die beiden ihn gepackt.

»Ich weiß um meinen Edelmut, mein Freund. Sträube dich nicht dagegen. Es ist meine Natur ... Ich habe dir versprochen, dich zum Vogt zu machen.« Jehan wies zum Kultplatz in der Mitte des Heiligtums. »Bindet ihn an eine der Felssäulen.«

»Bitte, laßt mich laufen, Herr! Ich werde ein Pferd nehmen und davonreiten. Ihr werdet mich niemals wiedersehen. Niemand wird erfahren, was hier wirklich geschehen ist und daß ihr dem König nicht die ganze Wahrheit gesagt habt.« Die beiden Söldner fesselten ihn mit einem zähen Lederseil, so daß er mit gespreizten Armen und Beinen vor dem Felsen stand. »Wenn Ihr es wollt, kann ich auch in Euren Diensten bleiben, Herr.«

»Nein, mein Freund. Ich möchte nicht mit der Ungewißheit leben, daß du dich vielleicht schon morgen nicht mehr an deine Versprechen erinnerst. Du weißt einfach zuviel. Aber hab keine Angst. Ich werde dir nichts zuleide tun. Du hast sogar mein Wort, daß ich meine beiden Leibwächter davon abhalte, dich umzubringen. Möglicherweise wirst aber auch du ein Opfer der Morrigan oder ihrer Kreaturen. Ich fürchte, sobald wir hier fort sind, werden die Raben kommen, um ihren Leichenschmaus zu halten, und es könnte wohl sein, daß diese dummen Vögel in zwei oder drei Tagen nicht mehr so genau unterscheiden können, ob du nun schon verdurstet bist oder ob noch ein Rest Leben in dir steckt.«

Der Bischof stand jetzt dicht vor Golo. »Hiermit ernenne ich dich zum Vogt dieser Stadt. Es soll mir niemand nachsagen, daß ich mein Wort nicht halten würde. Leider sind diese Ruinen und die überfluteten Felder rings herum nicht mehr zu brauchen. Ich fürchte, du wirst mein einziger Untertan hier sein. Genieße die Ruhe hier ...«

»Ich verfluche dich, Jehan de Thenac. Möge der König deine Lügen aufdecken und dich in seine Kerker zerren lassen. Möge dein Geschlecht mit dir verlöschen, du gieriger Bastard, und ...«

Der Bischof schüttelte den Kopf. »Wie ärgerlich, daß solche Burschen wie du zum Schluß immer ihr Empfinden für guten Stil verlieren. Weißt du, es ist nichts Persönliches, was zwischen uns steht. Ich möchte mir nur nicht in Zukunft jeden Morgen, wenn ich erwache, die Frage stellen müssen, ob dies vielleicht der Tag ist, an dem du mich verraten wirst. Du kannst sicher sein, daß ich in Zukunft auch dich in meine Gebete mit einbeziehen werde. Ich möchte schließlich nicht, daß all die Verwünschungen, die du in den nächsten beiden Tagen noch ausstoßen wirst, dein Seelenheil gefährden. So lebe nun wohl, Golo von Zeilichtheim, Bauernsohn, der du in nur einem halben Jahr zum Herrn einer Stadt aufgestiegen bist.« Der Bischof wandte sich ab und schritt, gefolgt von den beiden Söldnern, durch den Hohlweg zur tiefer gelegenen Burg hinab.

Als Volker erwachte, zogen dünne Nebelschwaden über ihn hinweg. Es war hell. Er hatte die Schlacht überlebt. Doch in seinem Schädel schien ein Specht gefangen zu sein, der unablässig von innen gegen seine Stirn hämmerte. Jeder Knochen in seinem Leib schmerzte, und er hatte das Gefühl, eine Reiterkavalkade müsse über ihn hinweggaloppiert sein.

Der Spielmann blieb lange liegen und lauschte auf die Geräusche rings um ihn herum. Aus den Augenwinkeln sah er die dunklen Schatten von Raben, die gekommen waren, um den Toten das Fleisch von den Knochen zu picken.

Erst als Volker sicher war, daß keine Normannen in der Nähe waren, richtete er sich auf. Ihm war schwindelig und übel. Neben ihm lagen die Leichen von Ambiorix und den beiden Kriegern, die bis zuletzt mit ihm gekämpft hatten.

Vorsichtig tastete der Ritter über sein Gesicht. Die rechte Seite war geschwollen und blutig. Schon die leichteste Berührung ließ ihn vor Schmerz aufstöhnen.

»Geh in dein Grab zurück, böser Geist, dann werde ich dir nichts tun«, erklang eine vertraute Stimme. Volker tastete nach seinem Schwert.

»Tu mir nichts zuleide, Geist. Ich bin gefesselt! Ich würde von hier fortlaufen, wenn ich könnte. Ich möchte dich nicht in deinem letzten Schlaf stören.«

Humpelnd ging der Spielmann auf den Kreis der stehenden Steine zu. Er traute seinen Augen kaum. An einen der Felsen war Golo, sein Knappe, gefesselt. Er trug ein Kettenhemd und einen Waffenrock wie ein Ritter. Sein Füße steckten in prächtigen Reitstiefeln.

»Was machst du hier?« Der Knappe blickte ihn verständnislos an. »Erkennst du deinen Herrn nicht mehr? Hat man mich wirklich so übel zugerichtet? Werde ich vielleicht in Zukunft kein angenehmer Anblick für die Damen mehr sein? Sei ganz ehrlich zu mir, Golo!«

»Bist du es wirklich, Volker?«

»Was fällt dir ein, mich so anzureden? Ich bin dein Herr! Und wenn ich dich so ansehe, erinnere ich mich, daß du mir noch ein Paar guter Stiefel schuldest.«

»Die Jungfrau sei gepriesen, er ist es! Ich bin so froh, dich zu sehen und ...«

»Und deine Manieren haben sich in den letzten Monaten nicht sonderlich gebessert, du Flegel.« Volker durchtrennte mit einem Schwerthieb die Fesseln. Im Grunde war er froh, seinen Knappen wiederzusehen, auch wenn ihn die Art, wie Golo ihn anredete – so, als seien sie vom selben Stand –, ein wenig verwirrte. Der Knappe sah ihn noch immer an, als sei er ein Gespenst.

»Warst du einer der schrecklichen Krieger, die an der Seite dieser Furie mit den zwei Schwertern gekämpft haben? Wie kommt es, daß du noch lebst?«

Volker hockte sich erschöpft auf den Boden. »Das ist eine

lange Geschichte.« Er blickte nach Westen. Irgendwo dort lag die Insel, zu der die Priesterinnen geflohen waren. Ob sie Gwen gerettet hatten?

EPILOG

Als sie wieder zu Kräften gekommen waren, zimmerten Volker und Golo ein Floß und verließen das zerstörte Galis. Bis zur Samhainnacht blieben sie in den Sümpfen und suchten nach Tire Nam Beo, der Insel der Lebenden. Doch sie fanden weder eine Spur der Priesterinnen noch das verwunschene Eiland.

Schließlich gaben sie auf, und mit Einbruch des Winters erreichten sie Burgund. In der Christnacht trug Volker zum ersten Mal das Epos am Königshof vor, das er im Herbst in den Sümpfen gedichtet hatte. Er nannte es das Lied vom Nachtvolk. Golo war durch Volkers Fürsprache unter die Ritter des Königs aufgenommen worden, und er saß in jener Nacht am Ende der Festtafel und lauschte lächelnd der Stimme des Sängers. Nicht alles hatte sich so zugetragen, wie der Dichter es schilderte.

PIPER
FANTASY

Sara Douglass

Die Sternenbraut

Unter dem Weltenbaum 1
Roman. Aus dem australischen Englisch von Marcel Bieger.
388 Seiten. Gebunden

In einem fernen Land lebten einst vier Völker friedlich nebeneinander – bis die Bruderschaft vom Seneschall den Alleinanspruch ihres Gottes durchsetzte und die drei nichtmenschlichen Völker nahezu ausrottete. Danach waren die Menschen alleinige Herren der Welt.
Eine uralte Weissagung lebt jedoch weiter. Sie besagt, daß eines Tages zwei Männer geboren werden – Söhne desselben Vaters, aber verschiedener Mütter. Der eine ein dämonischer Zerstörer, der andere der Erlöser der Welt – sofern es ihm gelingt, die verfeindeten Völker wieder zu vereinen. Axis, ein ungestümer junger Adliger, verfemt und verachtet als Bastard, hat seine Eltern nie gekannt. Trotzig verteidigt er seinen Platz in der höfischen Gesellschaft Achars. Auf der Flucht vor seinen Alpträumen stößt er auf den Wortlaut einer uralten Prophezeiung, den nur er zu lesen vermag. Noch weiß er den Hinweis nicht zu deuten und ahnt nicht, daß er zum Werkzeug einer göttlichen Macht ausersehen wurde ...

»Die Sternenbraut« ist der erste Roman des sechsbändigen Zyklus »Unter dem Weltenbaum«.

06/1001/01/L

PIPER FANTASY

Witali Rutschinski
Teufels Werke

Roman. Aus dem Russischen von Christiane Pöhlmann.
559 Seiten. Gebunden

Moskau, Ende der Achtzigerjahre. Vergeblich versucht der junge Schrifststeller Jakuschkin seinen ersten Roman zu verlegen. Da erhält er unerwartete Hilfe. Der geheimnisvolle Professor Voland und sein skurriles Gefolge schlagen ihm einen Pakt vor. Der arme Poet läßt sich darauf ein und verbrennt – wie befohlen – sein Manuskript. Zeitgleich tritt das Kaninchen, eine Gestalt aus seinem Roman, in die Realität. Mit katastrophalen Folgen: Ein Biß des Höllentiers, und der Verletzte offenbart schamlos seine Gedanken. Kein Wunder, daß sich schon bald das KGB an Jakuschkins Fersen heftet. Um das Chaos perfekt zu machen, greifen alle Teufel dieser und anderer Welten mit hanebüchenem Schabernack in das Geschehen ein.

Eine phantastische Groteske und eine Liebeserklärung an Michail Bulgakows weltberühmten Roman »Der Meister und Margarita«.

06/1005/01/R

PIPER FANTASY

Hadmar von Wieser
Himmlisches Feuer

Die Gezeitenwelt 2
Hg. von Bernhard Hennen. Roman. ca. 512 Seiten. Geb.

Auch auf der anderen Seite der Gezeitenwelt, im fernen Serkan Katau, steht der neue Stern am Himmel – doch hier sieht man ein neues Zeitalter heraufdämmern. Der Herrscher des mächtigsten Reiches des Planeten erkennt darin die Aufforderung, das zu tun, was der sagenhafte erste Kaiser einst tat, jener Kriegsherr der Geheimen Kammer, der die Mantikoren bezwang und verspeiste.

Im zweiten Roman des großen Fantasy-Zyklus *Die Gezeitenwelt* nimmt Hadmar von Wieser die Fäden auf, die Bernhard Hennen in *Der Wahrträumer* entrollte, und spannt sie rings um den Globus. Es treten neue Helden auf, deren Leben von Meteoriten und Flutwellen, Rätseln und Geheimnissen bis in die Grundfesten erschüttert wird. *Himmlisches Feuer* – das ist die Geschichte der tollkühnen Jagd auf einen Gott. Die Geschichte einer Liebe, die zwei Kontinente überspannt. Die Geschichte der Suche nach einem Ich, das hinter Rätseln und Horror verborgen liegt.

06/1006/01/L

Stephen Lawhead

Taliesin

Sänger und Seher.
Die Pendragon-Saga. Aus dem Englischen von Frieder Peterssen. 576 Seiten. Serie Piper

Charis, die schöne, weise Königstochter aus dem versunkenen Atlantis und Taliesin, der berühmte junge Barde, Heerführer und Seher aus Walis, lieben sich. Doch Neid und Intrigen verhindern eine Heirat. Da nehmen Charis und Taliesin ihr Schicksal selbst in die Hand – mit allen furchtbaren Folgen.

05/1174/01/L

Stephen Lawhead

Merlin

Magier und Krieger.
Die Pendragon-Saga. Aus dem Englischen von Frieder Peterssen. 527 Seiten. Serie Piper

Prinz Merlin, tapfere und vielseitig begabt, besitzt magische Kräfte und die Gabe der Weissagung. Sein Stiefvater erhebt ihn zum Mitregenten. Als Merlins Geliebte, die Waldprinzessin Ganieda, Opfer eines brutalen Überfalls wird, entfacht Merlin ein Massaker unter den Mördern, verzichtet auf den Thron und zieht sich in die Wälder zurück. Sein Leben bekommt einen neuen Sinn, als er ein bedrohtes Kind retten kann: Artus, der später Britanniens König werden wird.

»Lawheads süffige, actionreiche Interpretation des Artus-Stoffes ist von hoher Qualität und ein Muß für alle Fantasy-Fans ... »
Brigitte

05/1175/01/R

SERIE PIPER

Michael Köhlmeier

Sagen des klassischen Altertums

189 Seiten. Serie Piper

Die Begriffe sind jedem geläufig: vom Ödipus-Komplex bis zur Achilles-Ferse, von den Tantalos-Qualen bis zum Trojanischen Pferd oder zum Danaer-Geschenk, was übrigens genau dieses Pferd ist. Aber wer kennt noch all die Sagen und Geschichten wirklich, aus denen sie stammen? Wer hat heute noch die griechische Mythologie im Kopf? – Jene wundervollen Geschichten, auf denen so viel in unserer abendländischen Kultur basiert? Homer hat sie uns überliefert, und Köhlmeier erzählt sie uns neu – und ganz anders, als es Gustav Schwab tat.

05/1102/01/L

Valerio M. Manfredi

Alexander Der makedonische Prinz

Roman. Aus dem Italienischen von Claudia Schmitt. 448 Seiten. Serie Piper

Er wurde nur dreiunddreißig Jahre alt, aber sein Ruhm ist unsterblich: Alexander der Große, König von Asien und Herrscher über die ganze Welt. Der erste, in sich abgeschlossene Band dieser spannenden Romanbiographie schildert Kindheit und Jugend des außergewöhnlich schönen, klugen und charismatischen Prinzen. Als sein Vater Philipp ermordet wird, besteigt der knapp Zwanzigjährige den Thron und beweist sofort seinen Mut und sein politisches Geschick. Es gelingt ihm, das instabile Reich zusammenzuhalten und die aufständischen Griechen zu bezwingen. In einer raffinierten Mischung aus historischen Fakten und mitreißender Erzählung hat der italienische Erfolgsautor Manfredi ein großartiges Epos über das Leben eines der herausragendsten Herrscher der Weltgeschichte geschrieben.

05/1119/01/R

SERIE PIPER

SERIE PIPER

Ellis Peters (Edith Pargeter)

Der Baumeister von Albion

Roman. Aus dem Englischen von Marcel Bieger und Barbara Röhl. 526 Seiten. Serie Piper

England zu Zeiten von King John – eine Zeit von Schönheit und Niedertracht, von Verschwörung und Loyalität. Vor dem Hintergrund des abenteuerlichen Mittelalters entfaltet sich die Geschichte von Harry Talvace, dem genialen Baumeister. Der junge Harry und sein Freund Adam werden unrechtmäßig angeklagt und müssen aus ihrer walisischen Heimat nach Paris fliehen, wo sie Harrys Talent mit dem charismatischen Lord Isambard und der begehrten venezianischen Schönheit Benedetta zusammenbringt. Für Isambard soll Harry eine nie dagewesene Kirche bauen, einen Baum, der bis zum Himmel reicht. Doch während das Bauwerk wächst, fällt der Schatten von Eifersucht, Rache und Tod auf das Leben des jungen Künstlers.

05/1170/01/L

Ellis Peters (Edith Pargeter)

Das Erbe des Baumeisters

Roman. Aus dem Englischen von Marcel Bieger und Barbara Röhl. 383 Seiten. Serie Piper

Der junge Harry Talvace wächst wohlbehütet im grünen walisischen Hügelland am Hof von Fürst Llewelyn auf. Schon als kleiner Junge ist er von dem kühnen Wunsch beseelt, den Mord an seinem Vater zu rächen. Als er Isambard endlich gegenübersteht, erblickt dieser in ihm die Gesichtszüge des legendären Baumeisters und hält ihn auf seiner Burg am Ufer des Severn fest. Voller Staunen sieht Harry dort zum ersten Mal das imposante Bauwerk seines Vaters. Isambard, der erkennt, daß Harry dessen Talent geerbt hat, läßt ihn zum Baumeister ausbilden. Obwohl sie sich als Feinde begegnen, können beide nicht umhin, fast widerwillige Achtung voreinander zu empfinden. Llewelyn aber schwört, Harry aus den Händen des unerbittlichen Widersachers zu befreien …

05/1171/01/R

SERIE PIPER

Brigitte Riebe

Palast der blauen Delphine

Ein Roman aus dem alten Kreta. 494 Seiten. Serie Piper

»Zu den schönsten historischen Romanen zählt für mich Brigitte Riebes Buch ›Palast der blauen Delphine‹. Sagen, Mythen und historische Fakten werden hier zu einer spannenden Handlung verflochten. Brigitte Riebe beschwört die alte Welt der Großen Göttin, die zu jener Zeit noch mächtiger war als alle männlichen Götter des griechischen Olymp und die damals über das minoische Kreta herrschte. Es war die Epoche des Matriarchats, die mit den Eroberungszügen der Stämme vom Festland endete.«
Norddeutscher Rundfunk

»Der Roman von Brigitte Riebe wirkt wie eine traumhafte Rückkehr in die Kindheit, als wir noch an Märchen glaubten oder zumindest nicht ausschließen wollten, daß sie wahr sind.«
Sender Freies Berlin

05/1039/01/L

Brigitte Riebe

Pforten der Nacht

Historischer Roman. 479 Seiten. Serie Piper

Als Kinder schworen sie sich ewige Freundschaft und wurden Blutsbrüder, doch inzwischen sieht alles ganz anders aus. Johannes, Sohn des wohlhabenden Kaufmanns Jan van der Hülst, und Esra, Neffe des Rabbiners Jakub ben Baruch, begehren beide dieselbe Frau: Anna, die Halbwaise aus dem Färberviertel, die schon früh auf eigenen Beinen stehen mußte. Vor dem farbenprächtigen Hintergrund des mittelalterlichen Köln erzählt Brigitte Riebe eine spannende Dreiecksgeschichte um Liebe, Eifersucht, Reichtum und Armut.

»Brigitte Riebes kraftvolle, farbige Sprache verbindet Fabulierlust mit realistischen Schilderungen zu einem glaubwürdigen, facettenreichen Sittengemälde. Der Leser wird spannend unterhalten und erhält en passant fundierte Informationen über das Alltagsleben im Mittelalter.«
Hannoversche Allgemeine

05/1040/01/R

Susanna Kearsley

Mariana

Roman. Aus dem Englischen von Karin Diemerling. 350 Seiten. Serie Piper

»Das ist mein Haus«, erklärte die fünfjährige Julia Beckett ihren Eltern, als sie zum ersten Mal »Greywethers« sah, das große Bauernhaus aus dem 16. Jahrhundert. Julia, inzwischen dreißig und erfolgreiche Illustratorin, erfüllt sich ihren Kindheitstraum und kauft das Haus. Sie liebt ihr neues Leben auf dem Land und findet schnell gute Freunde unter den Dorfbewohnern. Doch kaum ist Julia eingezogen, geschieht Seltsames mit ihr und läßt sie an ihrem Verstand zweifeln: Sie meint, das Leben von Mariana zu führen, einer unglücklich verliebten Dienstmagd, die 1665, zur Zeit der großen Pest, in diesem Haus gelebt hatte. Julia fällt es immer schwerer, zwischen Vergangenheit und Gegenwart zu unterscheiden. Susanna Kearsley ist mit diesem Buch eine spannende Mischung aus romantischer Liebesgeschichte und Historienroman gelungen.

05/1021/01/L

Susanna Kearsley

Glanz und Schatten

Roman. Aus dem Englischen von Leon Mengden. 395 Seiten. Serie Piper

Der Historiker Harry hat es sich in den Kopf gesetzt, die Juwelen zu suchen, die die unglückliche Königin Isabelle Plantagenet vor achthundert Jahren auf ihrer Flucht in den unterirdischen Gängen von Schloß Chinon versteckt hatte. Harry überredet seine junge Cousine Emily, ihm von London aus an den malerischen Adelssitz im Loire-Tal zu folgen. Bei Emilys Ankunft fehlt jedoch jede Spur von ihm, so daß sie sich einer Clique von Weltenbummlern anschließt und es genießt, von charmanten Männern umschwärmt zu werden. Die Urlaubsidylle zerbricht, als ein Mord geschieht. Auf der Suche nach Harry, dem Schatz und dem geheimnisvollen Drahtzieher im Hintergrund gerät Emily in höchste Gefahr.

Susanna Kearsley verknüpft gekonnt Geheimnis, Verbrechen und romantische Liebe und führt die Frauenschicksale verschiedenster Epochen in einem ebenso überraschenden wie furiosen Finale zusammen.

05/1022/01/R